누가
소리의 주인인가

정혜원

우리 소리와 고전을 사랑하는 어린이·청소년책 작가입니다. KBS '흥겨운 한마당' 제1회 귀명창 대회에서 장원을 한 뒤, 국악음반박물관 자료집성지 〈판소리 명창〉 편집장을 지냈고, '나라음악큰잔치'와 '전주세계소리축제'에서 판소리 공연을 기획·진행했습니다.

더 많은 어린이들에게 판소리를 알리기 위해 쓴 《판소리 소리판》으로 우리교육 어린이책 작가상 기획 부문 대상을 받으며 본격적으로 글을 쓰기 시작했습니다. 《우리 역사에 뿌리내린 외국인들》로 국경을 넘는 어린이 청소년 역사책 대상, 《매 맞으러 간 아빠》로 아르코문학창작기금을 받았고 《암행어사를 따라간 복남이》로 한국고전번역원 우리 고전 원고 공모에 당선되었습니다. 그 밖에 《무덤이 들썩들썩 귀신이 곡할 노릇》《삼국의 아이들》《우리 신화 여행》《북촌 김 선비 가족의 사계절 글쓰기》《화랑 따라 구석구석 경주 여행》《배 속 간을 어찌 내고 들인단 말이냐》《백곡 선생과 저승도서관》《어린 이산과 천자문의 비밀》《딱 한마디 우리 노래》 등의 책을 썼습니다.

청소년 소설 _12

누가 소리의 주인인가

정혜원 글

펴낸날 2023년 3월 20일 초판1쇄
펴낸이 김남호 | 펴낸곳 현북스
출판등록일 2010년 11월 11일 | 제313-2010-333호
주소 07207 서울시 영등포구 양평로 157, 투웨니퍼스트밸리 801호
전화 02) 3141-7277 | 팩스 02) 3141-7278
홈페이지 http://www.hyunbooks.co.kr | 인스타그램 hyunbooks
ISBN 979-11-5741-355-3 43810

편집 강지예 | 디자인 디.마인 | 마케팅 송유근 함지숙

누가
소리의 주인인가

정혜원

현북스

| 차례 |

01
가왕을 찾아서

수남의 푸줏간은 장터 끄트머리에 있었다. 나란히 늘어선 객주 행랑과 출입문이 비스듬하게 나 있어 어깨를 비틀고 수줍어하는 모양이었다. 장꾼들의 새된 목소리와 웃음소리가 푸줏간으로 왁자하게 밀려들었다. 밤사이 안부를 묻고 소소한 아침거리를 나누거나 목 좋은 난장을 차지하려고 다투는 소리였다. 시끌벅적한 아침의 소란이 밤새 장터를 뒤덮고 있던 장막 같은 어둠을 거두었다.

수남은 흐트러지지 않고 눈앞의 소에 집중했다. 새벽에 도살장에서 잡아 온 소였다. 기준은 숨죽인 채 수남이 칼 들기를 기다렸다. 수남의 손놀림은 언제 봐도 신기했다. 멈춘 듯 움직이는 듯 빠르지도 느리지도 않았다. 칼날은 물 흐르듯 소의 몸통을 누볐다. 가슴에서 피어난 신명이 어깨를 따라 팔과 손으로 흘렀다. 수남은 순식간에 각을 뜨고 뼈와 살을 나누었다.

그사이 기준은 땀을 뻘뻘 흘리며 칼을 갈고 바닥을 닦고 뒷설거지를 했다. 떡 치는 안반 모양의 커다란 도마 위에는 소가 본래 형체를 잃고 몸통은 몸통끼리, 다리는 다리끼리 가지런히 널렸다. 기준은 대나무 석작에 댓잎을 깔고 고기를 부위별로 차곡차곡 담았다. 거적 사이로 바람이 건듯 불자 누린내와 피비린내가 코를 휘감았다.

"천 부자 댁에 제가 가면 안 될 게라우?"

얼추 일이 끝날 즈음 기준이 말했다. 수남은 칼을 내려놓고 고개를 돌렸다.

"혼자 갈 수 있겠나?"

소 한 마리를 짊어질 수 있겠냐고 묻는 것이었다. 낯빛과 목소리에 한 톨의 감정도 실려 있지 않았다. 기준은 수남의 눈을 볼 때마다 첫 새벽에 길어다 조왕신에게 바치던 할머니의 정화수를 떠올렸다. 흰 사발 속에는 속세를 초월한 듯 빛깔도 없고 냄새도 없이 맑고 투명한 샘물이 담겨 있었다.

"문제없구만요. 그 대신……."

기준은 말끝을 흐렸다. 여전히 수남은 말간 눈빛으로 기준을 바라보았다.

"마치고 나서 갈 곳이 있는디요."

기준은 전라도 나주 태생이었다. 반년 전 진주 옥봉촌으로 흘러들어 수남의 집에 얹혀살게 된 기준에게 갈 데라니. 산도 설고 물도 선 고을에서 어디를 가려고 하는지 물어볼 법도 했으나 수남은 알았다고 말없이 고개만 끄덕였다.

수남은 석작 세 개를 지게에 쌓고 칡덩굴로 짱짱하게 옭아맸다. 기준이 지게 멜빵을 어깨에 걸고 작대기에 의지하여 불끈 일어섰다. 입에서 저절로 끙 소리가 났다. 그나마 뼈를 제외하고 살코기와 갈비만 골라 담았기 때문에 버틸 만했다.

"다녀오너라."

수남이 기준의 저고리 주머니에 염낭 하나를 슬그머니 넣었다. 쇠붙이 짤랑거리는 소리가 났다. 출출할 때 국밥이라도 사 먹으라고 엽전 몇 닢을 넣었을 것이다. 기준은 간신히 고개 숙여 인사하고 길을 나섰다.

벌써 장터는 사람들로 가득 차 있었다. 진주장을 구경할 때마다 기준은 입을 다물지 못했다. 나주장은 말해 봐야 입만 아프고, 한양의 칠패장도 본 적은 없으나 진주장만큼 번화하지는 않을 것 같았다. 길가 난장이든 기왓골을 맞대고 줄줄이 늘어선 객주의 상점이든 물건이 다락까지 그득했고 무엇보다 때깔이 좋았다.

"재수 없게 오징어 눈깔이구마."

장터에서 일없이 거들먹거리는 왈짜패 가운데 하나가 기준을 보고 씨불였다. 언제부터인가 장터 사람들은 오른쪽 눈이 볼썽사납게 툭 튀어나온 기준을 오징어 눈깔이라 불렀다.

"퍼뜩 눈 깔아라, 백정 놈 자슥아."

왈짜가 이 사이로 침을 찍 갈겼다. 기준은 얼른 고개를 숙이고 굽실거렸다. 건드려 봐야 이로울 게 없다는 것을 알기에 자연스럽게 몸에 밴 행동이었다.

기준은 푸줏간과 장터가 다른 세상이라는 사실을 깜박깜박했다. 장꾼들은 백정이 장터에 들어오는 것을 부정하게 여겼다. 백정을 보면 괜히 턱을 치켜들고 눈을 허옇게 뜨거나 침을 뱉고 고개를 돌렸다. 푸줏간과 객주의 거리보다 더 먼 것이 백정과 장꾼들의 마음이었다. 양반들의 땅을 부쳐 먹느라 양반 닮아 가는 농사꾼들은 그렇다 쳐도, 똑같이 물건을 팔아먹는 장사치들이 백정을 멸시하는 것을 기준은 도무지 이해할 수 없었다. 고기를 파는 것이 쌀과 무명과 장작을 파는 것과 무엇이 다르단 말인가. 대놓고 욕설을 퍼붓거나 몰매를 놓는 농사꾼들보다 은근히 비웃으며 깔보는 장꾼들의 눈빛이 더 날카롭게 가슴에 박혔다.

장터를 벗어나자 기준은 숨통이 트였다. 등짐의 무게도 한결 가벼워진 것 같았다. 일부러 인적이 드문 골목을 찾아 걸으며 기준은 진주에 언제 왔는지를 헤아려 보았다. 내일모레면 딱 반년이었다. 문득 한곳에 너무 오래 머물렀다는 생각이 들었다.

기준의 어머니는 나주의 이름난 무녀였다. 어머니는 할머니의 뒤를 이어 무녀가 되었고, 아버지는 할아버지의 징과 장고를 물려받았다. 대대로 무당 집안에서 태어났으니 신분으로 치면 백정보다 하등 나을 바가 없었다. 남녀노소 누구를 만나든 깍듯이 말을 높이고 굽실거리는 부모님을 볼 때마다 기준은 속에서 천불이 났다. 밖으로 나가서는 아이들과 싸우다 얻어터지기 일쑤였고 집에 들어와서는 물색없이 까분다고 또 맞았다. 게다가 팔자에 역마살이 끼었는지 집이 곧 감옥이었다.

열 살이 넘으면서 기준은 일 년에 두 번, 봄가을마다 까닭 없이 호되게 아팠다. 어른들은 무병이라고 수군댔지만 떠돌이 팔자를 타고난 역마살이었다.

예닐곱부터 집 안팎으로 북통 노릇을 하다 열네 살이 되던 해 가을에 무작정 집을 나왔다. 한시라도 빨리 전라도를 벗어나고 싶어 쉬지 않고 걷고 또 걸었다. 섬진강을 건너 곡성으로 구례로 걷다가 지리산 팔량치를 넘어 닷새 만에 경상도로 갔다. 집도 절도 모르는 어느 고을에 도착하여 사람들의 달라진 말씨를 듣고 기준은 정신을 놓았다. 먹지도 마시지도 잠도 자지 않고 걷느라 기력이 바닥났던 것이다. 서캐가 득실거리는 산발한 머리, 땟국에 뒤덮여 너덜너덜한 바지저고리, 짚신조차 신지 못해 갈라져 터지고 핏자국이 선명한 맨발. 길가에 쓰러진 기준의 모습은 누가 보더라도 흉년에 굶어 죽은 거지꼴이었다.

기준을 살린 사람은 병풍산 자락의 작은 암자에서 수도하는 이름 없는 땡추였다. 마침 소 잡는 날이라 염불을 외워 주러 옥봉촌 도축장으로 가던 중은 기준을 보자마자 등에 업고 백정에게 데려갔다. 백정은 다 큰 업둥이를 내칠 수 없었다. 도축장 밖

그늘에 눕혀 두고 아내를 시켜 물을 떠먹였다.

중이 목탁을 두드리며 우공 태자의 이야기를 염불 대신 외고 있을 때 기준은 눈을 떴다. 이야기가 꿈인 듯 생시인 듯 귓속으로 흘러들었다. 천계 옥황상제의 큰아들이 궁녀와 사랑에 빠져 제 본분을 잊어버리자, 화가 난 옥황상제가 큰아들과 궁녀를 소로 만들어 땅으로 쫓아냈다. 뼈가 노글노글하고 새가 빠지도록 사람들에게 혹사당하다가 죽거든 혼백이 되어 돌아오라는 것이었다. 염불인지 타령인지 모를 소리가 끝났다.

백정의 기합 소리, 소의 골치에 부딪힌 둔탁한 쇳소리, 단말마를 내지르는 울음소리가 바짝 뒤를 쫓았다. 그제야 기준은 무당이라는 천업을 피해 달아나서 기껏 닿은 곳이 소백정의 집이라는 사실을 알았다.

기준은 허리를 펴고 산 중턱을 바라보았다. 산비탈에 기와집 한 채가 하늘에서 떨어진 것처럼 덩그렇게 있었다. 언덕에 세운 두 짝 평대문이 나주 목사가 기거하는 내아의 바깥 대문보다 웅장했다. 지대가 낮은 오른쪽 담장은 굽이치듯 아래로 흘러내리다 다시 올라갔다.

굳게 닫혀 있는 문짝을 올려다보며 기준은 집주인의 성정을 헤아려 보았다. 한때 한양의 재화를 쥐락펴락했다지만 일개 상인에 불과한 천 부자가 양반처럼 솟을대문을 세울 수는 없었을 것이다. 돈만 있으면 족보는 말할 것 없고 양반 첩지도 살 수 있는 세상이라지만 아직 나랏법에 양반과 상민의 구별이 엄격했다. 굳이 고을을 한눈에 내려다볼 수 있는 구릉 위에 대문을 낸 것은 가난하고 별 볼 일 없는 시골 양반들을 발아래 두고 보겠다는 뜻이었다.

천 부자 집 대문 앞에 도착한 기준은 두 손으로 지팡이를 짚고 숨을 몰아쉬었다. 대문이 단단한 벽처럼 느껴졌다. 머리카락 한 올 들어갈 틈이 없었고, 무쇠로 된 것처럼 차가워 보였다. 담장 너머에서 가야금과 대금 소리가 서로 어르고 달래듯 들려왔다. 어깨가 저절로 우줄우줄하자 무거운 짐을 지고 달려온 보람이 느껴졌다. 기준은 목에 두른 수건으로 이마에 맺힌 구슬땀을 닦고 대문을 두드렸다.

"누구시오?"

천 부자 집 마당쇠가 대문을 벌컥 열었다.

"푸줏간에서 괴기 가져왔어라우."

집 안으로 머리부터 들이미는 기준을 마당쇠가 막았다.

"어딜? 냅 두고 돌아가그라."

마당쇠는 턱으로 대문 옆 황토자리를 가리켰다. 그곳에 석작을 부리라는 말이었다.

"무거운디 안으로 들여 드리지요."

기준은 안으로 들어가려고 고집을 피웠다.

"백정 놈 심줄은 쇠심줄이가? 꺼지라면 퍼뜩 꺼지지 뭔 잔말이 많노?"

마당쇠의 눈빛이 험악해졌다. 더 고집을 피웠다가는 귀빰이라도 날릴 기세였다. 기준은 다급한 표정으로 눈을 굴리다 마른침을 꿀꺽 삼켰다.

"오늘 놀이판이 굉장하다고 하던디요? 팔도 광대들이 다 모인다고……."

기준은 비굴하다 싶을 만큼 헤헤거렸다. 사흘 전 어물전 앞을 지나다 기준은 천 부자 집 잔치에 큰 놀이판이 벌어진다는 말을 들었다. 기준은 놀이판을 구경하고 싶어 몸이 달아올랐다. 천 부자 집에서 소 한 마리를 주문했다는 말을 들었을 때는 하늘이 내린 기회라고 생각했다. 아침에 기준이 수남에게 말했던 갈 곳이란 바로 천 부자 집이었다.

"쿵, 가만 보이 니가 광대 놀이판을 구경하고 싶어 이러는구마? 일찌감치 날 샜으이 얼른 돌아가그라."

기준을 빤히 쳐다보던 마당쇠가 콧방귀를 날렸다. 하지만 목소리는 아까보다 누그러졌다. 속마음을 들킨 기준은 바로 전략을 바꾸었다. 마당쇠의 말꼬리를 잡고 제 쪽으로 살살 끌어당겨 볼 셈이었다.

"날이 새다니 뭔 말이다요?"

기준이 천연덕스럽게 물었다.

"오늘이 주인어른 셋째 부인이 놓은 아 돌잔치다. 어린 도련님 부정 탄다꼬 마을 사람들을 일절 들이지 말라 카드라."

마당쇠가 기준의 귀에 입을 바짝 대고 속닥거렸다.

"그렇지만……."

기준은 조바심이 났으나 더 할 말을 찾지 못했다. 그새 덩치 큰 하인 둘이 나와 석작을 어깨에 둘러메고 들어갔다. 마당쇠는 잘 가라는 말 한마디 없었고 뒤도 돌아보지 않았다. 눈앞에서 대문을 닫는 쾅 소리가 요란했다.

기준은 닭 쫓던 개가 되어 대문 앞에 멍하니 서 있었다. 흔한

놀이판이라면 며칠째 가슴을 졸이며 수선을 피우지도 않았을 것이다. 천 부자가 부른 소리 광대는 조선 팔도를 소리로 뒤덮고 소리 한 바탕에 천금을 받는다는 송흥록이었다. 촉석루에서 귀곡성으로 사람들의 간담을 서늘하게 만들어, 바람을 부르고 비를 내리게 한다는 호풍환우의 전설을 남긴 불세출의 가왕.

장터에서 송흥록이라는 이름을 듣는 순간 기준은 열에 들떠 온몸이 근질근질했다. 처음에는 잠잠하던 역마살이 꿈틀거리는 줄 알았다. 가슴이 답답해 터져 버릴 것 같다거나, 잠이 들면 꿈속에 천 길 낭떠러지 같은 어둠의 나락이 펼쳐지던 그전의 역마살과는 달랐다. 가슴이 꽉 막힌 듯 답답한 것은 마찬가지였으나, 송흥록을 만나면 다른 세상이 펼쳐질 것 같은 기대감이 베잠방이에 풀물이 들 듯 번져 나갔다.

기준은 광대를 꿈꾸고 있었던 것이다. 이제 기준의 나이 열다섯, 그나마 세상 사람들에게 덜 무시당할 만한 일이 무엇일까 생각해 보니 광대만 한 것이 없었다. 무당과 백정의 삶을 다 겪어 보고 내린 결론이었다. 다 같이 천것 소리를 듣더라도 무당이 광대와 사촌이라면 백정은 사돈의 팔촌보다 더 멀었다. 기준은 진주에서 송흥록을 만나는 것이 운명처럼 느껴졌다.

그러나 마당쇠의 말을 듣는 순간 마음속에 착실하게 쌓아 올린 공든 탑이 와르르 무너져 내렸다.

점심때가 지났다. 기준은 꼼짝도 하지 않고 천 부자 집 대문 옆 느티나무 옆에 쭈그리고 앉아 있었다. 대문 안에서는 웃음소리가 들려왔다. 고소하고 기름진 음식 냄새도 풍겼다. 배가 고프지 않고 목도 마르지 않았다. 뒷간 생각도 나지 않았다. 머릿속으로 어찌하면 놀이판을 구경할 수 있을까, 송흥록을 만날 수 있을까, 궁리하고 있을 때였다.

"여그가 천 부자 댁이랑가?"

귀에 익은 전라도 사투리에 기준은 고개를 들었다. 예순이 훌쩍 넘어 보이는 노인이었다. 흰머리가 성성하고 얼굴에 주름이 가득했으나, 어깨가 튼실하고 허리는 꼿꼿했으며 행전을 두른 종아리가 땅땅했다. 노인 뒤로 기준 또래의 젊은이들, 중년 사내들, 노인들이 보였다. 언덕을 따라 십여 명의 사람들이 더 올라오고 있었다. 옷차림이 가벼운 것으로 보아 가까운 고을 사람들인 듯했다.

"여 사람이 아닌갑소?"

노인 뒤에 서 있던 중년 사내가 나섰다. 뾰족한 턱에 붙은 붓털 같은 수염이 눈에 띄었다. 사내는 노인을 위아래로 훑었다.

"전라도 남원에서 온 한태평이요. 송흥록 명창 소리 구경하러 왔소."

노인이 선뜻 이름을 밝히자 사내들이 엉겁결에 너도나도 통성명을 했다. 태평을 제외하면 대부분 진주와 하동 사람들이었다. 다들 송흥록의 소리판을 보기 위해 천 부자 집을 찾아왔다.

"총각은 왜 안 들어가고 거그 있당가?"

태평이 기준에게 물었다.

"어린 도련님 돌잔치에 부정 탄다고 구경꾼을 받지 말라고 했답디다."

기준의 풀 죽은 대답을 듣고 사내들이 술렁거렸다.

"허어, 별일이고만. 한양 대갓집도 소리판 벌이는 날은 대문을 활짝 열고, 구경꾼이 많아야 광대들도 더 신명이 나고 잔치판도 저정거리는 법인디……."

태평이 혀를 끌끌 찼다. 그리고 철벽같은 대문을 바라보았다.

"내 이럴 줄 알았다. 천하에 인색한 천 부자가 남 좋은 일 시킬 리 있드나. 바빠 죽겠구만 비싼 밥 묵고 공연히 헛걸음했구마."

들에서 일하다 달려왔는지 머릿수건을 두른 농부가 코를 팽 풀어 천 부자 집 담장에 문질렀다. 한바탕 욕설을 퍼붓고 내려 가는 농부의 뒤를 따라 사내 몇 명이 내려갔다. 구경꾼의 수가 절반으로 줄었다.

"감히 여그가 어딘 줄 알고 시러베 자슥들이 소란이고?"

갑자기 대문이 끼이익 소리를 내며 열리더니 천 부자 집 청지 기와 하인 다섯이 달려 나왔다. 마당쇠보다 덩치가 훨씬 크고 생긴 것이 우락부락했다. 사내들은 하인들과 눈도 맞추지 못하 고 뒤로 비실비실 물러섰다.

"썩 못 내려가나, 문딩이 자슥들아?"

기껏 마흔 살 남짓한 청지기는 계속 반말을 지껄였다. 범강장 달이 같은 하인들도 눈을 부라리며 사내들을 을러댔다. 나이 어린 사람은 기준뿐이었다. 구경꾼 대부분은 청지기보다 높은 연배인 쉰 안팎의 중늙은이들이었으며, 지팡이를 짚은 팔십 노 인도 있었다. 그러나 청지기의 기세에 눌려 아무도 따지는 사람 이 없었다.

"여그 좀 보드라고."

참지 못하고 태평이 입을 열었다. 저에게는 그렇다 쳐도 할아버지뻘 되는 노인에게 욕지거리를 내뱉는 꼴은 더 두고 볼 수가 없었다.

"돌아가는 꼴 봐 감서 깝치소."

누군가 태평의 입을 잽싸게 틀어막았다. 태평에게 가장 먼저 말을 걸었던 붓털 수염이었다. 하인들이 씨근덕거리며 태평에게 다가갔다. 본보기로 패악을 부리려는 수작이었다. 붓털 수염이 태평의 어깨를 잡고 뒤로 물러섰다. 사내들에 휩쓸려 기준도 언덕 아래로 쫓겨 내려갔다.

"허어, 저런 불상놈들."

"지에미 붙을 천하의 잡놈들."

"종이 종을 부리믄 식칼로 형문한다더마는."

청지기와 하인들이 대문 안으로 들어간 뒤 사내들이 천 부자 집을 향해 종주먹을 흔들었다. 그사이 구경꾼들이 성긴 소쿠리에 좁쌀 빠져나가듯 사라졌다. 이제 남은 사람은 겨우 예닐곱이었다.

"저깟 놈들이 무신 죄겠소? 다 천 부자 놈 죄지."

붓털 수염이 한탄하듯 쏘아붙이자 사내들이 입을 다물었다.

"종놈의 자슥이 돈 벌었다고 눈깔에 뵈는 기 없으니……."

모르긴 몰라도 천 부자에게 맺힌 것이 많은 모양이었다.

"천 부자가 종이었소?"

태평이 씩씩거리고 있는 붓털 수염에게 물었다.

"천 부자 놈 애비, 에미가 오래전 낙향한 어느 대감 댁 하인이었소. 제 부모가 손발이 닳도록 모은 돈으로 속량해가 한양으로 올라간 뒤, 양친이 죽었을 때조차 내려오지 않은 놈이오. 까마구도 지 낳고 길러 준 부모 은혜는 안다 안카요."

천 부자가 미물인 까마귀보다 못하다는 말이었다.

"그리 독한 놈이었으니까네 한양 올라가서 대성했제."

팔십 노인이 건성으로 덧붙인 말에 붓털 수염이 파르르 성을 냈다.

"대성하면 뭐합니꺼? 도리를 모르믄 사람이라 할 수 없지요. 늘그막에 고향으로 내려와가 우리 골 사람들한테 을매나 지독하게 굴었는지 모릅니더."

붓털 수염은 분을 삭이지 못하고 씩씩거렸다.

"무슨 일이 있었소?"

태평의 물음은 기준과 다른 사람들의 가려운 곳을 긁어 주었다.

"여그 사람들이 말하기를, 천 부자 땅을 밟지 않고는 진주로 드나들 수 없다 합디다. 천 부자가 한양에서 장사로 큰돈을 벌 었다면 진주로 돌아와서는 고리대금으로 엄청 재미를 보았지요. 흉년 이듬해 보릿고개만 되믄 헐값으로 사들인 땅이 어마어마합니다. 나도 부모님께 물려받은 논밭은 물론이고 조상 대대로 내려온 땅꺼정 몽땅 빼앗기다시피……."

붓털 수염은 말을 잇지 못했다. 태평은 고개를 끄덕거렸다. 보릿고개에 천석꾼이 만석꾼 되는 일은 흔했다. 가난한 농부들은 누렇게 뜬 얼굴로 굶어 죽어 가는 처자식을 살리려면 땅문서를 부자들에게 헐값에 넘기는 수밖에 없었다.

"어쩌실라요?"

태평이 사람들을 돌아보았다. 구경할 것인지, 돌아갈 것인지 묻는 말이었다.

"젊은이는 어쩔 건고?"

다들 입을 꾹 다물고 있자 기준을 콕 집어 물었다.

"저는 꼭 봐야겠습니다."

태평은 고개를 끄덕이고 다른 사내들을 바라보았다.

"한 가지 방법이 있긴 합니다만······."

그때까지 잠자코 있던, 머리통 크고 목을 잔뜩 움츠린 사내였다. 영락없는 대갈장군이었다. 마흔 살은 훌쩍 넘은 줄 알았는데 목소리를 들으니 나이가 어렸다.

"우리 마누래가 천 부자 집에서 바느질 일을 오래 해가 집 구조를 대강 알지요. 대문 왼쪽 담장을 계속 따라가면 뒷산으로 이어지는데, 하늘 높이 자란 회화나무가 보이는 곳이 오늘 잔치판이 벌어질 별당입니더. 낮게 두른 담장 밖에 엎드려 몸을 숙이고 보면 될 겁니더."

사내의 말에 사람들의 얼굴이 밝아졌다.

"어르신도 가실라요?"

태평이 걱정스러운 듯 팔순 노인에게 물었다.

"가다마다. 내가 살믄 얼매나 더 산다꼬 송흥록 소리 구경을 놓치겠소. 아직 지팽이만 짚으면 십리 길도 까딱없으이 걱정 마소."

팔순 노인이 참나무 지팡이를 흔들며 앞장섰다. 기준은 사내들의 얼굴을 둘러보았다. 붓털 수염, 팔순 노인, 대갈장군, 막역한 친구로 보이는 두 농사꾼, 그리고 태평이라는 늙은 사내. 눈빛이 하나같이 무엇에 사로잡힌 듯 번들거렸다. 특히 남원에서 온 태평이라는 노인에게 자꾸 눈길이 갔다.

기준은 맨 뒤에서 담장을 따라 걸었다. 산길 옆으로 걷다 보니 어느 순간 담장이 점점 낮아져 앉은걸음으로 어기적어기적 걸어야 했다.

"어이쿠야, 무릎이 아파 못 가겠네."

팔순 노인의 얼굴이 일그러졌다.

"힘들면 내려가소."

붓털 수염이 쌀쌀맞게 쏘아붙였다.

"됐구마. 끝까지 가 볼라네."

팔순 노인은 손을 저었다. 사내들이 노인을 앞질러 갔고 기준만 뒤에 남았다.

"하나씨, 제가 뒤에서 받쳐 드릴랑께 가다가 힘들면 몸을 뒤로 젖히씨요."

기준의 말에 팔순 노인이 희미하게 웃었다. 앞서가던 태평은 돌아서서 노인과 기준을 번갈아 보았다. 그리고 노인의 두 팔을 얼싸안듯 잡았다.

"저를 짱짱하게 잡으씨요."

"그 짝도 힘들 텐데……."

팔순 노인이 미안한 표정을 지었다.

"칠십 평생 팔도 장터를 안 가 본 곳 없는 몸이요. 아직 쌩쌩하니 걱정 마씨요."

기준은 새삼 태평을 바라보며 고개를 끄덕거렸다. 장돌뱅이는 동지섣달 눈비 맞고 오뉴월 땡볕에 그을리며 단련되는 법이다. 칠십이라는 나이가 무색할 만큼 어깨가 탄탄하고 허벅지와 종아리가 실팍한 이유가 있었다.

"여기가 좋겠심더."

회화나무가 보이자 대갈장군이 뒤돌아섰다. 사내들은 쭈그리고 앉아 담장 기와에 턱을 괴었다. 별당이 한눈에 들어왔다.

"일어서도 안 되고 고개를 들어서도 안 됩니더. 추임새도 하지 말고 손뼉도 치지 말고 기침 소리도 내지 마소. 에, 또……."

대갈장군이 주의해야 할 것들을 길게 늘어놓았다.

"고마 치아라. 송흥록 나왔다."

붓털 수염이 목소리를 깔고 뇌까렸다. 기준의 가슴이 두근두근 뛰었다. 사내들은 몸을 웅크리고 눈만 빤히 내놓은 채 사랑채 마당을 바라보았다. 하나같이 소리판을 집어삼킬 듯 눈빛이 활활 타올랐다.

송흥록이 대청 한가운데 우뚝 섰다. 통영갓을 쓰고 옥관자
를 달고 도라지꽃 빛깔 도포를 입은 맵시가 말쑥했다. 한양 장
안에서 고관대작들을 상대하던 큰 광대여서 그런지 풍채가 여
간 늠름하고 당당한 것이 아니었다.

"천 부자 어른께 〈박타령〉 한바탕 올리겠습니다."

송흥록은 부채를 모아들고 공손히 인사를 올렸다. 대청에 앉
은 사람들을 둘러보고 눈으로 마당을 찬찬히 훑은 뒤 담장을
바라보았다. 빼꼼히 나와 있던 사내들 머리가 놀란 자라목 감
추듯 쏙 들어갔다.

"〈박타령〉 말고 〈화용도〉를 하게. 모름지기 소리는 〈화용도〉
가 최고 아니겠나?"

천 부자가 큰소리로 객기를 부린 뒤 헛웃음을 터뜨렸다. 송
흥록의 장기는 〈화용도〉와 〈변강쇠타령〉이었다. 담장 밖 사내
들은 나지막이 환호성을 질렀으나 송흥록은 못마땅한 낯빛이
었다.

"〈화용도〉는 빠짝 마른 소리라 이 자리의 부인들께는 알맞지

않습니다. 〈박타령〉이나 〈심청가〉를 하는 편이……."

송흥록의 고집도 만만치 않았다. 〈박타령〉은 시종일관 웃음을 자아내는 재담 소리였고 〈심청가〉는 소리꾼도 관객도 눈물을 뚝뚝 흘리는 구슬픈 소리였다. 〈화용도〉는 남자들만 등장하는 이야기라 아기자기한 맛이 없고, 대부분 높게 내지르는 호령조로 이루어져 부인들은 별로 좋아하지 않았다. 따지고 보면 송흥록의 말이 백번 옳았다.

"자네가 나를 어찌 보고 그러는가? 나 같은 장사꾼 앞에서 〈화용도〉를 못 하겠다는 말은 아니겠지? 오늘 행하는 원하는 대로 줄 것이니 시키는 대로 하게."

천 부자가 〈화용도〉를 고집하는 데는 까닭이 있었다. 오래전부터 중국 사람들은 관우를 전쟁의 신으로 우러렀고 관왕이라며 떠받들었다. 임진왜란 때 조선을 도우러 온 명나라 군대는 왜군을 물리친 것이 모두 관우 덕분이라며 한양 동문 밖을 비롯한 전국 여러 곳에 관왕묘를 세웠다.

무조건 명나라를 떠받드는 양반들에게 관우는 충의의 상징이었고, 판소리 하면 으레 〈화용도〉를 최고로 알았다. 〈화용도〉를 못하는 광대는 다른 바탕을 아무리 잘해도 명창 대접을 받지 못했다. 또한 명창을 집으로 불러 〈화용도〉 소리판을 벌이면 삼 년 묵은 잡귀들이 관왕의 기에 눌려 떨어져 나간다는 소문이 있었다. 그러한 세간의 풍문을 천 부자가 어디선가 주워들었던 것이다.

"그러지 말고 행하를 선금으로 주세요. 세상에 돈 싫어하는 사람 있나요? 누구나 돈맛을 봐야 제구실을 똑바로 한답니다."

옆에 앉아 있던, 이제 갓 스물이 넘어 보이는 별당 아씨가 당돌하게 끼어들었다. 천 부자가 가장 아끼는 세 번째 마누라였다. 천 부자는 첩의 볼을 쓰다듬고 나서 엽전 한 다발을 송흥록 발 앞에 던졌다. 쇠뭉치가 마룻바닥에 부딪히는 소리가 묵직했다. 사람들의 입이 쩍 벌어졌다. 한양에서 번듯한 기와집을 서너 채는 살 수 있는 거금이었다.

"어떤가? 이제 소리할 맛이 나는가?"

천 부자가 의기양양하게 물었다.

승흥록은 지체 없이 소리를 시작했다.

쳐다보니 만학천봉이오, 내려 굽어보니 흰 모래밭이라.
늙은 소나무는 광풍을 못 이기어 우줄우줄 춤을 춘다.

늘어진 소나무 펑퍼진 떡갈나무 능수버들 벗나무

오갈피 물푸레 가는 댕댕이 으름 넌출

엉클어지고 뒤틀어져 석양에 늘어졌다.

〈화용도〉가 아니었다. 대청에 앉아 있던 천 부자의 일가붙이
들이 서로 마주 보며 웅성거렸다. 난생처음 들은 소리에 어지간
히 당황한 모양이었다. 천 부자는 못마땅한 얼굴로 송흥록을
쏘아보았다.

"제가 한 것은 〈천봉만학가〉라는 단가올시다."

말투가 공손했으나 송흥록의 표정은 거만하기 짝이 없었다.

"단가가 무엇인고?"

대뜸 천 부자가 물었다.

"판소리 한바탕을 시작하기에 앞서 군목질을 하느라 부르는
짧은 노래지요."

송흥록은 마지못해 대꾸했다.

'단가도 모르는 주제에 소리를 들으려 하다니……'

기준이 속으로 혀를 차며 송흥록의 안색을 살폈다. 송흥록
은 지체 높은 양반들의 사랑을 한 몸에 받으며 대갓집 사랑채

를 제집 건넌방 드나들 듯했다. 목에 힘깨나 주는 청지기들도 함부로 너나들이를 할 수 없었다. 그런 송흥록의 눈에 판소리가 무엇인지도 모르면서 어설픈 양반 흉내를 내고 있는 천 부자가 얼마나 가소로울 것인가.

송흥록은 박망파 싸움으로 〈화용도〉를 시작했다. 유비의 군사가 된 제갈공명이 처음으로 장수들에게 지략을 선보이는 대목이었다.

하루는 제갈공명이 장대에 높이 올라
여러 장수들을 나누어 보낼 적에
"박망파란 산이 있고 그 옆에 안림이 있는데
관우는 군사 천 명을 데리고 숨었다가
신호를 보내거든 적의 군량미에 불을 지르고
조자룡은 선봉장이 되어 적을 유인하고
장비는 달아나는 적군을 공격할 것이며
유비께서는 군사 천 명과 함께 뒤를 맡으소서."
관우와 장비가 제갈공명을 비웃으며 말하기를
"우리만 적군을 맞아 힘껏 싸우고

그대는 집 안에 편안히 있을 것인가?"

그 말에 제갈공명이 벼락처럼 호통을 친다.

"장수를 통솔하는 칼이 내게 있으니

군령을 어기는 자는 목을 베리라."

관우와 장비는 허여멀건 얼굴에 전쟁이라고는 치러 본 적도 없는 제갈공명을 믿지 못했다. 유비는 두 아우를 설득하여 제갈공명이 시키는 대로 따르게 했다. 그때 조조의 장수 하후돈, 우금, 이전이 박망파에 이르러 유비의 군사들을 보더니 염소 떼가 호랑이에 맞서는 격이라며 비웃었다. 드디어 조자룡이 조조의 군대를 향해 출격했다.

전투가 시작되면서 장단은 중모리에서 자진모리로 바뀌었다.

조자룡이 말 타고 급급히 달려와

십여 합을 겨루다가 패한 척 달아나니

하후돈이 의기양양 뒤를 쫓았다.

우금과 이전이 걱정하여 말하기를

"길이 좁고 숲이 우거져 불로 칠까 두렵다."

하후돈이 "옳다." 하고 군사들을 멈추자마자

사방에서 불길이 치솟아 정신이 없을 적에

한편에서 조자룡이 좌충우돌 공격해 오고

다른 쪽에서 장비가 고리눈 부릅뜨고 달려드니

하후돈과 군사들은 넋을 잃고 도망치는구나.

제갈공명은 첫 번째 전투에서 치밀한 작전으로 조조의 군사들을 물리쳤다. 그제야 관우와 장비는 제갈공명이 범상치 않음을 알고 고개를 조아렸다. 긴박한 전투가 끝난 뒤 다시 장단은 중모리로 바뀌었고, 조조가 오나라 손권에게 전쟁을 알리는 포고문을 보냈다. 손권이 부하 장수들과 대책을 논의하는 장면이 이어졌다.

기준은 박망파 전투를 보는 내내 입을 다물지 못했다. 특히 제갈공명이 관우와 장비에게 군령의 지엄함을 보이느라 벼락치듯 호령하는 소리가 귓가에 쟁쟁 울렸다. 세상 사람들이 왜 송흥록을 하늘과 땅 사이에 홀로 우뚝 선 독보건곤, 바람을 부르고 비를 흩뿌릴 만큼 신비롭고 기이하다 하여 호풍환우라 일컫는지 알 것 같았다.

기준은 태평을 힐끗 쳐다보았다. 발장단을 구르며 소리 없이 날뛰는 사내들 속에서 태평이 자꾸 눈에 들어왔다. 미동도 없이 꼿꼿하게 소리판을 응시하는 그의 눈빛은 감탄을 넘어 경외로 빛나고 있었다. 기준은 태평의 정체가 궁금했다. 단순히 소리를 좋아하는 장사꾼이 아니었다. 분명 그의 눈빛에는 주변 사내들과 다른 깊이가 있었다.

날이 기울고 소리판은 무르익어 갔다. 담장 밖 사내들의 모습은 그야말로 가관이었다. 고개를 들고 마당 안쪽으로 몸을 점점 기울이는가 하면, 턱을 괴었던 담장 기와를 북통 삼아 장단을 맞추거나 소리에 취해 눈치 없이 추임새를 넣는 사람도 있었다.

송흥록이 소리를 멈추었다. 빈 북소리가 둥둥 울리다 그쳤다. 갑자기 사위가 고요해지자 기준은 퍼뜩 정신을 차렸다. 불화살이 날아다니고 창검이 번득이던 〈화용도〉의 세계에서 밖으로 튕겨 나온 기분이었다.

흠칫 놀라 몸을 아래로 낮추며 기준은 사내들에게 고개를 숙이라는 손짓을 보냈다. 알아서 조심해야 했으나 후회해도 이미 때는 늦었다. 송흥록이 담장 너머 전나무 숲을 뚫어지게 노려보고 있었다.

02
소리의 속

잔치판의 흥취는 한순간 박살이 났다. 한참 동안 송흥록은 담장 너머에서 시선을 거두지 않았다. 학질이라도 걸린 듯 온몸을 부들부들 떨고 있었다. 대청에서 잔치를 즐기던 사람들의 눈이 송흥록을 따라 담장을 향했다.

"무슨 일인가?"

천 부자가 언짢은 목소리로 물었다.

"대문을 활짝 열어야겠습니다."

송흥록의 표정은 단호했다. 천 부자는 영문도 모른 채 어리벙벙한 표정을 짓고 있었다.

"주인 없는 나그네가 어디 있으며 관객 없는 광대가 어디 있 겠습니까? 대문을 열고 저 사람들을 소리판으로 들이십시오."

송흥록은 부채 끝으로 담장 너머를 가리켰다. 기왓골 위로 상투 몇 개가 동동 떠서 오락가락하는 것이 보였다. 송흥록의 말은 담장 뒤에 숨어서 몰래 소리를 구경하는 사람들을 집 안 으로 불러들이자는 것이었다. 천 부자의 낯빛이 불콰해지더니 눈꼬리가 치켜 올라갔다.

"나더러 저런 쥐새끼들과 섞여 소리를 구경하란 말인가? 뭣 들 하느냐? 저 담장 위에 매달려 있는 놈들을 당장 물고를 내어 쫓아내라."

천 부자의 말에 송흥록의 얼굴이 일그러졌다.

"쥐새끼라고 하셨습니까?"

송흥록은 눈에 바짝 힘을 주고 취조하듯 따져 물었다.

"저 비루한 놈들 하는 짓거리가 남의 곳간에 몰래 들어와 곡 식을 훔쳐 먹는 쥐새끼와 무엇이 다르단 말인가?"

천 부자도 물러서지 않고 목소리를 높였다.

"어느 들판에 누워 계신지는 몰라도 천 부자 어른의 부모님께 서 이 말을 들으시면 썩은 가마니를 뚫고 나오시겠습니다그려."

송흥록은 코웃음을 치고 먼산바라기를 했다. 천 부자가 두 주먹을 불끈 쥐고 숨을 몰아쉬었다. 대청에 앉아 있던 사람들의 얼굴이 납빛으로 변했다.

"뭣이 어쩌고 어째? 네 이노오옴, 지금 천한 광대 따위가 삼남에서 열 손가락 안에 드는 거부장자인 나를 능멸하느냐?"

천 부자가 사시나무 떨듯 바들거렸다. 돌아가신 부모님은 천 부자의 가장 아픈 상처였다.

천 부자의 부모는 주인집 심부름으로 산길을 넘다 화적패를 만나 한날한시에 죽었다. 부모가 급사했다는 소식을 여러 차례 보냈으나 천 부자는 초상을 치르러 오지 않았다. 성공하기 전까지는 절대 고향으로 돌아오지 않겠다는 굳은 다짐 때문이었다. 할 수 없이 마을 사람들은 시신을 가마니에 둘둘 말아 지게에 지고 가서 들판에 묻어 주었다. 주인집 선영이 있는 뒷산에 묻을 수 없어 남강에서 가까운 들판에 묻어야 했다. 장마철만 되면 무덤의 흙이 야금야금 휩쓸려 내려갔고, 어느 해 커다란 홍수가 져서 그나마 남아 있던 흔적마저 떠내려가고 말았다. 수십 년 뒤 갑부가 되어 금의환향한 천 부자는 부모의 묘를 애타게 찾았지만, 비석은 말할 것 없고 관곽조차 쓰지 못했으니 찾을 길이 없었다. 결국 사흘 동안 장례식을 성대하게 치른 뒤 가묘를 썼다. 천 부자 부모의 묘는 봉분만 산더미처럼 높고 속에는 아무것도 없는 빈 무덤이었다.

"더러워서 소리 못 하겠소."

송흥록이 도포 자락을 떨치고 일어났다.

"아니, 저, 저놈이 미쳤는가……."

천 부자가 송흥록을 향해 달려들자 젊은 고수가 앞을 막아섰다. 대문 밖으로 나가려던 하인들 몇몇이 달려와 고수를 냅다 마당으로 메다꽂았다. 송흥록은 두려워하는 기색이 없었다. 오히려 하인들이 송흥록의 기세에 눌려 눈치를 살폈다.

"무엇 하느냐? 저 광대 놈을 죽을 만큼 두들겨 패지 않고?"

천 부자는 주먹을 움켜쥐고 바락바락 악을 썼다. 하인들이 마지못해 송흥록에게 달려들었다. 별당 대청은 그야말로 폭발 직전이었다.

"송 선달은 나오시오."

우레 같은 목소리에 하인들이 멈추었다. 경상우 병영의 군관이 군사 수십 명을 거느리고 중문을 넘어 들이닥쳤다.

"병조 판서 대감께서 급히 송 선달을 모시고 병영으로 들어

오라 하셨소.”

병조 판서는 임금의 외삼촌 김병기였다. 김병기는 나는 새도 떨어뜨린다는 외척 안동 김씨의 중심인물로 영의정 김좌근의 양아들이었다. 판소리를 끔찍이 좋아했고 명창 가운데 송흥록을 가장 아꼈다. 임금에게 청을 넣어 송흥록에게 선달이라는 무과 벼슬을 내린 사람도 김병기였다. 사랑채에 둘만 있을 때는 편하게 너나들이를 할 만큼 친하다는 소문이 장안에 파다했다.

마침 김병기가 경상 우병영을 시찰하러 내려왔다가 송흥록이 진주에 머무르고 있다는 소식을 듣고 군관을 보냈던 것이다.

“송 명창, 아니 선달님, 오늘 일은 내가 잘못했소. 물로 씻은 듯 잊어 주시오.”

천 부자는 송흥록의 소맷부리를 잡고 애원했다. 화가 치밀어 올라 눈알이 뒤집히는 바람에 송흥록이 세도가인 김병기와 가깝다는 사실을 깜박 잊었던 것이다. 송흥록을 괄시했다는 사실이 김병기의 귀에 들어가면 어떤 벼락이 떨어질지 알 수 없었다.

“제발 한 번만 봐주시오. 은혜는 잊지 않으리다.”

송흥록은 눈길조차 주지 않았다. 비뚤어진 갓과 흐트러진 옷매무새를 도도하게 바로잡았다. 천 부자는 고개를 조아리고 손을 비벼대며 송흥록을 붙들고 늘어졌다. 잠시 전까지 악에 받쳐 고함을 지르던 모습은 오간 데 없었다.

한편 대문 밖에서도 한바탕 소동이 벌어졌다. 별당 대청에서 송흥록과 천 부자가 으르렁거리는 것을 보고 사내들은 무슨 사달이라도 난 줄 알았다. 담장을 따라 굼벵이처럼 엎드려 산길을 되짚어 나오니 대문 앞에 천 부자 집 하인들이 버티고 있었다. 하인들은 손에 들고 있던 몽둥이를 무지막지하게 휘둘렀다. 사내들의 머리고 등이고 허리고 가리지 않고 몽둥이가 사정없이 쏟아졌다. 몽둥이를 피해 달아나다 넘어지고 짓밟힌 사내들의 비명과 신음이 산 아랫말까지 울려 퍼졌다.

"천벌받을 놈."

"오살하고 급살 맞을 놈."

"제 에미, 아비처럼 화적패 손에 뒈질 놈."

언덕 아래로 무사히 달아난 사내들은 다시 천 부자의 집을 향해 종주먹을 날렸다. 입에 담기 힘든 악담을 번갈아 퍼부어도 화는 가시지 않았다. 아무도 흩어질 생각을 하지 않고 그 자리에서 콧김을 씩씩 내뿜고 있었다.

"흥, 아니꼽고 더럽다. 까짓 송흥록 소리 별것도 아니더마."

붓털 수염이 침을 퉤 뱉었다. 몽둥이에 맞아 부어오른 이마를 문지르며 송흥록의 소리를 서슴없이 깎아내렸다.

"장작 패듯 두들기는 북소리에 맞춰 돼지 멱따듯 고함만 빽빽 내지르는 송흥록 소리가 뭐 들을 것 있다고. 진짜배기 소리는 박유전 소리 아닌가. 웃길라 마음묵으믄 배꼽이 너덜거리도록 웃기고, 울릴라 작정하믄 비지 같은 눈물을 죽죽 쏟게 하니 구경꾼들이 환장을 하제."

붓털 수염의 말에 몇몇 사내들이 고개를 끄덕거렸다. 별당 대청에서 무슨 일이 있었는지 모르다 보니 화살이 엉뚱하게 송흥록에게 돌아가고 있었다.

"무식헌 소리 작작 하그라. 박유전 소리가 어디 소린가? 무당들 푸닥거리도 아니고 장돌뱅이 장타령보다 못하제. 송흥록 소리는 오장에서 끌어올린 통성을 폭포수처럼 토해 내는 소리요, 소리꾼이 목숨을 걸고 죽기 살기로 하는 소리구마는."

팔순 노인이 골을 냈다. 박유전은 송흥록 이후 판소리의 역사를 새로 썼다고 추앙을 받는 명창이었다. 애절하고 구슬프면서도 치열한 소리로 백성들에게 크게 사랑받았고, 송흥록 이후 그에 견줄 만한 광대는 박유전뿐이라는 말이 있을 정도였다.

기준은 시골 사내들의 입방아 속에 송흥록의 소리가 돼지 멱따는 소리로 둔갑하고, 박유전의 소리는 푸닥거리와 장타령 밑으로 떨어지는 현실이 우스꽝스러웠다.

붓털 수염은 호락호락 물러서지 않았다. 서로 박유전의 소리가 좋다, 송흥록의 소리가 좋다 하며 실랑이를 이어 나갔다. 목소리가 점점 높아졌고 다른 사내들이 하나둘 끼어들더니 두 파로 나뉘어 으르렁거렸다. 기준과 태평만 멀찍이 떨어져 사내들을 지켜보고 있었다.

"거그 총각아, 너는 어느 쪽이가?"

송흥록 파로 들어간 대갈장군이 기준에게 물었다. 머릿속에 할 말이 꿈틀거렸으나 입을 열지는 못하고 우물거렸다.

"태평 행님, 이리 와 보소. 송흥록인교, 박유전인교? 딱 잘라 말해 보소."

붓털 수염이 태평을 불렀다.

태평은 사내들의 논쟁에 휘말리고 싶지 않았다. 송흥록의 소리든 박유전의 소리든 판소리가 발전하는 흐름 속에 자연스럽게 생겨난 것이다. 둘은 작게 보면 다르지만 크게 보면 같았다. 나무 한 그루에 집중하면 숲의 조화로운 아름다움을 놓치는 법이다. 산수화를 보며 그림 속의 폭포가 좋다, 초가집이 좋다, 우기는 것과 다를 바 없었다.

"내가 두 소리를 비유해 볼랑께 들어 보씨오. 먼저 음식에 비유하면 박유전 소리가 장 치고 지름 치고 온갖 양념으로 맛을 낸 육개장이라면, 송흥록 소리는 밤새 은근히 우려내어 소금 간만 살짝 한 곰탕이지요."

갑작스러운 태평의 음식 타령에 사내들은 군침을 삼키고 입맛을 다셨다.

"이번에는 이별에 비유해 볼라요. 박유전 소리가 밤새 울고불고 그것도 모자라 오리정까지 따라 나가 임의 소매를 눈물로 적시는 이별이라면, 송흥록 소리는 창자가 끊어지게 마음이 아플지라도 단칼에 무 자르듯 돌아서서 속으로 피눈물을 삼키는 이별이지라우."

태평의 말에 사내들이 술렁거렸다.

"술에 물 탄 듯 물에 술 탄 듯 심심한 소리 치아라."

"그래서 둘 중에 어느 소리가 좋단 말인교?"

팔순 노인과 붓털 수염이 거의 동시에 소리 질렀다. 여전히 두 사람은 송흥록과 박유전이라는 소리의 틀에 갇혀 있었다.

"송흥록 소리든 박유전 소리든 뭐 그리 중요하다요. 두 소릿제는 각기 다른 멋과 맛이 있는 것이오. 송흥록 소리는 크게 질러 대는 호령조가 많으니 봄날 한낮에 툭 터진 너른 마당에서 들으면 좋고, 박유전 소리는 기교가 많고 섬세하며 애잔하니 가을 달빛이 은은한 누각에서 들으면 좋지라우. 송흥록과 박유전은 모두 천 년에 한 번 나올까 말까 한 대가 중의 대가요. 감히 누가 두 명창의 소리를 잘하네, 못하네 평가하며 함부로 입에 올릴 수 있단 말이요?"

어느새 태평은 사내들을 엄하게 꾸짖고 있었다.

"소리 속을 제법 아시는구려."

기준이 고개를 끄덕이고 있을 때 누군가 뒤에서 큰 소리로 말했다. 기준과 태평을 비롯한 사내들이 화들짝 놀라 고개를 돌렸다. 송흥록이 나귀 잔등 위에 앉아 있었다. 언제부터였는지는 몰라도 태평의 말을 다 들은 모양이었다.

송흥록은 나귀에서 내려 태평을 향해 다가왔다.

"나는 송흥록이라 하오."

송흥록이 고개를 숙여 반절을 했다.

"나는 태평이라 헙니다만."

태평이 송흥록과 인사를 나누는 사이, 사내들이 두 사람을 둘러쌌다. 기준도 송흥록을 좀 더 가까이서 보려고 사내들 틈을 비집고 들어갔다. 가슴이 콩닥콩닥 뛰었다. 천하 명창 송흥록을 눈앞에서 보자 다들 신기해서 어쩔 줄 몰랐다. 게다가 손을 뻗으면 닿을 만큼 가까운 거리에서 볼 것이라고는 상상조차 해 본 적이 없었다.

"우룡아."

송흥록이 부르자 나귀 고삐를 잡고 있던 젊은이가 앞으로 나왔다. 북을 짊어지고 있는 것으로 보아 고수인 모양이었다. 젊은이가 숙였던 고개를 든 순간, 태평의 눈이 두 배로 커졌다. 분명 어디선가 이 젊은이를 본 적이 있었다.

"나는 이 어른과 담소를 나눠야 하니, 군졸들에게 먼저 돌아가라고 해라."

송흥록의 말에 젊은이는 공손히 대답을 하고 물러갔다.

"아드님인가 봅니다."

태평은 젊은이의 뒷모습에서 눈을 뗄 수 없었다.

"조카 녀석입니다. 내 아우 광록이의 장남으로 이름이 우룡이지요. 나와 함께 다니며 북도 치고 가끔 내가 소리도 가르치고 있소. 나를 쏙 빼닮은 아이라 각별히 정이 가는구려."

송흥록은 흐뭇한 얼굴로 조카의 뒷모습을 바라보았다.

송흥록을 쏙 빼닮았다는 말을 듣자마자 태평의 머릿속에 퍼뜩 떠오르는 얼굴이 있었다. 태평은 송흥록을 뚫어지게 보았다. 마음속으로 주름을 지우고 늘어진 살을 거두고 희끗희끗한 머리를 검게 물들여 보았다.

"큰놈이."

태평의 입에서 짧은 탄식이 새어 나왔다. 큰놈이라는 말에 송흥록도 눈을 끔적거리며 태평을 마주 보았다. 두 사람은 장승처럼 우뚝 서서 서로의 얼굴을 바라보았다.

태평의 눈동자에 열다섯 살 남짓한 앳된 소년의 얼굴이 떠올랐다.

오십 년 전, 초가을 어느 날이었다. 태평은 한강을 건너 남태령을 넘고 있었다. 고갯마루에 올라서자 날이 어둑어둑해졌다.

한강나루에 배를 타려는 사람들이 많아 시간을 지체한 탓이었다. 태평은 등짐 질빵을 바짝 당겼다. 청계산 골짜기에서 산짐승 울음소리가 들려왔다. 하룻밤 묵을 곳을 찾아 태평은 발을 재게 놀렸다.

태평은 열일곱 살 되던 해에 등짐장사 일을 시작했다. 그해 가을 추수가 끝난 뒤 한 푼이라도 더 벌기 위해 마을에 들어온 등짐장사를 따라나섰다. 남대문 밖 칠패 장터와 마포나루에서 소금과 젓갈을 사다가 백두대간과 지리산 산골 마을을 돌아다니며 팔았다. 겨울이 되면 태평은 엉덩이가 들썩거려 집에 붙어 있을 수 없었다. 어머니는 길거리를 떠돌다 죽은 객귀가 붙었다며 혀를 찼다. 스무 살이 되자 아예 농사를 어머니에게 맡기고 일 년 내내 팔도를 떠도는 등짐장수로 나섰다.

태평은 서둘러 주막을 찾았다. 어둠이 코앞까지 몰려와 있었다. 더듬더듬 어둠을 헤치며 앞으로 나아가자 멀리 불빛 한 점이 어른거렸다. 주막을 알리는 지등 불빛이었다.

"오늘 밤 쉬어 갈 수 있을게라우?"

허드렛일을 하던 머슴이 태평을 흘낏 쳐다보고 뒤란으로 갔다. 덩치가 우람하고 어깨가 씨름꾼처럼 다부졌다.

"장사치들 틈에 끼어 자고 가든지……."

평상에 앉아 귀를 후비던 늙은 사내가 대답했다. 주인인 모양이었다.

태평은 국밥 한 그릇을 청하여 먹고 방으로 들어갔다. 이미 방 안은 태평 같은 장사꾼들과 나그네들로 꽉 찼다. 태평은 사내들 틈을 비집고 들어가 간신히 모로 누웠다. 사나운 말투와는 달리 주막 사내의 군불 인심은 나쁘지 않았다. 설설 끓는 방바닥에 눕자마자 태평의 눈이 스르르 감겼다.

"아, 잘 잤다."

이튿날 태평은 일찌감치 눈을 떴다. 기지개를 켜고 나서 방 안을 둘러보니 저 혼자뿐이었다. 밖으로 나오니 장사꾼 두 명이 마지막으로 주막 사립을 나가고 있었다. 태평은 대충 세수를 하고 아침밥을 먹었다.

밥그릇이 비어 갈 즈음 주인 사내가 어젯밤 맡겼던 등짐을 가져왔다. 어서 밥값과 방값을 치르라는 뜻이었다. 태평은 등짐에 손을 넣고 전대를 찾느라 여기저기 더듬었다. 너무 깊숙이 넣어 두었는지 얼른 손에 잡히지 않았다. 한참이나 등짐을 더듬던 태평의 손이 멈추었다. 썩은 시래기 다발이 끌려 나왔다. 가슴이 덜컥 내려앉는 듯했다.

"주인아저씨!"

태평이 큰 소리로 외쳤다.

"귀청 떨어지겠네. 뭐?"

주인 사내가 버럭 소리 질렀다. 태평이 등짐을 오래 더듬고
있을 때부터 주인 사내의 눈빛은 점점 사나워졌다.

"제 짐이 아니어라우. 짐이 바뀌었당께요."

태평이 울상을 지었다.

"등짐이 바뀌어? 네 놈 등짐에는 금덩이, 은덩이가 잔뜩 들
어 있었겠지? 어떤 도둑놈이 시래기 다발이 든 등짐과 바꿔치
기했을 것이고?"

주인 사내는 어이없다는 듯 싱글싱글 웃으며 비아냥거렸다.
그의 눈에 태평은 그동안 보았던 수많은 사기꾼 가운데 하나
였다.

"금덩이, 은덩이는 아니어라우. 말린 청어와 전대가 들어 있
었구만요."

주인 사내가 비웃는 줄도 모르고 태평은 곧이곧대로 털어놓
았다.

"요런 사기꾼을 보았나? 실컷 먹고 자고 나서 전대를 잃어버렸다, 등짐이 바뀌었다, 둘러대는 놈들을 내가 한두 번 본 줄 아느냐? 당장 관가로 가자. 따끔한 맛을 봐야 어린놈이 정신을 차리지."

주인 사내는 태평의 목덜미와 꽁지머리를 우악스럽게 잡았다. 태평은 물 밖으로 나온 붕어처럼 허둥거렸다. 태어나서 처음 겪는 일이었다. 관가로 끌려가면 곤장을 맞은 뒤 옥에 갇히게 될 것이다. 등짐을 잃어버린 것도 서러운데 사기꾼으로 몰리다니, 분하고 억울했다.

그때 태평의 품에서 무엇인가 툭 떨어졌다.

"요게 뭐지?"

주인 사내가 잽싸게 집어 든 것은 책이었다. 혹시라도 잃어버릴까 봐 늘 태평이 가슴 속에 품고 다니던 소리책 《화용도》였다. 주인 사내는 무슨 책인가 싶어 팔랑팔랑 넘겼다.

"아저씨, 돌려주씨요."

주인 사내가 태평을 힘껏 밀쳤다. 땅바닥에 쓰러진 태평을 향해 주먹을 번쩍 치켜들었다. 태평은 눈을 질끈 감았다. 주인 사내의 화가 풀린다면 얼마든지 맞아도 상관없었다.

"세상에 하나밖에 없는 소리책이랑게요. 제발 돌려주씨요. 돈은 나중에 꼭 집에서 가져다 드릴게라우."

갑자기 태평이 무릎을 꿇고 애원했다.

"소리책?"

무엇인지는 몰라도 매우 중요한 것이었다. 주인 사내는 더욱 의기양양해졌다. 이것만 꽉 쥐고 있으면 돈을 받는 것은 문제가 없어 보였다.

"아침부터 왜 소란인가? 시끄러워 잠을 잘 수가 있나."

건넌방에서 웬 사내가 방문을 열고 나왔다. 나이는 태평의 아버지 또래인데 얼굴에 위엄이 있고 차림새가 말끔했다. 사내는 두 사람 쪽으로 성큼성큼 다가왔다.

"송 첨지 어른, 단잠을 깨워 송구합니다."

펄펄 뛰며 설치던 주인 사내가 다소곳해졌다. 송 첨지가 손을 내밀자 군말 없이 소리책을 건네주었다.

"《화용도》라?"

송 첨지의 눈이 번쩍 뜨였다. 평상에 걸터앉더니 소리책을 한 장 한 장 넘겼다. 주인 사내는 똥 마려운 강아지처럼 송 첨지 둘레를 서성거렸다.

"나리, 지금 소리책이나 들여다보고 있을 만큼 한가하지 않습니다."

주인 사내는 태평을 밥값과 방값을 떼어먹고 등짐 내놓으라고 우기는 사기꾼으로 몰아갔다. 당장 관가로 끌고 가서 물고를 내야 한다는 것이었다. 송 첨지는 주인 사내의 말을 듣는 둥 마는 둥 하며 소리책에 파고들었다.

"참, 소리책이라면 나리께 필요한 물건 아닙니까?"

퍼뜩 생각이 났는지 주인 사내가 은근한 목소리로 말했다. 사납던 표정이 밝아졌다. 소리책을 송 첨지에게 팔아먹으려는 수작이었다.

"그 아이의 짐이 바뀐 것이 맞네."

소리책을 덮고 송 첨지가 잘라 말했다. 동문서답이었다.

"나리께서 어찌 아시오?"

주인 사내의 눈빛이 날카로워졌다. 말투가 시비조로 바뀌었다.

"보았으니 알지. 어제저녁 소피 보러 뒷간에 가다가 이 아이가 들어오는 걸 보았네. 내가 갯내를 몹시 싫어하는데 등짐에서 생선 비린내가 진동하더구먼. 그런데 지금 저 등짐에서는 시래기 냄새가 나지 않나?"

송 첨지는 물 흐르듯 조리 있게 말했다. 주인 사내의 얼굴이 벌겋게 달아올랐다.

"천한 광대 놈이 마빡에 옥관자 달더니 천지 분간을 못 하는군. 어디서 돼먹지 못하게 훈수질이야."

혼잣말이지만 뻔히 송 첨지 들으라고 하는 말이었다.

"막둥아!"

주인 사내가 빽 소리를 질렀다. 뒤란에서 장작을 패던 머슴이 기다렸다는 듯 도낏자루를 들고 달려 나왔다. 어쩐지 손발이 척척 맞았다. 밝을 때 보니 머슴의 덩치가 더 커 보였다. 장정 서넛은 단숨에 해치울 만했다.

막둥이는 다짜고짜 송 첨지를 향해 도낏자루를 휘둘렀다. 송 첨지가 잽싸게 뒤로 물러났다. 마당 한가운데 있던 평상이 도낏자루에 박살이 났다. 막둥이는 힘은 장사였지만 동작은 곰처럼 둔했다. 몸을 돌릴 새도 없이 날아든 송 첨지의 돌려차기 한 방에 쿵 소리를 내며 사립짝 앞으로 나가떨어졌다.

"인제 보니 너희 두 놈이 상습적으로 어리숙한 장돌뱅이를 골라 골탕 먹였구나. 주인 놈이 억지를 부려 손님을 도둑으로 몰다가, 반항할라치면 머슴 놈이 나와 힘으로 짓눌렀으렷다?"

송 첨지가 서슬 퍼런 눈으로 주인 사내와 막둥이를 번갈아 보았다.

"소인이 실성을 했나 봅니다. 한 번만 용서해 주십시오."

주인 사내는 이마가 흙바닥에 닿도록 머리를 조아렸다.

"어서 이 아이의 짐을 내놓지 못할까?"

송 첨지의 호통이 마당을 쩌렁쩌렁 울렸다. 목소리가 천둥처럼 크고 우렁찼다. 주인 사내가 엉금엉금 기어 뒤란으로 돌아가서 등짐을 가져왔다. 태평 앞에 공손히 내려놓더니 손이 발이 되도록 용서를 빌었다.

"과천 현감께 고하여 네놈들을 가만두지 않을 테다. 주리를 틀고 형장을 쳐서 그간 저지른 죄를 낱낱이 밝힐 것이야."

송 첨지는 준엄하게 꾸짖었다.

"아이고, 제발 살려 주십시오. 다시는 이러지 않겠습니다."

주인 사내가 울며불며 송 첨지의 바짓가랑이를 붙잡고 늘어졌다.

"개 꼬리 삼 년 묻는다고 족제비 털 되겠느냐?"

송 첨지는 벌레라도 달라붙은 듯 모지락스럽게 털어 냈다.

"큰놈아."

송 첨지가 건넌방을 향해 소리쳤다. 건넌방 지게문이 열리고 태평보다 서너 살 어려 보이는 소년이 나왔다. 입매가 야물고 눈빛에 총기가 있었다.

"과천 관아로 달려가서 오늘 있었던 일을 현감께 고하고 오너라."

송 첨지의 말이 떨어지자마자 큰놈이는 사립문 밖으로 달려나갔다. 한참 동안 송 첨지는 툇마루에 가부좌를 틀고 앉아 점잔을 뺐다. 그 아래서 주인 사내와 막둥이는 닭똥 같은 눈물을 죽죽 흘리며 용서해 달라고 빌었다.

한 식경도 지나지 않아 군로들이 들이닥쳤다. 두 사람은 포승줄에 묶여 끌려갔다. 한바탕 폭풍이 휩쓸고 지나간 듯 주막은 괴괴했다.

태평은 허옇게 굳은 얼굴로 마당 한가운데 서 있고 송 첨지와 큰놈은 마루에 앉아 있었다.

"적잖이 놀란 모양이구나."

송 첨지의 부드러운 눈빛과 목소리에 태평의 마음이 풀어졌다.

"할 줄은 아느냐?"

〈화용도〉를 할 줄 아는지 묻는 것이었다. 태평은 고개를 들어 송 첨지를 쳐다보았다.

"군사들이 술 마시고 우는 대목은 할 줄 압니다."

용기를 내어 말했으나 목소리에 자신감이 없었다.

"곡조도 붙였느냐?"

"예."

"해 보겠느냐?"

"예."

넙죽넙죽 대답했지만 태평은 긴장이 되어 침을 꿀꺽 삼켰다.

〈화용도〉는 영웅들의 무용담이었다. 난데없이 끼어든 이름 없는 군사들 이야기를 송 첨지가 어떻게 평가할지 몰라 입속이 바짝 말랐다.

큰놈이 방으로 들어가 북을 가져왔다. 송 첨지는 큰놈을 맏아들이라고 소개했다. 북을 앞으로 끌어당겨 덩딱 두드렸다. 소리를 시작하라는 뜻이었다.

태평이 눈치를 보며 멈칫거리다 소리를 시작했다.

노래 불러 춤추는 놈, 설움 겨워 우는 놈, 히히 하하 웃는 놈,

잔뜩 먹고 토하는 놈, 팔씨름하는 놈, 투전하다가 다투는 놈,

졸음에 못 이기어 창끝에 턱 괴고 서서 자다 찔린 놈,

군사들 마음에 첩첩이 쌓인 슬픈 눈물이 그치지 않으니

한 군사가 전립을 벗어 베고 누워 봇물 터진 듯 울음을 운다.

"아이고, 아이고, 아이고, 내 신세야.

이놈의 노릇을 어쩔거나."

처음에는 중모리장단에 맞춰 따박따박 하는가 싶더니, 어느 순간부터 소리와 장단이 뒤엉켜 엉망진창이 되었다.

"재주도 없는 녀석이 바람만 단단히 들었구나. 판소리는 목소리로 인물의 심정을 그림 그리듯 표현해야 한다. 네 소리는 인물과 영 따로 놀고 있어. 귀는 열렸으나 목구멍이 닫혔으니 얼마나 답답할꼬."

소리가 끝나자 송 첨지가 껄껄껄 웃었다. 태평의 귀밑이 빨갛게 달아올랐다.

"소리책은 어디서 났느냐?"

송 첨지가 취조하듯 물었다. 태평은 묵묵부답이었다.

"큰놈이는 잠깐 방으로 들어가 있거라."

건넌방 지게문이 닫히는 것을 보고 송 첨지가 낮은 목소리로 입을 열었다.

"소리책은 소리의 근본이니라. 이 귀한 것을 어쩌다 갖게 되었지?"

송 첨지는 태평과 눈을 맞추고 물었다.

"훔친 것은 아니니 걱정 마시랑게요."

태평이 눈을 똑바로 뜨고 분연히 대꾸했다.

"소리책을 내게 팔겠느냐?"

송 첨지가 속마음을 드러냈다.

"기와집 한 채 값은 주셔야 합니다만."

"주고말고."

송 첨지가 성급하게 태평의 말을 가로챘다.

"돈과 바꿀 물건이 아닝께, 필요 없어라우."

태평은 느릿느릿 제 할 말을 다 했다.

"그럼?"

애가 타는 쪽은 송 첨지였다.

《화용도》는 처음 보는 소리책이었다. 송 첨지는 소리책을 꼭 손에 넣고 싶었다. 삼국의 영웅들이 종횡무진 활약하는 이야기라 다른 바탕과 비교할 수 없었다. 또한 내용이 힘차고 굳셀 뿐 아니라 속되지 않았다. 소리책만 있으면 양반들의 구미에 맞는 우아하고 고상한 판소리를 새로 짤 수 있을 터였다.

"소리를 한번 해 주시씨오. 그러고 나서 판단할라요."

태평의 건방진 요구에 송 첨지는 뒤통수를 얻어맞은 듯했다. 촌에서 올라온 어린 장돌뱅이의 시험에 든 기분이었다.

"좋다."

송 첨지는 자리에서 벌떡 일어났다. 기꺼이 시험에 들 만한 가치가 있다는 생각이 들었다. 제 장단에 맞춰 태평이 했던 대목을 시작했다.

송 첨지의 목소리를 통해 노래하고 춤추는 군사, 서러워 우는 군사, 미친 듯이 우는 군사, 먹고 토하는 군사, 뜬금없이 팔씨름하는 군사, 투전하다 싸우는 군사의 모습이 하나하나 살아났다. 단단하고 우렁찬 소리, 변화무쌍한 얼굴 표정, 멈춘 듯 움직이는 몸짓이 서로 부족한 곳을 채우며 완벽한 세계를 만들어 냈다.

벼락을 맞은 듯 태평의 온몸이 찌르르 울렸다. 똑같은 사설인데 어떤 곡조를 붙이고 누가 하느냐에 따라 소리의 맛이 완전히 달라졌다.

분명 송 첨지는 세상이 알아주는 큰 명창임이 틀림없었다. 거기서 그치지 않고 송 첨지는 막 떠오른 사설을 소리로 만들었다.

"겁 많고 나약한 군사들만 있었을까? 그들 가운데 허황되고 거들먹거리는 군사 하나가 있으면 더 재미있지 않겠느냐? 자, 들어 보아라."

여러 군사들이 슬피 울자 또 한 군사가 나서는데
키는 자그마하고 수염은 우뭇가사리 같고
콧구멍은 홍합 속처럼 생긴 놈이 짧은 칼을 들고
제법 큰소리를 치며 나오던 것이었다.

아니리를 마치고 송 첨지는 목을 가다듬느라 헛기침을 했다.

"이놈, 저놈, 말 들어라. 너희들 모두 다 졸장부다.
나라 위해서 집안을 돌볼 수 없다, 옛글에 일렀으니

남자가 어찌 처자식만 그리워하겠느냐.

늙은이나 젊은이나 고향 생각일랑 그만두소.

우리 몸이 군사 되어 전쟁터에 나왔다가

공명도 못 이루고 속절없이 돌아가면 부끄럽지 않으랴.

내 마음속 평생소원은 허리에 찬 석 자 칼로

오나라, 한나라 장수 머리를 뎅그렁 베어 들고

말 타고 창 휘둘러 승전고 울리면서 고향으로 돌아가

부모 형제, 처자, 삼촌, 아주머니, 멀고 가까운 친척들

반가이 다시 만난다면 그 아니 즐거우랴.

울지 마라, 울지 마라, 제발 덕분에 울지 마라."

"권마성제네요."

태평은 벌어진 입을 다물지 못했다. 권마성이란 높은 벼슬아치가 행차할 때 길가의 백성들에게 물러나라고 외치는 소리였다. 그것을 판소리에 가져다 쓴 것이 권마성제였다. 중중모리장단에 맞춰 폭포수처럼 쏟아지는 송 첨지의 소리에 태평은 한동안 정신을 차리지 못했다.

"권마성제도 알고 대단하구나. 이 대목을 '군사설움타령'이

라고 하면 어떻겠느냐?"

송 첨지가 동의를 구했다.

"누가 처음 소리를 만들었을게라우?"

그때까지 태평은 소리의 여운에서 벗어나지 못하고 있었다. 소리 광대의 길이 닿을 수 없는 곳에 있다는 것을 다시 한번 확인하는 시간이었다.

"이거 받으씨요."

송 첨지에게 소리책을 건넸다.

"정말 받아도 되겠느냐?"

태평은 고개를 끄덕였다. 참 이상한 일이었다. 늘 가슴에 애지중지 품고 다니던 소리책이 더 이상 제 것 같지 않았다. 어차피 소리책은 소리 광대의 것이었고, 송 첨지라면 소리책을 맡겨도 좋을 듯했다.

"네게 소중한 것일 텐데……."

송 첨지는 선뜻 받을 수 없었다.

"저는 소리책이 세상을 자유롭게 돌아다니면 좋겠구만요. 명창들의 입에서 입으로 떠돌다 새로운 더늠이 점점 붙고 그늘이 큰 나무로 자라면 좋겠어라우."

태평은 맥이 탁 풀렸다. 홀가분한 만큼 아쉬움도 컸다. 송 첨지가 등을 다독다독 어루만져 주었다. 태평은 다시 터져 나오는 울음을 가까스로 삼켰다.

"어디로 가느냐? 우리는 한양으로 간다."

주막 앞 삼거리에서 송 첨지가 물었다.

"저는 충청도 보은을 지나 지리산 구례로 갈랍니다."

송 첨지는 고개를 끄덕였다. 얼굴에 아쉬운 빛이 서렸다.

"소리 바람은 마음대로 떼어 낼 수 없는 법. 평생 감기처럼 너를 따라다닐 것이다."

송 첨지는 예언하듯 쓸쓸히 말했다. 태평은 말없이 고개를 숙였다. 이별도 만남만큼 짧았다. 산모롱이를 돌아가기 전 태평은 뒤를 돌아보았다. 큰놈이가 물끄러미 태평을 바라보다 눈이 마주치자 송 첨지를 향해 달려갔다.

'소리책의 운명은 어찌 될까?'

숲 너머로 언뜻 보이는 하늘이 망망대해처럼 가없었다. 태평은 송흥록과 큰놈이 사라진 모롱이 너머를 쳐다보았다. 송 첨지의 서슬 퍼런 군사설움타령이 귓가에 쟁쟁 울렸다.

소리책은 세상에 던져졌다. 막 고치를 떨치고 나온 나비의 날

갯짓처럼 가냘픈 소리책의 운명을 떠올리자, 태평은 가슴 안쪽
이 뻐근했다.

"뭘 그리 빤히 보시오. 내 얼굴에 뭐라도 묻었소?"

송흥록이 무안했는지 제 볼을 쓰다듬었다.

"《화용도》소리책은 잘 가지고 계시오?"

태평이 밑도 끝도 없이 불쑥 내뱉었다.

"《화용도》소리책이라니?"

송흥록이 뜬금없다는 표정으로 되물었다.

"아, 아니오. 제가 실언을 했는갑소."

태평은 괜한 말을 꺼냈다고 후회했다. 순간적인 기분에 취해
저를 경솔하게 드러내고 싶지 않았다. 그사이 송흥록은 뭔가
를 곰곰이 생각하는 눈치였다.

"노형께서 《화용도》소리책을 어찌 아시오?"

송흥록이 휘둥그레진 눈으로 다가섰다. 태평은 움찔 놀라 뒤
로 물러났다. 송흥록이 태평의 얼굴을 빤히 들여다보았다.

"혹시 아주 오래전 남태령 너머 과천 주막에서 보았던……."

마침내 승흥록도 태평을 기억해 냈다. 오십 년이 훌쩍 지난

일이고 가볍게 스쳐 간 인연이었다. 긴 세월이 흘렀음에도 마음에 남아 있다는 것이 신기했다.

"이제야 선생을 만나는군요. 아버님께서 살아생전 《화용도》 소리책을 전해 준 젊은이를 꼭 만나고 싶어 하셨답니다."

감격이 꾸역꾸역 차올라 송흥록의 목소리가 떨렸다.

"선생께서 주신 소리책으로 아버님은 수많은 제자들에게 〈화용도〉를 가르치셨다오. 고수관, 모흥갑, 황해천……."

송흥록의 입에서 나온 이름들은 조선 팔도를 들썩거리게 할 만큼 유명한 명창들이었다. 꿈에서라도 보고 싶은 천하의 대가들이 제가 전한 소리책으로 〈화용도〉를 배웠다니, 태평은 벼락을 맞은 듯 온몸이 찌르르했다.

"우룡아."

송흥록은 느티나무 아래에 서 있던 젊은이를 불렀다. 송우룡이 허리 숙여 태평에게 인사를 올렸다.

"좀 일찍 만났으면 밤을 새워 회포를 풀었을 텐데 아쉽게 되었소. 오늘은 김병기 대감을 찾아뵈어야 하니 훗날을 기약합시다."

태평을 바라보는 송흥록의 눈에 아쉬움이 짙었다. 두 사람은 손을 꼭 붙잡고 한참 동안 떨어질 줄 몰랐다.

송흥록은 병영으로 서둘러 떠났고, 태평은 남원으로 돌아가기 위해 남강으로 갔다. 송우룡이 태평을 나루터까지 인도하기로 했다.

"조심조심 내려오십시오."

산비탈을 내려가며 송우룡이 태평을 살뜰히 챙겼다.

"젊은이도 소리를 배우는가?"

태평이 물었다.

"그렇습니다."

송우룡은 들릴락 말락 한 목소리로 대답했다. 잠시 전, 사내들 앞에서 열변을 토하던 태평을 보고 적잖이 놀란 터였다. 초라한 행색과 달리 태평은 판소리를 속속들이 꿰고 있는 보기 드문 귀명창이었다. 그 앞에선 자연히 조심스러워질 수밖에 없었다.

두 사람 사이의 대화가 끊어졌다. 송우룡이 어려워하고 있다는 것을 태평도 눈치챘다. 무슨 바탕을 얼마나 배웠는지 궁금했으나 더 묻지는 않았다.

산길을 벗어나자 마을로 통하는 큰길이 나왔다. 게딱지처럼 작고 납작한 집들이 빼곡했다. 천 부자의 땅을 부쳐 먹고사는 가난한 농민들의 집일 것이다. 마을 사람들 말마따나 천 부자는 선량한 지주가 아니었다. 누구보다 악착같이 농민들의 고혈을 짜냈을 것이다. 그런 지주 아래서 굶주림에 허덕일 농민들을 떠올리자 태평은 마음이 편치 않았다.

마을을 지나자 진주성의 북쪽 성문이 보였고 연꽃이 만발한 대사지가 나왔다. 신라 때 세운 큰 절이 있던 곳인데 세월이 흐르고 땅이 점점 꺼지면서 연못으로 변했다. 사라진 절터는 임진왜란 때 진주성을 지키는 동쪽 해자 역할을 했다.

대사지를 지나며 태평은 인생이 참 덧없다고 생각했다.

'뽕나무밭이 변해 푸른 바다가 된다더니…….'

태평은 길을 멈추고 숨을 골랐다. 미쳐 날뛰는 말 잔등 위에서 먼 산 바라보듯 칠십 평생이 빠르게 스쳐 갔다. 가난한 농민의 아들로 태어나 역마살이 끼었는지 평생 떠돌이 생활을 했다. 인생은 한바탕 꿈처럼 짧았다. 혼인도 하지 않고 자식도 없이 늙어, 어느덧 인생의 황혼기를 맞아 쓸쓸히 저물어 가는 신세가 되었다.

덧없는 인생에서 한 가지 남은 것이 있다면 〈화용도〉의 더늠

을 좇아 팔도를 유람한 것이었다. 〈화용도〉는 보잘것없는 장돌
뱅이를 지금껏 버티게 해 준 힘이었다. 정처 없는 나그네의 삶이
었지만 슬픔이나 후회는 없었다. 시나브로 마음 밑바닥에 티끌
같은 것이 쌓였다. 남모르게 간직한 그것을 사람들은 '한'이라
고 불렀다.

송흥록을 만나고 나서 마음속 한의 응어리가 뭉근하게 녹아
내렸다. 가왕 송흥록이 저를 기억하고 있는 것만으로 충분히
보상받은 기분이었다. 게다가 밤하늘의 뭇별 같은 명창들이 제
가 전한 소리책으로 〈화용도〉를 갈고닦았다니, 당장 세상이 끝
난다고 해도 더 바랄 것이 없었다.

'한 가지는 이루었구나.'

지금껏 태평은 구경꾼으로 잘 살아왔다. 구경꾼의 삶도 의미
있다는 생각이 들었다. 패자의 구구한 변명이 아니었다. 세상
이라는 놀이판에 주인공이 아니라 영원한 구경꾼으로 남고 싶
었다.

태평은 남문 밖 나루터에서 송우룡과 헤어졌다. 진주를 벗어
나려면 뱃길을 통해 단성으로 가는 것이 가장 빨랐다. 산청에
서 하룻밤 자고 함양을 지나 장수로 남원으로 넘어가면 될 터

였다.

강물이 석양에 붉게 물들었다. 막배가 나루터로 느릿하게 들어왔다. 늙은 뱃사공이 배를 묶으려고 휘늘어진 버드나무를 붙잡고 있었다.

"이보소, 강 좀 건넙시다."

태평이 다급히 사정했으나 뱃사공은 들은 체하지 않았다.

"뱃삯을 곱으로 주겠소."

태평의 말이 떨어지자마자 귀머거리인 줄 알았던 뱃사공이 고개를 돌렸다.

"날이 길어져 다행인 줄 아소."

배에 오르는 태평을 향해 뱃사공이 인심 쓰듯 말했다.

"잠깐만요."

배가 막 떠나려 할 때였다. 더벅머리 소년 하나가 강물로 첨벙첨벙 달려와 배 안으로 뛰어들었다. 소년의 바짓단에서 흘러내린 물이 바닥을 흥건히 적셨다. 뱃사공이 질색하며 노발대발했다.

"너구나."

태평이 아는 체했다. 소년은 기준이었다. 툭 튀어나온 오른쪽 눈을 한 번이라도 보았다면 기준의 얼굴을 잊기란 쉽지 않았다.

배는 곧 강심에 다다랐다. 노를 저을 때마다 나무끼리 부딪치는 삐걱삐걱 소리와 물결이 차르르르 밀리는 소리가 조화롭게 들렸다. 그 소리에 장단을 맞추듯 태평은 눈을 감고 뱃전을 탕탕 두드렸다. 그 순간은 세상사를 다 잊고 아무 생각도 하고 싶지 않았다.

"어르신."

기준의 외침에 태평이 눈을 떴다.

"무슨 일이여?"

기준이 무릎을 꿇고 앉아 있었다. 태평은 놀라서 뒤로 물러섰다.

"저를 거둬 주시씨요."

기준은 눈을 부릅뜨고 당당하게 말했다. 오히려 주눅이 든 쪽은 태평이었다.

"앞뒤 없이 거둬 달라니 무슨 말이여?"

태평은 강 건너를 바라보며 딴전을 피웠다.

"어르신께 소리를 배우고 싶습니다."

기준의 대답을 듣고 태평은 헛웃음을 뿜었다. 소리를 배우고 싶으면 소리 광대를 찾아갈 일이었다. 왜 저에게 소리를 배우겠다는 것인지 알 수 없었다.

"어르신께서 하시는 말씀 다 들었어라우."

천 부자 집에서 쫓겨 내려와 사내들이 주고받는 말을 들으며, 기준 또한 태평이 보통 사람은 아니라고 생각했다.

"나는 재주가 없어서 또랑광대도 못 된 사람이여."

어린 시절에 아주 잠깐 배우다 그만둔 뒤, 한 번도 소리를 입에 올린 적이 없었다. 다른 사람을 가르치다니 천만부당한 일이었다.

"아, 송흥록 명창이 어떻겠냐?"

태평이 호들갑스럽게 떠들었다.

"벌써 찾아뵙고 왔어라우. 지금은 세상이 어수선하여 제자를 받을 상황이 아니라고 하시더만요. 소리를 배우고 싶거든 어르신을 따라가라고 하셨어라우."

기준이 솔직하게 털어놓았다.

"송 명창이 나를?"

태평과 헤어지고 나서 기준은 송흥록의 뒤를 따라갔다. 제자로 거두어 달라고 간청하자 송흥록은 껄껄껄 웃었다. 정 판소리를 배우고 싶으면 태평을 쫓아가라고 했다. 세상에 판소리를 잘하는 사람은 많지만 태평만큼 진심을 다하는 사람은 본 적이 없다는 말과 함께.

"어르신께는 명창들에게 없는 것이 있어라우."

갑자기 기준이 목소리를 낮추었다.

"그게 뭔 말이다냐?"

태평의 물음에 기준은 숨도 쉬지 않고 대답했다.

"소리를 대하는 마음이지라우. 세상에 판소리를 잘하는 명창은 널렸지만 어르신만큼 진심을 다하는 사람은 본 적이 없구만요."

송흥록의 말을 그대로 지껄이면서도 낯 뜨겁지 않았다. 제두 눈으로 똑똑히 보았으니 부정할 수 없는 사실이었다. 두 사람 사이에 침묵이 흘렀다. 그 사이로 노 젓는 소리와 물소리가 밀려들었다.

갑자기 기준이 군목질을 하더니 소리 한 토막을 뽑았다. 송흥록의 단가 〈천봉만학가〉였다. 소리는 강물을 따라 표표히 흘렀다. 태평은 눈을 감고 소리를 감상했다. 천 개의 봉우리와

만 개의 골짜기가 눈앞에 병풍처럼 그려졌다. 흰 모래밭이 한없이 펼쳐졌고 멀리 솔숲에는 늙은 소나무가 바람을 맞아 우줄거렸다.

"얼씨구."

태평은 저도 모르게 추임새를 했다.

짧은 단가였지만 기준은 밀고 달고 맺고 푸는 소리의 흐름을 잘 알고 있었다. 한 번 듣고 사설과 곡조를 모조리 외워서 부르다니 놀라웠다. 배워서 한 소리가 아니라 타고난 소리였다. 기준은 하늘이 내린 목, 소리 광대라면 누구나 원하는 천구성을 가졌다.

태평의 마음에 무를 수 없는 방점을 쿡 찍은 것은 장터 사람들에게 오징어 눈깔이라고 놀림을 받던 기준의 오른쪽 눈이었다. 그 눈에서 큰 명창이 되기 위해 갖추어야 할 마음의 그림자를 보았다. 흔히 소리 광대들이 말하는 그늘이었다. 그늘은 기준의 소리를 한층 깊고 그윽하게 만들어 줄 것이었다.

단가가 끝나자 태평은 눈을 떴다. 기괴한 오른쪽 눈이 아무렇지 않아 보였다. 주물러 놓은 송편처럼 못생긴 얼굴마저 비범하게 보일 만큼 소리가 모든 것을 덮어 버렸던 것이다. 무엇보다 중요한 것은 태평의 마음속에서 일어난 변화였다. 기준을 제자로 받아들이고 싶다는 욕망이 스멀스멀 피어오르고 있었다.

'속목으로 가르치면 어쩔끄나?'

태평의 마음은 열 걸음, 스무 걸음 앞서 나가고 있었다. 속목은 소리를 밖으로 내지 않고 목 안에서 가만가만 흥얼거리는 것이었다. 게다가 태평은 어지간한 명창들의 소리를 다 꿰고 있었다. 소리판에 나가서 직접 하지는 못하더라도 가르치는 것은 문제가 없었다.

태평은 멀어져 가는 진주성과 촉석루를 바라보았다. 일모도궁, 해는 지고 길은 끊어졌다는 말이 가슴속으로 툭 굴러떨어졌다. 상념에서 벗어나 고개를 돌렸을 때, 기준은 강물을 들여다보며 손가락으로 물장난을 치고 있었다. 호기롭게 단가를 뽑던 모습은 오간 데 없이 그저 천진난만한 소년일 뿐이었다.

태평의 입가에 미소가 흘렀다.

'저 아이를 조선 제일의 명창으로 만들자.'

남은 삶이 얼마나 될지는 알 수 없었다. 태평은 마지막 꿈을 꾸기로 했다.

03
송곳

아침 안개가 산허리를 휘감고 봉우리 쪽으로 서서히 날아올랐다. 지팡이로 땅을 꾹꾹 짚으며 계곡을 오르던 태평은 걸음을 멈추고 허리를 폈다. 흩날리는 안개 속에 구름이 백룡처럼 하늘로 날아오르고 있었다. 비와 바람이 빚어낸 장관에 눈을 빼앗긴 채 들숨 날숨을 골랐다. 물색없이 뛰는 가슴팍을 누르며 나이는 어쩔 수 없다고 체념할 때였다. 기운을 다한 백룡이 끈 떨어진 꼬리연처럼 골짜기 아래로 너울너울 흘러내렸다.

태평의 입에서 탄성이 흘렀다. 그 소리를 들었는지 솔숲 너머에서 하늬바람이 불어왔다. 바람을 타고 다시 날아오른 백룡은 봉우리를 넘어 구름 속으로 스며들었다.

다시 태평은 산길을 올라갔다. 굽은 등에 묵직한 바랑을 지고 있었다. 걸음을 옮길 때마다 무겁게 덜그럭대는 소리가 났다. 구룡폭포 언덕 아래에서 정령치 쪽으로 방향을 틀었다. 갑자기 오줌이라도 마려운 사람처럼 나뭇등걸을 헤치고 길 아닌 길로 걸어 들어갔다. 풀밭에 꺼진 자국이 있는 것으로 보아 처음 가는 길은 아니었다. 한 걸음 옮길 때마다 나뭇가지가 앞을 가로막았다. 지팡이로 젖히고 구부리고 죽은 삭정이를 부러뜨리며 숲속으로 들어갔다. 햇빛을 보지 못한 땅에서 차가운 습기가 밀려들어 오소소 한기가 느껴졌다.

얼마나 걸었을까? 전나무 숲이 끝날 즈음 북처럼 둥글넓적한 바위가 나타났다. 그 옆으로 한 걸음쯤 떨어진 양지바른 땅에 하늘에 닿을 듯 솟구친 구상나무 한 그루가 서 있었다.

태평은 걸음을 멈추고 두 손을 모았다. 전나무 군락지에 홀로 우뚝 자라난 구상나무는 보면 볼수록 신령스러웠다. 장정 한 사람이 양팔을 쭉 뻗어도 둘레를 다 감쌀 수 없었고, 대지를 감싸듯 가지를 사방으로 길게 늘어뜨린 풍채를 보면 누구나 옷깃을 여밀 수밖에 없었다.

구상나무를 처음 만난 것은 육십 년 전이었다.

열세 살 태평은 추적추적 내리는 초가을 비를 맞으며 산길을 올랐다. 주머니 속에는 삼을 꼬아서 엮은 노끈이 들어 있었다. 눈물이 볼 위로 쉴 새 없이 흘렀다.

모든 사달의 원인은 판소리였다. 보름달이 휘영청 뜬 어느 날 저녁, 태평은 아버지를 따라 장터에 갔다 돌아오다가 강가 모래밭에 구름처럼 모여 있는 사람들을 보았다. 강 건너 어둠에 물든 숲, 달빛에 반짝이며 유유히 흐르는 강물, 모래밭을 학처럼 뒤덮은 흰옷 입은 사람들은 이승의 풍경 같지 않았다.

갑자기 북소리가 둥둥둥 덩딱덩딱 들렸다. 구경꾼들에 둘러싸인 한 사내가 북소리에 맞춰 무슨 소리를 내지르며 부채를 접었다 폈다 휘둘렀다. 아버지의 만류에도 불구하고 태평은 홀린 듯 모래밭으로 내려갔다. 가까이 다가가자 사람들의 환호성을 뚫고 금빛 화살촉 같은 한 줄기 눈부신 소리가 하늘로 솟구쳤다. 소리는 지리산 호랑이의 포효로 변해 모래사장을 휘감았고, 이내 섬진강 줄기처럼 잔잔하게 굽이쳐 흘렀다.

태평은 다른 사람들과 같이 넋을 놓고 소리에 빠져들었고 장단에 몸을 맡긴 채 외마디 신음 같은 추임새를 토해 냈다. 그것이 태평이 처음으로 본 판소리였다.

"허허, 육십 년 전 일이 어제 일처럼 손에 잡힐 듯허네."

판소리를 처음 만난 그날, 태평의 눈앞에 새로운 세계가 활짝 열렸다. 이야기인지 노래인지도 알 수 없었다. 이야기인가 하면 노래였고, 노래인가 하면 이야기였다. 이야기와 노래는 하나로 합쳐져 태평의 마음속에서 수천수만 배의 힘을 발휘했다. 판소리는 열흘 넘게 농사일을 하느라 온몸에 쌓인 노동의 피로를 한꺼번에 날려 주었다.

그것이 다가 아니었다. 그 무렵 태평은 가난한 농부의 아들이 어린 시절에 흔히 겪을 법한 마음의 병을 앓고 있었다. 아버지와 아버지의 아버지가 그러했듯, 한평생 남의 땅이나 부치고 밥만 먹고 잠만 자며 살아갈 깃털 같은 세월을 떠올리면 밤마다 가슴이 터질 듯 갑갑했다. 그런 어린 태평에게 판소리는 암울한 미래를 밝혀 준 빛이었다.

집으로 돌아온 태평은 몇 날 며칠 잠을 못 이루었고 밥도 넘어가지 않았다. 소리 광대의 너름새가 눈에 선했고, 소리가 귓가에 윙윙 울렸다.

결국 태평은 부모 몰래 쌀을 퍼내 바랑에 짊어지고 물어물어 소리 광대를 찾아갔다. 소리 광대는 반색하며 태평을 맞았고, 소리 한 대목을 시키더니 다 끝나기도 전에 명창의 자질이 보인 다며 치켜세웠다. 물론 게으름 피우지 말고 몇 년 동안 꾸준히 갈고닦아야 한다는 말도 덧붙였다. 그의 말이 빈말조차 못 된 거짓말이라는 사실을 알게 된 것은 태평이 집 안의 곡식을 다 빼돌리고, 지난해 관가에서 꾸어다 먹은 환곡을 갚으려고 쟁여 둔 쌀가마에도 손을 댄 뒤였다.

어느 날 아침, 태평은 소리 광대와 젊은 수제자가 나누는 은 밀한 대화를 엿들었다. 태평이 명창이 되는 것은 나무 위에서 물고기를 구하는 일처럼 불가능하고, 태평은 그저 쌀과 곡식이 계속 나오는 화수분 같은 보물단지에 불과하다는 것이었다. 낄 낄거리며 나누는 소리를 문밖에서 다 듣고 태평은 그길로 집에 돌아왔다. 방문을 숟가락으로 걸어 잠근 채 몇 날 며칠을 두문 불출했다. 소리 광대가 원망스러운 것은 잠시였고, 재주를 타고 나지 못한 제 신세가 한스러워 딱 죽고 싶었다.

태평을 밖으로 불러낸 것은 관아에서 나온 군로와 사령들이 었다. 약속한 날짜에 환곡을 갚지 못하자 아버지를 잡으러 나 왔던 것이다. 관아로 끌려간 아버지는 닷새가 지나도록 돌아오지 않았다.

태평은 노끈을 주머니에 넣고 지리산으로 올라갔다. 더 살아야 할 이유가 없었다. 죄책감과 절망감에 휩싸여 앞이 보이지 않았다. 아버지가 끌려간 날부터 내린 비가 그치지 않았다. 눈물은 쉴 새 없이 흘렀다. 정한 곳 없이 걷다가 태평의 발길이 닿은 곳이 전나무 숲에 있는 북바위와 구상나무였다.

태평은 북바위로 올라갔다. 노끈 한쪽을 구상나무 높은 가지에 던져 매듭을 지었다. 다른 한쪽으로는 올가미를 만들어 목에 걸었다. 죽음을 재촉하듯 빗줄기가 거세졌다. 태평은 낭떠러지에서 뛰어내리듯 북바위에서 발을 뗐다. 몸이 가볍게 솟구쳤다 뱅글뱅글 돌았다. 올가미가 팽팽하게 목을 조였고 호흡이 가빠지며 눈알이 튀어나올 듯 아팠다. 태평은 점점 의식을 잃어갔다. 어머니, 아버지의 얼굴이 보였다. 단 하나 마음에 얹힌 것은 두 사람에게 용서를 구하지 못하고 죽는 것이었다. 마음속으로 부모에게 거듭 사죄하고 있을 때였다.

전나무 숲을 집어삼킬 듯 천둥이 크게 울렸다. 저승의 문이 열리는 소리에 뻣뻣하게 굳어 가던 태평의 몸이 움찔했다. 뒤이어 벼락이 구상나무를 향해 번쩍 날아들었다. 이미 태평은 정신을 잃은 후였다.

태평이 눈을 떴을 때 나뭇가지 사이로 구름 한 점 없는 하늘이 보였다. 새파란 하늘을 보자 눈물이 나왔다. 한참 울다가 고개를 들고 보니 구상나무 팔 하나가 사라지고 없었다. 태평이 목을 맸던 순간 벼락을 맞아 떨어진 것이다.

태평은 얼른 일어나 무릎을 꿇고 앉았다. 두 번 다시 스스로 목숨을 끊는 짓을 하지 말라고, 죽을 용기로 살아가라고 구상나무가 온몸으로 꾸짖고 있었다. 태평은 그 자리에 퍼질러 앉아 한나절 넘게 울었다. 집으로 가다 말고 돌아서서 구상나무를 향해 거듭 두 손을 모았다.

그 후 구상나무는 멀쩡하게 잘 자랐다. 태평은 구상나무가 팔 하나를 내어 주고 저를 살렸다고 믿었다. 힘들거나 괴로운 일이 있을 때마다 구상나무를 떠올리며 기도를 올리곤 했다.

"비나이다, 비나이다. 저의 제자 박기준이 〈화용도〉를 부지런히 갈고닦아서 천하를 호령하는 명창이 어서 되기를 빌고 또 비나이다."

기도를 마치고 태평은 바랑 안에서 무엇인가를 주섬주섬 꺼냈다. 크고 작은 돌이었다. 이미 북바위와 구상나무 사이에 열 개가 넘는 돌탑이 옹기종기 모여 있었다.

크고 납작한 돌을 맨 아래에 깔았다. 그 위로 다음 돌을 올리고 열 개의 돌을 큰 순서대로 차곡차곡 쌓았다. 기도할 때와 마찬가지로 태평의 표정에는 흐트러짐이 없었고 숨소리도 들리지 않았다. 새로운 돌탑 하나를 완성하고 나서 태평은 구상나무를 우러러보며 다시 한번 합장하고 큰절을 올렸다.

태평은 부지런히 산길을 내려왔다. 해가 앞산 봉우리에 닿기 전, 마을이 내려다보이는 언덕배기에 닿았다. 마을 당제를 지내는 서낭목이 나타나고 다랑논 두 배미를 지나면 태평의 초가집이 나왔다. 서낭목을 지나자 태평의 귀가 저절로 곤두섰다.

"뭔 일이랑가?"

서낭목을 지날 즈음이면 언제나 기준이 연습하는 소리가 들렸다. 전날 배운 소리를 제 것으로 만드느라 통성을 있는 힘껏 내지르는 소리였다. 무슨 까닭인지 지금은 아무 소리도 들리지 않았다.

'어디가 아파서 못 일어났는가?'

태평은 마음이 급했다. 비탈진 논길을 데굴데굴 구르듯 달렸다. 뒤란 움집이 먼저 눈에 들어왔다.

진주에서 돌아와 태평이 가장 먼저 한 일은 뒤꼍 장독대 옆에 땅을 우묵하게 파고 움집을 지은 것이다. 어차피 태평의 집은 고래고래 소리를 질러도 들리지 않을 만큼 마을과 뚝 떨어져 있었다. 그래도 혼자 조용히 소리에 몰두할 수 있는 공간을 제자에게 만들어 주고 싶었다. 움집은 기준의 공부방인 셈이었다.

"뭣 하는 것이여?"

사립문을 들어서며 태평은 버럭 고함을 질렀다.

"이제 오시는게라우."

기준이 손에 들고 있던 싸리비를 얼른 등 뒤로 감추었다. 태평의 눈에 노기가 등등했다. 처음 보는 얼굴이었다.

"난초 아짐 어디 갔냐?"

여전히 태평의 낯빛이 사나웠다. 난초는 단골네라 불리는 마을의 무녀였다. 밥 짓고 빨래하고 청소하는 등 태평의 안살림을 도맡아 하고 있었다.

"갑돌 아재가 장독이 덧나서 위독하다는구먼요. 식전 댓바람부터 건넛마을 의원 부르고 난리가 났답니다."

기준의 변명이 엿가락처럼 늘어졌다. 스승의 역정을 식혀 보려는 속셈이었다.

"누가 너한테 집안일하라고 허디야?"

기준이 오기 전까지 태평은 농사든 살림이든 집 안팎의 모든 일을 혼자 해냈다. 입 하나 더 늘었다고 해서 굳이 남의 손을 빌릴 필요는 없었다. 그럼에도 안살림을 돌봐 줄 사람을 구한 것은 기준을 위한 배려였다. 소리를 배우기 위해 소리 광대들은 대부분 스승의 집에서 머슴 노릇을 했다. 오죽하면 스승이 시키는 힘든 노동에 진력이 나서 소리를 그만두는 사람도 있었다. 태평은 절대 그러고 싶지 않았다. 기준이 마음 편히 소리에만 몰두하도록 하고 싶었다. 그래서 안살림을 돌봐 줄 사람을 쓰기로 한 것이다.

더욱이 난초에게 안살림을 맡긴 데는 사연이 있었다. 얼마 전 남편 서갑돌이 소작을 부치던 땅 주인에게 죽을 만큼 얻어맞고 뼛속 깊이 골병이 들었다. 땅 주인이 터무니없는 도지를 요구하자 앞뒤 재지 않고 대든 것이 화근이었다. 땅 주인은 고을에서 방귀깨나 뀐다는 배 이방이었다. 멀쩡한 사내를 반병신 만들고도 분이 안 풀렸는지 배 이방은 부치던 논밭을 빼앗았고 마을 사람들을 부추겨 난초 내외를 외톨이로 만들었다. 아무도 난초에게 굿을 부탁하지 않았고 쌀 한 되 빌려주는 사람이 없었다.

사면초가에 빠진 단골네가 산 입에 거미줄 치게 생겼을 때 유일하게 손을 내민 사람이 태평이었다. 배 이방은 속으로 괘씸하다 이를 갈았을 테지만, 평생 대처를 떠돌아 국량이 크고 인심을 잃지 않고 살아온 태평을 만만히 볼 수는 없었다.

"썩 방으로 들어가그라."

빽 소리 지르고 태평은 부엌으로 향했다. 밥을 짓고 된장국을 끓이고 나물을 무쳐 아침 밥상을 뚝딱 차렸다. 두 사람은 늦은 아침인지 이른 점심인지 알 수 없는 밥을 말 한마디 없이 먹어 치웠다.

태평은 서둘러 설거지를 끝내고 움집으로 갔다. 기준이 무릎을 꿇고 단정하게 앉아 있었다.

"오늘은 자룡 활 쏘는 대목을 헐 것이다."

태평은 북을 앞으로 끌어당겼다. 한 달 동안 태평은 〈화용도〉를 처음부터 차근차근 가르쳤다.

한나라가 멸망하고 천하가 위오촉 삼국으로 갈라진 뒤, 위나라 조조가 오나라 손권에게 선전포고를 하는 대목에서 시작했다. 촉나라 유비의 모사인 제갈공명이 오나라로 건너가 조조의 대군을 불로 공격하라고 부추기는 대목, 전쟁 하루 전날 밤 조조의 군사들이 고향 생각을 하며 슬피 우는 대목, 제갈공명이 남병산으로 올라가 동남풍을 비는 대목을 차례로 가르쳤다.

그다음이 유비의 장수 조자룡이 오나라로 가서 제갈공명을 구하기 위해 손권의 부하들에게 화살을 겨누는, 이른바 '자룡 활 쏘는 대목'이었다. 생사를 다투는 박진감이 넘치는 장면이고, 인물들이 꾸짖고 호령하고 한탄하고 사정하고 때때로 비웃는 다양한 목소리를 표현해야 하는 역동적인 대목이라 변화무쌍한 장단에 소리를 얹기가 쉽지 않았다.

"소리를 배우기 전에 먼저 이야기가 어떤 상황인지 알아야혀."

조자룡이 오나라 장수들에게 활을 쏜 까닭은 제갈공명을 구해야 했기 때문이다. 제갈공명을 구해야 하는 까닭은 오나라 주유가 죽이려 했기 때문이다. 주유가 제갈공명을 죽이려 한 까닭은 동남풍을 부르는 신기한 재주를 보고 두려웠기 때문이다.

태평은 인과관계를 따라 이야기를 거꾸로 더듬어 올라갔다.

"주유가 노숙에게 말하기를,

공명이 나를 속였다. 한겨울에 어찌 동남풍이 불겠는가?

노숙이 대답하되,

공명은 어진 사람이라 그럴 리 없습니다.

좀 더 기다려 보십시오."

태평이 아니리를 읊조렸다. 기준은 그대로 따라 했다. 아니리에 바로 이어 소리가 시작되었다.

태평이 소리를 한 구절씩 쪼개어 가르치면 기준이 받는 식이었다.

"노숙의 말이 끝나자마자 동남풍이 우르르르르 부니."

"노숙의 말이 끝나자마자 동남풍이 우르르르르 부니."

"주유가 크게 놀라 서성, 정봉 두 장수를 불러."

"주유가 크게 놀라 서성, 정봉 두 장수를 불러."

"공명의 조화는 귀신보다 무섭구나."

"공명의 조화는 귀신보다 무섭구나."

"그대로 살려 두었다가는 뒷날 큰 화가 미칠 테니."

"그대로 살려 두었다가는 뒷날 큰 화가 미칠 테니."

"남병산으로 달려가서 공명의 목을 베어 오너라."

"남병산으로 달려가서 공명의 목을 베어 오너라."

수업 첫날 기준은 두 번을 크게 놀랐다. 첫 번째는 태평의 목소리가 생각보다 단단하고 윤기 있었기 때문이다. 좋은 목으로 왜 소리를 하지 않았을까 하는 의문은 소리 한 대목을 다 듣기도 전에 저절로 풀렸다. 한 대목이 끝나갈 즈음 태평의 목은 쉬고 갈라져 뻑뻑한 소리가 났다. 판소리에서 가장 궂은 목소리로 치는 떡목이었던 것이다. 그것이 기준이 두 번째 놀란 까닭이었다.

기준은 소리를 넙죽넙죽 잘 받았다. 태평의 귀로 들어왔던 주덕기의 소리가 기준의 입을 통해 고스란히 흘러나오고 있었다. 태평은 상투 끝이 오싹했다. 한 점도 보태거나 덜어내지 않은 소리였다. 잘 벼린 도끼날처럼 번득이는 기준의 소리를 들으며, 명창의 소리를 제대로 전했다는 안도감이 밀려들었다.

"자룡 활 쏘는 대목을 만든 이는 주덕기 명창이니라."

기준은 북을 정리하다 말고 태평을 빤히 쳐다보았다.

"자룡 활 쏘는 대목에서 주인공이 누구겠느냐?"

기준이 고개를 끄덕일 틈도 주지 않고 태평이 다시 물었다.

"그야 조자룡이지요."

자신 있게 대답했지만 태평이 뻔한 것을 물을 리 없었다.

"자룡이 쏜 화살이니라. 화살은 백성들의 마음에 쌓인 분노여. 그러니 주인공은 백성들인 셈이제."

역시나 태평의 대답은 엉뚱했다. 얼굴에 웃음기마저 사라지고 없었다.

"자룡이 쏜 화살이 백성들의 분노라고라우? 꼭 주덕기 명창의 마음속을 들여다본 것처럼 말씀하십니다."

기준이 따지듯 물었다. 자룡 활 쏘는 대목은 《삼국지》에 나오는 내용이다. 어느 부분에 백성들의 분노가 담겼다는 것인지 기준은 도통 이해할 수가 없었다.

"내 나이 마흔에 주덕기를 본 적이 있느니."

태평의 눈이 깊은 회한이 젖어 들었다. 태평은 황토가 누렇게 뜬 바람벽을 하염없이 쳐다보았다. 마치 먼 곳을 바라보듯 아련한 눈빛이었다.

반달 모양의 성곽이 성문을 감싸고 있었다. 태평은 두 겹으로 된 성곽을 요리조리 두리번거렸다. 서울 구경 처음 온 시골 쥐가 따로 없었다.

"여기가 화성인감요?"

지나가던 농부를 붙잡고 태평이 다짜고짜 물었다.

"저것이 화성의 남쪽 대문 팔달문이라오."

농부는 한껏 들떠서 아버지 사도세자를 위해 화성을 쌓은 정조의 효심과 백성을 사랑하는 마음에 관해 한도 끝도 없이 늘어놓았다.

과천 주막에서 송 첨지에게 소리책을 전한 뒤 〈화용도〉는 세상에 살아남았다. 꽃 피고 열매 맺듯 더늠이 하나둘 열렸다. 누군가 더늠을 만들었다는 말을 들으면 태평은 아무리 멀고 험한 곳이라도 달려가곤 했다.

한양 장안에서 인기 있는 주덕기 명창이 화성에서 〈화용도〉를 한다는 소식을 들은 것이 지난밤이었다. 소식을 전해 준 이는 안성 청룡사 동구 밖에서 방짜 유기를 만드는 대장간 주인이었다. 그도 소리라면 자다가도 벌떡 일어날 만큼 좋아하는 사람이었다.

태평이 주덕기의 〈화용도〉 소리판을 놓칠 리 없었다. 안성 장터에서 화성까지 백오십 리 길을 한걸음에 달려왔다. 태평의 나이 마흔 살, 머리가 희끗희끗했으나 걸음걸이는 스무 살 청년 못지않았다.

팔달문으로 들어서자 초가집과 기와집이 빼곡했다. 버드나무가 휘늘어진 개천을 따라 얼마나 걸었을까? 성안의 물이 밖으로 흘러 나가는 화홍문이 웅장한 모습을 드러냈다. 화홍문의 수문은 청계천의 오간수문보다 두 개나 더 많은 일곱 개였다. 개천을 따라 한군데에 모인 물이 일곱 개의 구멍으로 콸콸콸 흘러 나갔다.

태평은 개울가에 놓인 돌다리를 건넜다. 태평소 소리, 북소리, 구경꾼들의 환호성이 점점 가깝게 들렸다. 머리카락이 곤두서고 가슴이 저릿저릿했다.

나지막한 언덕을 단숨에 올랐다. 학 두 마리가 날개를 펼친 듯한 정자 하나가 우뚝 서 있었다. 화성에서 경치가 가장 아름답다는 방화수류정이었다. 태평은 놀이판이 벌어진 동장대 앞마당을 굽어보았다. 동장대는 군사 훈련을 하는 곳이었다. 넓은 앞마당은 물론이고 뒷마당까지 구경꾼이 들어차 발 디딜 틈이 없었다.

다행히 아직 소리판이 시작되지 않았다. 광대들이 줄타기와 땅재주를 한바탕 걸판지게 펼치고 있었다. 광대들과 악사들이 물러나자, 하인 둘이 석축 기단에 잽싸게 돗자리를 깔았다. 어수선한 틈을 타서 태평은 마당 한 귀퉁이에 자리를 잡았다.

고수가 북을 들고나와 돗자리 왼쪽 구석에 앉았다. 드디어 주덕기가 한 손에 부채를 꼭 쥐고 나왔다. 돗자리 위로 올라간 주덕기는 동장대를 향해 고개를 깊이 숙였다. 화성 유수와 무과에 급제한 젊은 관리들이 거들먹거리며 술잔을 기울이고 있었다.

"주덕기가 〈화용도〉를 해 보겠습니다. 오늘 소리는 무과에 장원급제하신 박 선달님께 올리고자 합니다."

주덕기의 말에 화성 유수 옆에 앉아 있던 젊은이가 술잔을 높이 들었다.

"소리는 〈화용도〉가 최고지."

주덕기는 박 선달을 향해 빙긋 웃고 소리를 시작했다. 송흥록의 소리를 닮은 듯하지만 시간이 흐를수록 길이 달라졌다. 통이 크고 치열한 송흥록의 장점을 취하면서도 야박할 만큼 매섭고 냉정한 소리였다.

주덕기의 소리를 들으며 태평의 마음속에 만감이 교차했다. 먼저 세상 사람들이 우러러보는 명창이 〈화용도〉를 보고 있다는 것이 놀라웠다. 더욱이 제가 만든 군사설움타령을 주덕기의 목소리로 듣자 가슴이 터질 만큼 감격스러웠다.

어느덧 소리는 제갈공명이 남병산에 올라가 동남풍을 비는 대목에 이르렀다.

장강 북쪽에 주둔한 조조의 배들은 남쪽을 바라보고 있었다. 오나라가 불로 공격하기 위해서는 동남풍이 필요했다. 바람이 북쪽으로 불어야 불길이 활활 일어나 조조의 함대를 집어삼킬 수 있기 때문이었다.

동지섣달 한겨울에 동남풍이 불 리 없었다. 주유가 고민 끝에 앓아누울 지경이 되자, 제갈공명이 바람의 방향을 바꾸어 보겠다고 나섰다. 주유는 코웃음을 쳤다. 아무리 재주가 비상한들 바람의 방향을 바꾼다니 있을 수 없는 일이었다. 제갈공명은 목욕재계하고 남병산으로 올라가 하늘에 정성껏 제사를 지냈다. 하루 가고 이틀 지나 사흘째 되던 날 밤이었다. 거짓말처럼 동남풍이 불어오더니 깃발이 북쪽으로 휘날렸다.

"제가 만든 '자룡 활 쏘는 대목'입니다."

주덕기가 부채를 두 손으로 모아 쥐고 인사를 꾸벅했다. 드디어 새로운 더늠이 나올 차례였다. 태평은 감격과 흥분에 휩싸여 마른침을 꼴깍 삼켰다.

주유가 노숙에게 말하기를,

"공명이 나를 속였구나. 한겨울에 어찌 동남풍이 불겠는가?"

노숙이 대답하되,

"공명은 어진 사람이라 그럴 리 없습니다.

좀 더 기다려 보십시오."

아니리가 끝나자, 고수는 갓끈을 바짝 조이고 자진모리장단
을 호기롭게 몰아갔다.

주유가 크게 놀라 서성, 정봉 두 장수 불러

"공명의 조화는 귀신보다 무섭구나.

그대로 살려 두었다가는 훗날 큰 화가 미칠 테니

남병산으로 달려가서 공명의 목을 베어 오너라."

두 장수가 남병산에 다다르니 공명이 떠난 뒤라

어디로 갔는지 묻자 한 군사가 대답하기를

"제사 지내고 동남풍을 얻은 후 오강으로 갔습니다."

두 장수가 오강으로 내려가 수졸들에게 물으니

"물고기 잡는 배인지 달구경 가는 배인지 모르나

머리 풀고 발 벗은 사람이 그 배를 타고 떠났습니다."

"옳다, 그것이 공명이 탄 배로구나."

난데없이 동남풍이 불기 시작하자, 주유는 두려움을 느꼈다.
제갈공명을 없애기 위해 서성과 정봉 두 장수를 급히 남병산으
로 보냈다. 호락호락 당하고 있을 제갈공명이 아니었다. 오나라
로 들어가기 전, 은밀히 조자룡을 불러 정해진 날짜와 시각에
남병산 아래 강어귀로 배를 대 놓으라고 일찌감치 귀띔해 놓
았다.

서성, 정봉이 좋아하며 사공을 불러 명하기를

"공명을 놓치면 너희를 물고기 배 속에 장사 지내리라."

사공들이 겁이 나 닻을 펴고 어기야 뒤야 노 저어 갈 때

멀리 공명이 탄 배가 보이자 서성, 정봉이 외치는구나.

"저기 가는 공명 선생, 우리 도독의 말씀 듣고 가시오."

공명이 큰 소리로 허허 웃은 뒤 조자룡에게 말하기를

"주유가 나를 해치려 장수를 보냈으니 어쩌면 좋겠소?"

조자룡이 공명을 안심시킨 뒤 서성, 정봉에게 소리친다.

"공명 선생께서 너희 나라 들어가 큰 공을 세우셨는데
은혜를 생각하지 않고 해치려고 따라오느냐?
너희를 죽여 마땅하나 두 나라 화친을 위해 살려 줄 테니
잠시 내 재주나 구경하려무나."

주덕기는 부채를 접어 왼팔 위에 갖다 댔다. 조자룡처럼 한
쪽 눈을 지그시 감고 화살을 메기는 너름새를 했다. 부채 끝이
가리킨 곳은 양반들이 늘어앉아 있는 동장대였다. 주덕기는 활
쏘는 시늉을 하며 입으로 소리를 계속 쏟아 냈다. 도끼로 나무
를 패듯 힘차고 끝맺음이 확실한 소리였다.

주덕기는 제갈공명으로, 때로는 조자룡으로 변화무쌍하게
바뀌었다. 태평은 소리의 향연에 정신없이 빠져들었다.

조자룡이 큰 활에 쇠화살을 메겨 깍짓손을 딱 떼니
번개같이 빠른 화살이 강물 위로 피르르르 날아가
서성, 정봉의 배에 맞아 돛대 우지끈 거꾸로 물에 풍,
뱃머리 빙빙 돌며 물결 위로 그저 뒤웅뒤웅 떠나간다.

조자룡이 쇠화살을 쏘는 소리에 딱 맞추어 주덕기는 부채를 오른손으로 밀어서 앞으로 날려 보냈다. 부채가 무과에 장원급 제했다고 거들먹거리던 박 선달 앞에 뚝 떨어졌다. 놀란 박 선 달의 얼굴이 새하얗게 변하더니 뒤로 벌렁 자빠졌다. 소리판이 차갑게 얼어붙었다. 새하얗던 박 선달의 얼굴이 일그러지며 붉 으락푸르락 변했다. 울지도 웃지도 못한 채 한참 동안 널브러져 있었다.

태평은 눈앞에 벌어진 일이 걱정스러웠다. 아무리 세상이 알 아주는 명창이라 해도 주덕기는 천한 광대였다. 양반을 뒤로 넘어가게 하고도 무사할 수 있을까? 정작 주덕기는 눈 한번 깜 박거리지 않았다. 아무 일 없었다는 듯 차분하고 담담하게 소 리를 이어 나갔다. 주덕기라는 사람에 대한 태평의 관심이 더욱 커졌다.

소리판이 끝나자 태평은 구경꾼들을 헤치고 앞으로 나갔다. 주덕기를 태운 말이 막 떠나려고 했다. 태평은 등자를 디딘 주 덕기의 다리를 꽉 붙잡았다.

"한 가지 여쭙겠소."

주덕기는 태평을 본체만체했다. 표정이 쌀쌀맞고 오만했다.

그러나 언제 다시 주덕기의 소리판을 구경할지 알 수 없는 일이었다. 태평은 황금 같은 기회를 포기할 수 없었다.

"자룡 활 쏘는 대목을 왜 만들었소? 오늘 부채를 날린 것이랑 관련이 있소?"

태평은 목소리를 낮추고 빠르게 물었다. 주덕기는 눈을 찡그리며 턱을 높이 치켜들었다. 힘깨나 쓰는 하인들이 달려들어 태평의 손을 왁살스럽게 떼어 냈다. 태평은 젖 먹던 힘을 다해 주덕기에게 몸을 던졌다. 하인들도 가만있지 않았다. 태평의 멱살을 잡아 동장대 밖으로 패대기쳤다.

"주덕기의 목이 달아나는 것을 보고 싶어 그러나?"

누군가 한심하다는 듯 혀를 찼다. 널브러져 있던 태평이 돌아보니 주덕기의 소리에 북을 친 고수였다. 토끼 꼬리처럼 깡총한 수염을 쓰다듬으며 딴전을 피우고 있었다. 무엇인가 하고 싶은 말을 참는 눈치였다.

"주막으로 가서 탁주 한 사발 하시지라우."

태평은 고수를 장터거리 쪽으로 떠밀었다. 주막에 빈방을 잡고 술과 안주를 푸짐하게 시켰다. 술 한 잔을 가득 따라 주자 고수는 단숨에 사발을 비웠다.

"당신, 주덕기를 죽이려는 거요?"

"뭔 숭헌 말씀을 하신다요?"

"주덕기가 왜 부채를 날렸는지 아시오?"

"그야 성질이 괴팍해서 그렇겠지라우."

"소리가 뭔지도 모르는 얼치기로군."

소리에 환장하여 조선 팔도 안 가 본 곳 없는 태평이었다. 마음 같아서는 술잔을 빼앗고 싶었으나 꾹 참았다.

"가까이 와서 잘 들으시오. 지난봄 화성 서장대에서 무과시험 합격자를 축하하는 소리판이 열렸소. 나도 주덕기를 따라 북을 치러 왔었지요."

고수의 목소리가 은밀해졌다. 드디어 참고 있던 이야기를 털어놓으려는 것이었다.

"한창 축하 잔치가 무르익어 흥취가 높아졌을 때요. 갑자기 서장대에 집채만 한 호랑이 한 마리가 나타났지요. 하필 호랑이는 혼자 사는 과부의 아들을 물고 갔다오. 과부는 아들을 구해 달라고 무과에 합격한 젊은 양반들에게 울며불며 애원했소. 그런데 어깨에 힘을 주고 온갖 용맹을 뽐내던 그들 가운데 누구 하나 나서는 사람이 없었소. 장원급제한 박 선달이 가장 먼저 술 취한 척 횡설수설하다 꽁무니를 뺐다오. 나도 주덕기도 두 눈으로 똑똑히 보았소. 박 선달이 도포 자락 속에서 두 손을 바들바들 떨고 있는 것을."

무관에 급제한 양반들은 장차 조선의 군대를 지휘할 사람들이었다. 누구보다 먼저 나서서 아이를 구해야 할 사람들이 화살 한 대도 쏘지 못했다니, 태평은 화가 치밀어 올라 견딜 수 없었다.

"그래서 오늘 부채를 날렸구만요."

비로소 태평은 주덕기가 자룡 활 쏘는 대목을 만든 까닭을 알 것 같았다. 그것은 왜 조선에는 조자룡처럼 용맹무쌍한 영웅이 없느냐는 한탄이자, 환한 대낮에 아이가 호랑이에게 물려가는 것을 모른 체했던 양반들을 향한 꾸지람이었다.

"광대들은 소리에 송곳을 숨겼소. 송곳은 거짓으로 가득 찬 양반들의 폐부를 찌르지요. 양반들이 왜 광대를 그저 두는지 아시오? 송곳이 재미난 이야기에 감춰져 있기 때문이오. 보이지 않는 것을 탓할 수는 없으니까. 이제 더늠을 왜 만들었냐고 묻는 당신의 질문이 얼마나 위험한지 알겠소?"

고수의 말을 듣고 태평은 등골이 오싹해졌다. 구구절절 옳은 말이었다. 사람의 목숨이 달린 질문을 서슴없이 하다니. 스스로 얼치기라고 인정하지 않을 수 없었다.

"노형은 왜 소리꾼이 못 되었소?"

느닷없이 고수가 물었다. 처음 동장대에서 태평을 보았을 때부터 소리에 미친 사람이라는 것을 알았다. 그 정도로 소리를 좋아하는 사람이라면 명창을 꿈꾸기 마련이었다.

"고수님은 왜 명창이 못 되었소?"

태평은 똑같은 질문으로 되갚았다. 고수는 문고리가 흔들거릴 만큼 크게 웃었다. 속이 텅 빈 웃음이었다.

문득 호랑이에게 물려 갔다는 아이 이야기가 떠올랐다. 박선달에게 부채를 날리던 주덕기의 모습도 눈에 선했다. 그 순간 또 다른 세계의 문이 활짝 열렸다. 나이 마흔에 이르러 태평은 소리의 진정한 가치를 알게 된 것이다.

04
소리의 주인

새벽녘에 내린 소나기가 아침이 되자 그쳤다. 처마 위로 떠오른 해는 한낮이 되기 전에 잉걸불처럼 타올랐다. 습기에 열기가 더해져 움집 안은 숨이 턱턱 막혔다. 기준은 북을 엎어 놓고 어제 배운 소리를 연습하고 있었다. 이마에서 흘러내린 비지땀이 자꾸 눈두덩을 덮어 시야가 흐렸다.

기준은 아랑곳하지 않고 있는 힘껏 목청을 높였다.

"가다 죽고, 오다 죽고, 서서 죽고, 앉아 죽고,

울고 웃다 죽고, 자다 죽고, 졸다 죽고, 실없이 죽고,

어이없이 죽고, 화내다 죽고, 성내다 죽고……."

적벽 싸움 대목의 마지막 부분인 죽고타령이었다. 똑같은 대목을 벌써 몇 번째 되풀이하고 있는지 기준도 몰랐다. 한번 소리를 지르고 나면 머리가 어질어질했다.

어제 소리를 배우기 전까지만 해도 드디어 적벽 싸움을 마무리한다는 기쁨에 들떠 있었다. 스승은 적벽 싸움을 〈화용도〉의 가장 높은 오르막길이라 했다. 적벽 싸움만 무사히 넘어가면 내리막길과 평지만 남는다는 것이었다. 그만큼 소리 광대가 온 힘과 기교를 다 쏟아부어야 하는 어려운 대목이었다. 기준은 적벽 싸움의 까다로운 앞부분과 중간 부분을 무리 없이 잘 받았다. 그런데 가장 쉬운 죽고타령에 이르러 태평의 얼굴이 오뉴월 단술 변하듯 확 바뀌었다. 처음 있는 일이었다.

태평은 과묵한 성격이라 칭찬도 인색했지만 성을 내거나 두 번 시키는 일도 없었다. 스승이 다시 하라는 대로 기준은 똑같은 대목을 아홉 번 넘게 되풀이했다. 열 번째 죽고타령이 끝나자 태평은 북채를 방바닥에 내려놓고 말없이 건넛산으로 고개를 돌렸다. 기준은 애가 바짝바짝 탔다. 끝내 스승은 무엇이 잘못되었는지 가르쳐 주지 않았다. 다음 날까지 연습하라는 말을 남기고 밖으로 휑하니 나가 버렸다.

"가다 죽고, 오다 죽고, 서서 죽고, 앉아 죽고,

울고 웃다 죽고…… 에잇."

기준은 북채를 집어 던졌다. 여전히 무엇이 잘못인지 알 수
없었다. 사설도 가락도 음정도 흠잡을 데가 없었다. 매일 태평
이 던져 주는 소리는 앙상했다. 뼈에 거죽만 붙어 있는 소리가
기준의 목을 통과하면 살이 오르고 기름이 돌았다. 죽고타령도
마찬가지였다. 연습을 하면 할수록 기준은 스승이 괜한 트집을
잡는 것은 아닌지 의심스러웠다.

눈두덩으로 흘러내리는 땀을 소매로 거칠게 문질렀다. 알 수
없는 화가 치밀어 올랐다. 숨이 답답하고 속이 울렁거렸다.

불현듯 자룡이 쏜 화살을 백성들의 분노라 했던 태평의 말이
떠올랐다. 주덕기의 더늠이 백성들의 현실을 모른 체하고 자기
잇속만 차린 양반들을 향한 날 선 비판이라는 스승의 주장에
기준은 고개를 갸웃했다. 태평이 주덕기에게 직접 들은 것도 아
니고 고수를 통해 들었으니, 제 논에 물 대듯 마음대로 해석한
것일 수도 있었다. 또한 주덕기가 부채를 던진 것이 아니라 손
이 미끄러져 부채가 박 선달 쪽으로 떨어졌을 수도 있다. 무의
미한 작은 소동으로 더늠을 만든 까닭을 판단하는 것은 위험

했다.

"더위 먹고 죽을라고 환장한 놈 아니여?"

태평이 움집 문으로 고개를 들이밀고 소리쳤다. 나쁜 짓을 하다 들킨 아이처럼, 기준은 멀뚱멀뚱 태평을 쳐다보았다.

"썩 못 나오냐, 이놈아."

태평의 성화에 못 이겨 기준은 허적허적 밖으로 나왔다. 머리가 물에서 막 건져 올린 감태처럼 축축했고, 땀에 흠뻑 젖은 옷이 자꾸 몸에 감겨들었다. 하루아침에 눈두덩이 푹 꺼져 몹시 아픈 사람 같았다. 태평은 기준을 마당에 있는 평상에 앉혔다.

"오늘은 소리 공부를 하루 건너뛰자."

오미자 식힌 물을 건네며 태평이 말했다.

"아니요. 바로 공부 시작할랍니다."

기준의 표정이 사뭇 진지했다. 목소리에 날이 선 것도 같았다.

"그러다 병날라. 쉬엄쉬엄해도 괜찮아."

태평이 거듭 만류해도 기준은 고집을 부렸다. 할 수 없이 평상 위에서 수업을 하기로 했다.

"죽고타령을 해 보그라."

태평이 북을 덩딱 쳤다.

"가다 죽고, 오다 죽고, 서서 죽고, 앉아 죽고,

울다 웃다 죽고, 자다 죽고 졸다 죽고,

실없이 어이없이 죽고, 화내다 죽고 성내다 죽고……."

기준은 아랫배에 힘을 주고 죽을 둥 살 둥 소리를 했다. 한 대목을 다 끝내기도 전에 태평이 북 등을 딱딱 내리쳤다.

"그만."

소리를 이어 나가던 기준이 태평을 쳐다보았다. 어제처럼 태평은 기준의 눈을 피했다. 도대체 무엇이 잘못이냐고 따지려고 할 때였다.

"너는 왜 소리를 허느냐?"

의도를 파악하기 어려운 질문이었다. 기준은 소리를 배우게 된 지난 몇 달을 떠올려 보았다. 거슬러 올라가면 소리와의 인연은 집을 나온 사실과 뗄 수 없었다. 그렇다면 뼛속 깊이 새겨진 역마살은 어쩌다 생겼을까? 그에 대한 대답을 찾기란 어렵지 않았다.

"상놈으로 살기 싫어서라우."

어려서부터 기준은 상놈 같지 않다는 말을 자주 들었다. 대대로 천대받는 집안에서 태어났으나 기준의 성격은 도도하고 까칠했다. 그것이 기준의 타고난 기질과 성품이었다. 외눈박이 주제에 고분고분하지 않는다는 둥, 한쪽 눈깔에 독이 몰려 있어 장차 큰일 낼 놈이라는 둥, 주로 눈과 관련된 욕설이 기준을 따라다녔다. 상놈이 상놈답지 않다는 것은 매를 버는 일이었다. 마을의 농민들과 아전들과 그의 자식들은 물론이고 때때로 가족과 친지들까지 기준이 숨만 크게 쉬어도 여기저기서 주먹질과 발길질을 날렸다. 상놈으로 구박과 천대를 견디고 사느니 객지를 떠돌다 죽는 편이 나았다.

기준은 미련 없이 집에서 탈출했다. 역마살의 시작이었다. 그러다 송흥록의 소리판을 구경하게 되었고, 어차피 상놈으로 살바에 완벽한 상놈이 되자고 다짐했다. 소리로 온 세상을 떠들썩하게 울릴 수 있는 소리 광대가 되기로 한 것이다. 기준은 부와 명예를 다 가진 명창이 되고 싶었다. 엄청난 돈을 벌고 금의환향하여 저를 괴롭히던 자들의 코를 납작하게 눌러 주고 떵떵거리며 살고 싶었다.

"소리를 배워 명창이 된들 상놈 팔자가 어디 간다디야?"

태평의 말에 기준은 기분이 상했다.

"소리 한 바탕에 비단이 천 필이라고 하던디요? 돈만 있으면 상놈도 양반이 되는 세상 아니어라우?"

기준이 부풀려서 말하긴 했지만 장안에서 내로라하는 명창들이 상상을 뛰어넘는 엄청난 소리채를 받는 것은 사실이었다.

"죽고타령에는 사연이 있느니라."

태평은 죽고타령이 왜 중요한지 분명히 알려 주고 싶었다. 사연을 알게 되면 기준의 화도 풀릴 것이라고 생각했다. 그러나 스승이 어떤 명창을 찾아갔든, 죽고타령에 무슨 내력이 있든 기준은 궁금해하지 않았다. 기준이 바라는 것은 하루속히 〈화용도〉 한 바탕을 다 배우는 것이었다.

그러든 말든 태평은 벌써 제 이야기에 취해 있었다.

황해도 봉산 땅 경수대에 수십 개의 횃불이 타올랐다. 모래밭 한가운데 피워 놓은 모닥불에서 이따금 불티가 타닥타닥 튀었다. 새끼 게가 기어가는 모습이 또렷이 보일 만큼 강변이 환했다. 강변은 물론이고 소나무 언덕까지 구경꾼들이 빼곡하게 들어차 있었다. 저녁 내내 탈광대들이 마을을 훑고 길놀이를 한 덕이었다.

초저녁에 시작한 봉산탈춤은 삼경이 다 되어 끝났다. 달은 동산을 넘어갔고 모닥불이 희미하게 사그라들었다. 기세 좋게 타오르던 횃불도 서서히 힘을 잃어 가고 있었다. 구경꾼들도 졸음을 못 이겨 꾸벅꾸벅 졸기 시작했다.

어둡던 경수대 주변이 갑자기 환해졌다. 사람들이 웅성거리더니 다시 놀이판이 활기를 띠었다. 패랭이를 쓰고 흰 도포를 입은 소리 광대가 걸어 나왔다. 눈동자가 맑고 깊었다. 단정하고 지혜로워 보이는 인상이었다.

소리 광대는 돗자리 위에 우뚝 서서 접은 부채를 양손으로 잡고 허리를 깊이 숙였다. 이름은 방만춘. 충청도 해미에서 태어났고 조선 팔도를 통틀어 열 손가락 안에 드는 명창이었다. 송흥록이 귀신이 울부짖는 듯한 귀곡성, 모흥갑이 단숨에 높이 치고 올라가는 덜미소리로 유명하다면, 방만춘은 목을 좌우로 젖히며 처절하게 부르짖는 아귀성으로 따를 사람이 없었다.

태평의 가슴이 미친 듯 벌렁거렸다. 방만춘의 얼굴을 보는 것만으로 감격스러워 온몸에 전율이 일었다.

"소리 광대 방만춘이 인사드립니다. 〈화용도〉 한바탕 올리겠습니다."

소리가 시작되자 방만춘은 간교한 조조가 되었다가, 지혜로운 제갈공명으로 변했다가, 조조의 군사들이 되어 구슬피 울부짖다가, 다시 제갈공명으로, 용맹한 조자룡으로 변화무쌍하게 바뀌었다. 특히 소리 죽여 가만가만 읊조리다 느닷없이 피를 토하듯 쏟아 내는 아귀성에 구경꾼들은 정신을 번쩍 차렸다.

소리판에는 〈화용도〉 속에서 튀어나온 인물들만 있을 뿐 방만춘은 사라지고 없었다. 일단 소리가 시작되면 이야기 속 남녀노소의 인물로 빙의되는 것이 태평이 지켜본 명창들의 공통점이었다.

소리는 흐르고 흘러 조조와 손권의 군대가 적벽에서 만나는 대목에 이르렀다. 전쟁이 기운이 감돌자 구경꾼들의 손에 끈적한 땀이 배었다.

제갈공명이 조자룡의 보호를 받으며 무사히 촉나라로 돌아간 뒤 조조는 서둘러 오나라를 치기로 했다. 때마침 주유에게 흠씬 두들겨 맞은 오나라 장수 황개가 몰래 조조를 찾아왔다. 전쟁이 시작되면 오나라의 군량미를 싣고 와서 투항하겠다는 것이었지만, 사실은 거짓으로 꾸며 낸 황개의 계책이었다.

"다음은 제가 만든 더늠인 적벽 싸움입니다. 전쟁터에 나가기 전에 물 한 모금 마시겠습니다."

사발의 물을 단숨에 들이켠 방만춘은 전쟁터에 나가는 장수처럼 도포 허리끈을 단단히 졸라맸다. 그리고 고수에게 눈짓을 보냈다.

드디어 전쟁의 북소리가 울려 퍼졌고, 스무 척의 배가 조조의 진영으로 흘러왔다. 조조는 황개가 약속대로 군량미를 잔뜩 싣고 온다고 좋아했다. 부하 장수인 정욱의 생각은 달랐다. 군량미를 실었다고 하기에는 속도가 빨랐고, 배가 물 위에 얕게 떠 있었다. 만약 오나라가 불로 공격하면 어떻게 감당하겠냐고 정욱이 걱정을 늘어놓을 때였다.

그 말이 지듯 마듯 북소리 나팔 소리가 울리고
황개가 배에 불을 붙여 조조 진영으로 달려든다.
한 번 부딪혀 불이 번쩍 조조의 배가 타오르고
두 번 부딪혀 불이 번쩍 강산이 무너져 내리고
세 번 부딪혀 불이 번쩍 우주가 뒤바뀌는구나.
불꽃이 하늘 높이 치솟아 천지가 따그르르르르
바람은 우르르르, 물결은 출렁, 배는 우지끈 뒤뚱
돛대와 키가 부러지고 닻줄은 끊어졌으며,

깃대가 부러져 붉고 푸른 깃발이 단풍잎처럼 떠간다.

투구, 갑옷, 긴 창, 삼지창, 도끼, 화살 같은 무기와

북, 나팔, 징, 태평소 등 악기가 사방으로 흩어지니

조조의 배는 간 곳 없고 불빛이 대낮처럼 밝은데

가련한 군사들은 날도 뛰도 못 하고 적벽에서 죽는구나.

방만춘은 자진모리장단에 맞추어 적벽 싸움을 따박따박 그려 나갔다. 태평은 얼이 빠져서 숨도 크게 쉬지 못하고 소리에 빠져들었다.

황개가 몰고 온 스무 척의 배에 의해 천여 척이 넘는 조조의 선단에 불이 붙어 산산조각이 났다. 눈앞에서 전투가 벌어진 듯했고, 그야말로 경수대는 불타오르는 장강이었다. 훨훨 솟구치는 불길 속에 화살이 빗발처럼 날아가고 창과 검이 번개처럼 번득였다. 바람 소리, 물결 소리, 배가 부서지는 소리가 무시무시하게 귀청을 때렸다.

그다음은 며칠 동안 기준을 괴롭혀 온 죽고타령이었다.

가다 죽고, 오다 죽고, 서서 죽고, 앉아 죽고,

울고 웃다 죽고, 자다 죽고, 졸다 죽고,

실없이 어이없이 죽고, 화내다 죽고, 성내다 죽고,

힘써 죽고, 애써 죽고, 원통히 죽고, 불쌍히 죽고,

시원히 죽고, 왜 죽느냐고 물어보다 죽고,

어떤 군사는 전나무 돛대에 기엄기엄 올라가

품에서 무엇인가 부스럭부스럭 꺼내더니

"이런 때 먹으려고 비상 사서 넣었더니라."

입에 넣어 아드득 깨물어 먹고 물에 풍 빠져 죽고,

팔 부러지고 다리 부러지고 허리 부러져 죽고,

횡사, 급사, 오사, 즉사, 액사, 악사, 합사하여

너른 강에 죽은 군사들이 국수 풀어놓은 듯하니

날랜 군사가 쓸데없고 용맹한 장수도 소용없네.

　방만춘은 조조의 군사들이 떼죽음을 당하는 장면을 휘모리
장단으로 빠르게 몰아붙였다. 군사들이 별별 다양한 모습과
방법으로 죽을 때마다 구경꾼들은 키들키들 웃음을 터뜨렸다.
이야기의 내용은 슬펐으나 장단이 빠르고 흥겨워 저도 모르게
신명이 올랐던 것이다. 돛대 위로 기어 올라간 한 군사가 비상

을 먹고 물에 빠져 죽는 부분에 이르러 소리판은 웃음판이 되었다. 사람들은 대놓고 크게 웃었고, 더러 손뼉을 치며 발을 구르는 사람도 있었다.

구경꾼들 속에서 태평도 웃고 있었다. 방만춘은 재담과 너름새로 웃음을 끝까지 밀어붙였다. 사람들의 웃음이 한없이 고조되었다. 그러나 어느 지점에 이르러 태평은 더 이상 웃지 않았다. 아니, 웃을 수 없었다.

'오죽 두려웠으면 비상을 사서 품에 넣었을꼬? 얼마나 많은 군사가 물속에서 죽었기에 국수 풀어놓은 것 같다고 했을꼬?'

곱씹어 생각할수록 소름이 끼쳤다. 죽어 가는 군사들을 상상하자 가슴이 저릿하고 쓰라렸다.

방만춘의 죽고타령에서 차갑고 묵직한 송곳을 느낀 순간, 태평의 머릿속에 떠오르는 사람이 있었다. 봉산으로 오기 전날 연안에서 만났던 한 노인이었다.

연안은 봉산 남쪽에 있는 고을이었다. 동쪽으로는 연백평야가 있고 남쪽으로는 철마다 조기와 꽃게가 몰려드는 바다에서 가까웠다. 연안 읍성 안에 있는 서문장은 농산물과 해산물이 넘쳐 나는 제법 큰 시장이었다.

태평은 충청도 금산에서 난 인삼을 짊어지고 닷새를 꼬박 걸어서 연안 읍성에 닿았다. 서문장 약방에 인삼을 넘기고 나니 날이 저물어 하룻밤 묵기로 했다. 날이 밝으면 봉산으로 달려갈 참이었다. 연안행의 최종 목적지는 방만춘의 소리판이 열리는 경수대였다.

잠잘 곳을 찾아 두리번거리던 태평의 눈에 큰 비석 하나가 띄었다. 임진왜란 때 이정암 장군이 의병을 일으켜 왜군을 무찌른 공적을 기념하는 연성대첩비였다. 비석을 주의 깊게 살피는 태평이 기특했는지 한 노인이 다가와 말을 걸었다. 노인의 권유로 태평은 그 집 사랑방에서 하룻밤 묵게 되었다. 저녁밥까지 잘 대접받고 방 안에 앉아 있을 때, 누가 꺼냈는지는 몰라도 연성대첩비 이야기가 나왔다.

그날 밤 태평이 들은 이야기의 주인공은 연성대첩을 승리로 이끈 이정암 장군이 아니었다. 빛도 이름도 없이 죽어 간 노인의 먼 조상들이었다.

먼저 노인은 먼 윗대 할머니 이야기를 들려주었다. 왜군이 성 안을 불태우기 위해 불화살을 쏘자, 노인의 할머니는 하늘을 우러러 간절히 기도를 올렸다. 마른하늘에 번개가 치고 회오리 바람이 불더니 바람의 방향이 바뀌어 불꽃과 연기가 성 밖 왜군의 진영으로 날아갔다. 기력을 다한 할머니는 그만 피를 토하고 죽었다. 그리고 성벽을 기어오르는 왜군을 무찌르기 위해 손에 피가 철철 나도록 돌을 나른 소년과 고사리 같은 손으로 어른들을 도와 가마솥에 물을 끓이던 소녀의 안타까운 죽음, 그 밖에 왜군의 총탄에 맞아 죽은 수많은 사람들 이야기가 밤 늦도록 계속되었다.

노인의 이야기를 들으며 태평은 깨달았다. 전쟁터에서 양반들이 세운 공은 비석에 새겨지고, 민초들이 세운 공은 자손들의 가슴에 이야기로 남는다는 것을.

적벽에서 떼죽음을 당한 조조의 군사들과 임진왜란 때 연성을 지키다 죽어 간 백성들은 다르지 않았다. 그러므로 죽고타령의 웃음 끝에 도사리고 있는 것은 슬픔이었다. 혼자 감당할 수 없고 다 같이 나누어 짊어져야 하는 슬픔. 방만춘의 재담과 너름새의 목적은 웃음이 아니라는 사실을 깨닫자, 태평의 볼을 타고 한 줄기 눈물이 흘렀다.

동틀 무렵, 소리판이 끝났다. 그때까지 자리를 뜬 사람은 없었다. 구경꾼들이 모래알처럼 하나둘 빠져나간 뒤, 태평은 가장 늦게 자리에서 일어났다. 아직 남아 있는 소리의 여운으로 인해 구름 위에 올라앉은 기분이었다.

무엇이 소리판을 경수대 모래밭에서 적벽으로 바꾸었는지, 살가죽이 아프도록 다가온 실감은 어디서 비롯되었는지 곰곰이 생각해 보았다.

방만춘은 소리를 꽉 채우지 않았다. 마음만 먹으면 목소리 하나로 얼마든지 사람들을 사로잡을 수 있었음에도 타고난 재주를 다 사용하지 않았다. 목소리 자랑은 방만춘에게 시시한 일이었다. 처음 더늠을 짤 때부터 소리에 빈틈을 남겨 두었고 그곳을 재담과 너름새로 채웠다. 그의 불타오르는 눈짓, 벌렁거리는 콧구멍, 삐죽빼죽한 입술, 들썩이는 어깨, 씰룩대는 엉덩이의 섬세한 움직임을 통해 수많은 군사들이 나타났다.

"이보시오."

누군가 뒤에서 태평의 어깨를 잡았다. 돌아보니 놀랍게도 방만춘이 서 있었다. 천하 명창 방만춘이 먼저 다가와 말을 걸다니, 태평은 옴짝달싹 못 하고 돌덩이처럼 굳어 버렸다.

"궁금한 것이 있소."

방만춘은 한적한 솔밭으로 태평을 데리고 갔다.

"아까 내가 죽고타령을 할 때 말이오. 다른 구경꾼들은 다 웃고 있는데 노형 혼자 우시던 까닭이 무엇이오?"

방만춘이 조심스럽게 물었다.

"군사들이 짠해서……."

태평은 말을 잇지 못했다. 여전히 목소리가 떨렸다.

"실은 오늘 적벽 싸움 대목을 구경하다가 떠오른 사람들이 있었어라우."

시간이 흘러 흥분이 가라앉자 태평은 입을 열었다.

"그게 누구요?"

"임진왜란 때 연성대첩에서 죽었다는 수많은 백성들이어라우."

태평은 연안에서 만났던 노인의 이야기를 가만가만 들려주었다. 방만춘의 담담하던 낯빛이 잿빛으로 굳었다가 붉게 타올랐다가 이야기를 마칠 때쯤 다시 평온을 되찾았다. 표정이 시시각각 바뀌는 것을 보며, 태평은 제 생각이 옳았음을 알았다.

주덕기와 마찬가지로 방만춘의 더늠 또한 송곳을 감추고 있었다. 숨 가쁘게 몰아치는 휘모리장단, 구경꾼들이 배를 잡고 구르게 만든 우스꽝스러운 사설, 소리의 빈틈을 채우는 재담과 너름새는 송곳을 감추기 위한 장치였다. 그러므로 적벽 싸움은 이름 없이 죽어 간 군사들을 위로하는 만가였다.

"노형을 위해 소리 한 대목 해도 되겠소?"

한참 동안 태평을 그윽하게 바라보던 방만춘이 입을 열었다.

"물으나마나지라우."

태평은 쑥스러운 미소로 화답했다.

"노형께서 장단을 잡아 주시오."

방만춘이 멀찌감치 떨어져 있던 고수에게 손을 흔들었다. 고수가 달려와 등에 지고 있던 북을 태평에게 건넸다. 태평은 꿈인지 생시인지 몰라 얼떨떨했다.

태평은 북을 덩딱 쳤다. 북통에서 장작 패는 소리가 났다. 손이 떨려 북채가 매화점에서 빗나갔던 것이다. 가슴 벅차도록 통쾌하고 시원시원한 방만춘의 소리가 어두운 새벽하늘을 갈랐다. 태평의 장단은 소리를 따라가지 못하고 우왕좌왕했다. 그 사이 구경꾼들이 하나둘 모여들어 두 사람을 에워쌌다. 아무도 모르게 태평은 볼따구니를 꼬집어 보았다. 꿈이라면 깨고 싶지 않았다.

태평은 소소한 기억까지 되살려 방만춘의 더늠 이야기를 알심 있게 들려주려고 애썼다. 기준은 불퉁한 낯빛으로 귓구멍을 후비거나 발가락을 주무르고 있었다. 모든 이야기는 기름종이에 닿은 물방울처럼 기준의 귓가에서 미끄러졌다.

"가 볼 디가 있다."

기나긴 이야기를 마친 태평은 날짜를 세어 보고 벌떡 일어섰다. 마당으로 나가더니 강낭콩 자루를 지게에 실었다. 집 근처 채마밭에서 봄부터 여름까지 소일 삼아 기른 것이었다. 지게 한쪽에 북을 얹고 끈으로 동여맸다.

장터에 간다는 것을 알고 기준은 아침밥이 얹힌 듯 속이 끌끌했다. 장터라는 생각만 해도 저와 수남을 백정이라고 업신여기던 진주 장사꾼들이 어른거렸다.

'죽고타령 때문일 것인디…….'

기준은 태평의 속마음을 헤아려 보았다. 스승의 발뒤꿈치를 보며 뒤따라가다 내린 결론은 장터 언저리에 살고 있는 숨은 소리꾼을 찾아간다는 것이었다. 아마도 소리를 가르치다 막히자 뚫어 줄 사람이 필요했을 것이다.

장터에 도착한 태평은 국밥집으로 들어갔다. 낮술 손님들 앞에서 육자배기 가락을 뽑고 있던 늙수그레한 주모가 반색을 하며 달려 나왔다.

"오메, 새벽부텀 까치가 울어 쌌더니 귀한 손님 오시네."

주모는 암탉이 병아리 몰 듯 태평과 기준을 뒤란 평상으로 데리고 갔다. 둔덕 하나를 사이에 두고 개천이 흐르고, 멀리 지리산이 펼쳐진 주막의 상석이었다.

"날 더운께 국밥 말고 비빔밥 주소. 하나는 육회 몽땅 넣고."

태평의 주문이 떨어지자마자 주모는 부엌으로 들어가 손 빠르게 음식을 내왔다. 얼른 보아도 육회가 밥보다 많은 대접이 기준 앞에 놓였다. 두 사람은 슥슥 비며 육회와 나물과 밥을 고루 섞었다. 태평은 비빔밥을 한술 크게 떠서 입속에 밀어 넣는 기준을 흐뭇하게 바라보았다.

"내 것도 한술 떠 볼래?"

태평이 대접을 내밀었다. 기준은 조금 떠서 입으로 가져갔다.

"어떠냐?"

누구 양푼의 밥이 맛있냐는 물음이었다.

"스승님 것이 맛있구만요."

음식을 삼키고 나서 기준은 천천히 대답했다.

"그렇지. 귀한 육회가 많이 들었다고 비빔밥이 더 맛있는 것은 아니여. 밥과 나물이랑 조화를 이뤄야 하는 법이거든."

태평은 비빔밥 이야기를 하고 싶은 것이 아니었다. 육회를 많이 넣는다고 맛있는 비빔밥이 아니듯, 목소리 자랑하느라 폭포수처럼 쏟아 낸다고 해서 좋은 소리가 아니라는 말이었다.

방만춘 소리의 핵심은 잘 만든 비빔밥 같은 강약의 조화였다. 강하게 몰아붙일 때는 서슬을 퍼렇게 세워야 하지만, 숨통을 열어야 할 부분에서는 고삐를 늦추고 슬슬 풀어 주어야 한다. 그러나 기준은 비장한 대목이든 재담 위주의 대목이든 강으로만 밀고 나갔다.

늦은 점심을 거하게 먹고 두 사람은 숭늉으로 입가심을 했다. 태평은 밥값으로 강낭콩 자루에 엽전 몇 닢을 더 얹어 주었다. 주모의 입이 쩍 벌어졌다. 물 묻은 손을 행주치마에 닦고 주모는 한길까지 따라 나와 배웅했다.

장터 중심으로 접어들자 태평이 지나가는 곳이면 지전이든 비단전이든 포목전이든 주인들이 달려 나와 아는 체했다. 그때마다 기준은 주눅이 들어 흘낏흘낏 눈치를 보았다. 장사꾼들은 하나같이 기준에게 관심을 보이며 누구냐고 물었다.

"누구긴, 누구여. 숨겨 놓은 내 아들놈이제."

태평은 기분이 좋은지 평소와 달리 농담을 했다.

"아따, 손자뻘은 되겠구만."

"언제 바람이 나서 다 큰 아들을 뒀당가요?"

"인물은 쪼까 없어 보여도 재주가 붙은 얼굴이네."

실없는 농담과 덕담을 푸지게 늘어놓고 있을 때였다. 건너편 싸전 앞이 시끌시끌했다. 장터에서 가장 좋은 목에 위치한 싸전은 유일하게 기와지붕을 얹고 있었다.

"그새 싸전 주인이 바뀌었는감?"

태평이 장사꾼들에게 물었다. 턱살이 두둑한 것이 처음 보는 얼굴이었다.

"전주에서 돈푼깨나 벌어서 남원에 가게 하나를 더 냈답디다."

지전 주인이 냉큼 아는 체했다.

"허어, 싸전 주인이 사람을 잘못 건드렸고마잉."

포목전 주인이 혀를 끌끌 찼다.

실랑이는 싸전 주인과 각설이패 사이에 벌어졌다. 각설이들이 싸전에 구걸을 하러 들어갔다가 소금 바가지를 뒤집어쓰고 쫓겨난 모양이었다. 호락호락 물러날 각설이들이 아니었다.

"여그다 판 깔아라."

각설이 우두머리 꼭지의 말 한마디에 구멍이 숭숭 뚫린 거적때기 하나가 싸전 앞에 펼쳐졌다. 나머지 패거리는 장타령으로 구경꾼들을 끌어모았다.

얼씨구 들어간다, 절씨구 들어간다.

작년에 왔던 각설이 죽지도 않고 또 왔네.

요놈의 소리가 요래도 천 냥 주고 배운 소리.

한 푼 벌기가 땀난다. 품바 품바 잘헌다.

네 선생이 누군지 나보다도 잘헌다.

《시전》, 《서전》을 읽었는지 유식허게 잘헌다.

냉수 통이나 먹었는지 시원시원 잘헌다.

뜨물통이나 먹었는지 걸직걸직 잘헌다.

"잘 보아 두거라."

태평은 팽나무 그늘에 자리를 잡고 앉았다.

'고작 각설이 놀음판을 보라고?'

숨은 소리꾼을 기대했던 기준은 적잖이 실망했다. 이 마을 저 마을 떠돌아다니며 빌어먹는 각설이에게 뭘 보고 배우라는 것인지 알 수 없었다. 기준이 단골 집안 핏줄이라는 것을 태평도 알고 있었다. 천한 밑바닥 출신답게 각설이타령이나 보고 배우라는 것 같아 머릿속이 복잡했다.

각설이 하나가 앞으로 나왔다. 턱을 내리고 어깨와 가슴을 한껏 움츠렸다. 구경꾼들이 와아 웃음을 터뜨렸다. 누가 보더라도 턱살이 늘어진 싸전 주인이었다. 각설이는 쪽박으로 쌀을 되어 파는 시늉을 했다. 마치 허공에 쌀이 수북이 쌓여 있기라도 하듯 동작이 자연스러웠다.

손님 역할을 맡은 두 번째 각설이가 등장했다. 첫 번째 각설이는 사람들 눈치를 보며 됫박과 저울 눈금을 속였고 손님의 자루에서 쌀을 한 움큼씩 훔쳐 냈다. 어리숙한 손님은 아무것도 모른 채 좋아라고 덜렁덜렁 돌아갔다. 둘의 천연덕스러운 연기가 끝나자 한쪽에 앉아 깨진 바가지와 사기 주발을 두들기던 두 각설이가 재담을 한바탕 늘어놓았다.

"더럽게 번 돈을 어디다 쓴 줄 아냐?"

"늙은 어매 괴기 반찬 해 드렸겄제."

"괴기 반찬은커녕 비린내 나는 갈치 꼬랑지도 없다드라."

"이쁜 각시 속곳 사다 줬겄제."

"이쁜 각시는 사흘에 한 번 서방 놈 낯짝이라도 보면 소원이 없겠다고 성화라드만."

"그라믄 노름이라도 하는갑제."

"쉬잇."

"쉬잇?"

"꼭 너만 알아라잉? 광한루 옆에 난향각이란 청루가 있는 디."

"있는디?"

"거그 기생 화심이헌티 살림을 차려 줬다누만. 고래 등짝 같은 기와집에 금은보화, 청나라 비단이 방마다 빼곡하다지."

"사기 쳐서 번 돈을 화심이 뒷구녕에 쏟아부었네그랴."

"더럽게 번 돈 참말로 더럽게 쓴다잉."

각설이들의 수작은 뻔했다. 일부러 인심 사나운 집 앞에서 판을 벌인 뒤, 있는 말 없는 말 사정없이 버무려 망신을 주자는 것이었다. 어느새 구름처럼 모여든 구경꾼들이 왁자하게 웃으며 손뼉을 치고 휘파람을 불었다.

"이놈들이 무신 헛소리여?"

싸전 주인이 벌건 얼굴로 각설이패의 거적을 둘러엎었다.

화심이에게 빠진 것은 알 만한 사람은 다 아는 사실이었으나, 됫박과 저울 눈금을 속였다는 말은 새빨간 거짓이었다. 소문이 빛처럼 빠른 장터에서 거짓으로 사실을 덮는 것은 시간문제였다. 게다가 각설이들은 매일 구석구석 돌아다니며 온갖 소문을 물어다 날랐다. 고을 사정을 각설이만큼 잘 아는 사람도 드물었다. 그대로 두었다가는 모든 사람들이 각설이들의 말을 사실이라고 믿을 것이다.

"이놈의 어른이 미쳤나? 각설이 놀음판은 나라님도 못 건드린다는 거 몰러?"

턱살을 부들부들 떨고 있는 싸전 주인과 달리 각설이 꼭지의 태도에는 여유가 넘쳤다. 얼굴에 승자의 미소를 짐짓 숨기고 있었다.

"돌남아, 돌남이 게 없느냐?"

싸전 주인이 넋이 반쯤 나간 얼굴로 머슴을 불렀다.

"얼른 쌀 한 가마니 내줘라."

싸전 주인은 빽 소리치고 안으로 들어갔다.

돌남이가 쌀가마를 내오는 것을 보고 각설이들은 거적을 주섬주섬 치웠다. 허우대 좋은 각설이가 나서더니 쌀가마를 제 등에 짊어졌다. 신명이 난 각설이들은 장타령을 부르며 굴다리 쪽으로 돌아갔다.

"소리 한 대목 허그라. 사람들 흩어지기 전에."

태평이 들릴락 말락 하게 속닥거렸다.

"예에? 여기서라우?"

기준은 한쪽 눈을 연거푸 깜박거렸다. 당황하면 나오는 버릇이었다.

"뭔 잔말이 많냐? 자신 없어서 그러는 거여?"

기준은 제 첫 소리판이 장터일 줄은 꿈에도 몰랐다. 기준에게 장터는 벗어나야 할 어둡고 축축한 늪이었다. 소리를 시작한 것도 저를 무시한 장사꾼들과 농사꾼들 보란 듯이 떵떵거리며 살아 보기 위해서였다. 그런 사정을 태평이 모를 리 없을 텐데, 장터 한복판에서 소리를 하라니. 기준은 몹시 섭섭했다.

"진짜 소리 광대는 장소를 가리지 않는 벱이여. 그곳이 장터면 어떻고, 초상집 마당이면 어떠냐? 솜씨 없는 숙수가 안반 탓하는 거여."

태평은 장바닥에 북을 놓고 앉아 덩딱 두들겼다. 발길을 돌리려던 사람들이 주위로 몰려들었다.

"앞으로 크게 될 놈이요. 소리 한 대목 들어 보시고 좋은 말씀 많이 해 주씨요들."

태평이 평소에 없던 너스레를 떨었다.

막상 장터 사람들을 보자 기준은 오기가 불끈 솟구쳤다. 피할 수 없다면, 소리로 그들의 기를 꺾어 주리라 다짐했다.

"하고 싶은 대목을 하그라."

기준은 적벽 싸움 대목을 골랐다. 정면 돌파를 선택한 것이다. 장터 사람들이 특히 죽고타령에 어떤 반응을 보이는지 잘 살펴, 이번 참에 자신과 스승 가운데 누가 옳은지 가려보고 싶었다.

장사꾼들과 뜨내기들이 팽나무를 에워쌌다. 누군가 기준의 오른쪽 눈을 손가락질하며 수군거렸다. 여기저기서 키득대는 소리가 들려왔다. 기준은 아무렇지도 않은 척 입술을 앙다물었다.

아니리가 끝나고 소리가 시작되었다. 태평은 온 힘을 기울여 북을 쳤다. 시간이 지날수록 기준의 소리는 아귀가 맞지 않는 문짝처럼 덜컹거렸다. 혼자 연습할 때보다 목소리가 갑갑하고 표현력도 부족했으며, 덩달아 장단까지 삐끗거렸다.

"소리가 철 지난 고사리처럼 뻣뻣하구만."

"지미릴, 공자님도 울고 가겠네. 감히 어린 놈이 우리를 가르 칠라고?"

맨 앞에 앉아 있던 두 노인이 지껄이는 소리가 태평의 귀에 고스란히 들렸다. 기지개를 켜고 큰 소리로 하품을 하거나 등 짝을 긁으며 잡담을 나누는 사람들도 있었다. 마침내 죽고타령 으로 넘어가자 사람들은 하나둘 자리를 털고 일어섰다. 기준의 등에 식은땀이 흘렀다. 제가 잘하는 자룡 활 쏘는 대목을 할 걸 하고 후회했지만 이미 때는 늦었다.

"휴우."

소리가 끝나자 기준의 입에서 한숨이 흘렀다. 고개를 돌려 보 니 구경꾼들이 다 빠져나가고 없었다. 고작 남은 사람은 인상 이 과묵하고 점잖아 보이는 한 중년 사내뿐이었다. 챙이 좁은 갓을 썼지만 아전은 아니고 대갓집 청지기인 듯했다. 사내는 기준과 태평을 향해 가볍게 목례를 하고 돌아갔다.

"네 소리가 뭣이 문제인지 알겠냐?"

태평이 작정한 듯 물었다. 기준의 심정이 얼마나 참담할지 모르는 바가 아니었다. 그러나 제자의 문제를 파악했다면 잘못된 부분을 고치는 것이 스승의 역할이었다. 기준은 입을 꾹 다문 채 지게에 북을 얽어매고 있었다. 문제를 모르겠다는 것인지, 잘못이 아니라는 것인지 알 수 없었다.

"아까 싸전 주인 흉내 내던 각설이 생각나냐? 영락없이 똑같지야? 소리도 마찬가지여. 사내든, 계집이든, 노인이든, 아그들이든 소리에 나오는 인물과 최대한 똑같이 그려야 허느니라."

거듭된 물음에도 대답이 없자 태평은 혼자 묻고 대답했다.

"명창의 목구멍은 서슬과 구성을 다 갖춰야 혀. 서슬은 차갑고 날카로운 기운이고, 구성은 따뜻하고 보드라운 기운이여. 서슬은 칼바람처럼 등줄기를 서늘하게 하고, 구성은 봄볕처럼 흥과 신명을 불러일으키제. 서슬과 구성은 한쪽으로 치우치기보담 둘이 팽팽하게 맞서서 사람들이 정신을 바짝 차리게 만들어야 혀. 서슬과 구성의 경계에서 사람들은 감동하여 울고 웃는 법이거든. 한마디로 소리판은 서슬과 구성이 조화를 이루고, 재담과 너름새가 양념처럼 들어가야 완성되는 것이여. 너는 소리를 서슬로만 다 채우려 드니 그런 소리가 뭔 맛이 있겠냐?"

내친김에 태평은 하고 싶었던 말을 줄줄 쏟아 냈다. 말하는 중간중간 어린 제자가 상처받지는 않을까, 눈치를 살폈다. 괜한 걱정이었다. 기준이 생각하기에 장터 사람들은 아무것도 모르는 무지렁이들이었다. 죽었다 깨어나도 고상하고 품격 있는 제 소리를 이해할 수 없었다. 굳이 따진다면 잘못은 그런 사람들 앞에서 소리판을 벌인 스승에게 있었다.

기준은 태평이 원망스러웠다.

05
새가 된 군사들

기준은 천장을 말똥말똥 바라보며 누워 있었다. 몸이 아픈 것도 아닌데 만사가 귀찮았다. 장터에서 돌아온 후 기준은 태평과 서먹서먹해졌다. 소리를 배우는 일도 시들했다. 무시하려고 애썼지만 장사꾼들에게 당한 모멸감은 쉽게 사라지지 않았다. 바닥으로 슬며시 가라앉아 있다가 생각지도 못한 사이에 수면 위로 불쑥 솟구치곤 했다. 그때마다 기준은 얼굴이 화끈거렸고 분노가 끓어올랐다. 원망의 화살은 어김없이 스승을 향해 날아갔다.

아침밥을 준비하느라 달그락거리는 소리가 방고래를 타고 귓전으로 파고들었다. 밥 뜸 들이는 냄새가 나기 시작했으니 곧 아침 산행을 갔던 태평이 돌아올 것이다. 다른 날이라면 기준은 움집이나 마당의 평상에서 어제 배운 소리를 연습하고 있을 시간이었다. 산 아래 서낭목을 내려오는 태평의 귀에 들리도록 얼굴이 터지고 배 속의 창자가 튀어나올 만큼 맹렬하게 악을 쓰곤 했다.

기준은 모로 누웠다 바로 누웠다를 수차례 반복했다. 마침내 허벅지에 감기는 홑이불을 발로 차고 일어났다.

"이제 일어났구나?"

방문을 열자 태평의 목소리가 들렸다. 난초는 집에 무슨 일이 생겨 올라오지 못한 모양이었다. 하필 태평이 산에 가지 않은 날 늦잠이라니, 기준은 꾀를 부리다 들킨 것 같아 열없어졌다.

"뭣 하고 섰냐, 밥 묵지 않고?"

태평이 밥상을 들고 부엌에서 나오고 있었다. 구수한 된장국 냄새를 맡자 기준의 배 속이 요동을 치기 시작했다. 쇠라도 삼키면 녹일 만한 나이였다. 며칠 동안 굶다시피 하다 고봉밥을 게 눈 감추듯 먹어 치웠다.

태평이 밥상을 치우고 설거지를 하는 동안, 기준은 울안 대추나무 아래 멍석을 깔았다. 그리고 어제 배운 새타령을 가만 가만 시작했다.

산천은 험준하고 수목은 깊이 우거졌는데
골짜기에 눈 쌓이고 봉우리 사이로 바람 불 때
앵무새 원앙새 날지 않고 나무 열매도 없으니
새가 어찌 울랴마는 적벽에서 죽은 군사
원조라는 새가 되어 조조를 원망하여 우더니라.

적벽 싸움에서 크게 패한 조조는 화용도를 향해 달아났다. 오나라 군대를 겨우 따돌리고 오림에 이르렀을 때, 전쟁터에서 죽은 군사들이 새가 되어 조조를 원망하며 따라다닌다는 내용이었다.

기준은 평평한 길을 걷듯 담담하게 소리를 했다. 애절한 계면조 바탕으로 소리를 짰으나 영영 슬픔에 잠기지 않도록 꿋꿋한 우조를 드문드문 섞었다. 흐름이 시조를 부르듯 단조롭고 소박했으며, 소리의 끝을 길고 짧게 맺는 식으로 묘미를 더했다. 기준은 태평에게 배운 대로 새타령의 앞부분을 중모리장단으로 시원스럽게 풀어 나갔다.

'쟈가 무슨 생각을 하며 소리를 하고 있을꼬?'

문득 태평은 그릇을 헹구던 손을 멈추었다. 기준의 속마음이 궁금했다.

새타령은 충청도 문의 사람 이창운의 더늠이었다. 태평은 이창운의 새타령을 처음 보았을 때 느꼈던 감동이 떠올랐다. 벌써 삼십여 년 전의 일이었다. 죽은 조조의 군사들이 새가 되었다는 발상부터 의미심장했다. 소리가 앞으로 나아갈수록 간담이 서늘해지는 내용을 담고 있다는 것을 알았다.

태평의 바람은 새타령에 담긴 뜻을 기준이 똑바로 이해하는 것이었다.

나무 나무 가지마다 앉아 우는 각 새 소리

도탄에 빠진 군사 고향 떠난 지 몇 해인지,

귀촉도 귀촉도 슬피 우는 저 귀촉도.

많은 군량미 다 없애고 백성들을 노략질하니,

솥이 탱탱 비었다 소탱소탱 저 소쩍새.

백만 군사 자랑하더니 오늘 패배가 웬일이냐,

이리 날며 삐쭉 저리 날며 삐쭉 저 삐쭉새.

제 입으로 영웅이라더니 도망만 치는구나,

꾀꼬리 루리루 루리루 저 꾀꼬리.

반공에 둥둥 높이 떠 동남풍을 막아 주마,

너울너울 저 바람막이.

넓은 길 놔두고 깊이 우거진 산길만 찾느냐,

이리 날며 까옥 저리 날며 까옥 저 까마귀.

가련하다 굶주린 군사야 쑥국이라도 먹겠느냐,

쑥국 쑥국 여기 있노라 저 쑥국새.

너희들은 하늘의 도움으로 고향에 돌아가

부모님 처자식 보겠지만 나는 기약이 없구나.

오도 가도 못 하고 뱅뱅 돌면서 울음을 우니

처량하구나 각 새소리.

태평이 손에서 사발 하나가 미끄러져 부뚜막에 부딪혔다. 와 장창 소리를 내며 깨졌고 사금파리가 부엌 바닥으로 튀었다.

기준의 새타령은 이창운의 것과 달랐다. 이창운의 소리는 무 능하고 탐욕스러운 권력자를 귀신이 되어서라도 벌하겠다는 군사들의 피울음이었다. 기준의 소리에서는 가녀린 흐느낌조차 느낄 수 없었다. 그런 차이가 왜 생겨났는지 길게 고민할 필요가 없었다. 장터 소리판에서 혹독하게 망신을 당하고 나서도 기준은 정신을 차리지 못하고 있었다.

북 앞에 앉아서도 태평의 가슴은 좀처럼 진정되지 않았다. 사나운 분위기를 눈치챘는지 기준은 태평을 똑바로 쳐다보지 못했다.

"새 울음소리만 다시 해 보그라."

태평이 장단을 치자 기준은 새가 우는 부분을 시작했다. 배꼽 아래 단전에 힘을 모으고 음을 정확히 표현하기 위해 낱말 하나하나에 신경을 곤두세웠다. 귀촉도부터 소쩍새를 지나 삐쭉새 울음소리를 막 내려 할 때였다.

태평은 장단을 멈추고 북 등을 사정없이 두들겨 팼다.

"시방 뭣 하는 것이여? 고것이 참말로 새 울음소리냐?"

태평은 역정을 참느라 숨을 몰아쉬었다. 귀밑까지 붉어진 스승을 보자 기준도 당황했다. 태평의 집으로 들어온 이후 처음 보는 얼굴이었다.

"구성만 없는 줄 알았더니, 물색도 없는 놈이로고."

태평이 혀를 끌끌 찼다. 소리는 말할 것도 없고 세상 물정조차 모른다는 욕이었다.

"어느 동네 두견새가 그라고 울다야?"

비로소 기준은 스승이 새 울음소리를 문제 삼고 있다는 것을 알았다.

"잘 생각해 봐라. 새가 무엇이여? 조조 때문에 장강 적벽에서 죽은 군사들 아니냐? 죽어서도 고향을 그리워하고, 배가 고파서 하염없이 흐느끼고, 저만 살고자 도망치는 조조를 보며 원망하는 군사들을 생각해 보아라. 그처럼 새소리에는 군사들의 서럽고 억울하고 원통한 심정이 담겨 있는 것인디, 너처럼 심심하고 뻣뻣하게 하면 쓰겠냐? 소리는 목구멍으로 하는 것이 아니라 마음으로 하는 것이란 말이여."

태평은 잘난 목소리 하나 믿고 오만하게 굴지 말라는 말이 턱 밑까지 올라왔으나 꾹 참았다. 괜히 더 나갔다가는 기준이 엉뚱한 방향으로 엇나갈 수도 있었다. 아무리 약이 되는 말을 하더라도 기준이 받아들이지 않으면 소용없는 것이었다.

"새소리가 그만치 중요헙니까?"

기준이 솔직하게 물었다. 태평의 잔소리를 듣는 내내 그깟 새

소리가 무엇이 그리 중요한가 싶었다. 기준은 묘기에 가까운 새소리 흉내로 사람들의 이목을 끌고 싶지 않았다. 상스럽고 천박하다는 느낌이 들었던 것이다.

"판소리는 노래가 아니라 소리니라. 술판에서 기생들이 간드러지게 부르는 노래라는 말로 어찌 판소리를 다 담을 수 있겠냐. 사람이 우주 만물의 한 부분이듯 사람이 만든 소리도 우주의 한 부분이여. 이야기를 따라 흘러가는 소리는 그 안에 새소리, 길짐승 소리, 물소리, 바람 소리, 천둥소리, 우주의 모든 소리를 품었제. 소리 광대는 자연의 소리를 있는 그대로 담아내기 위해 부지런히 갈고닦아야 혀. 너를 모지락스럽게 몰아붙이는 데는 다 까닭이 있느니라. 가만있자, 그때가 언제인고? 내가 마흔 줄에 막 접어들었을 땐가? 경기도 안성 향반들 청으로 한지를 구하러 전주에 갔더란다. 전주에 가면 내가 꼭 들리는 디가 있어. 관아에 속한 통인청이란 디여."

전주 통인청이라는 말에 기준이 푹 숙이고 있던 고개를 들었다. 전주의 통인들은 유별나게 판소리를 좋아해서 명창들을 극진히 대우하고, 싹수가 보이는 소리 광대를 물심양면으로 돕는 것으로 유명했다. 소리깨나 하는 명창 치고 전주 통인청을 거치지 않은 자가 없었고, 전국 팔도에서 소리에 관한 온갖 소식이 모여드는 곳이기도 했다.

"그날 아침 한지를 사서 짊어지고 통인청에 들어갔다가 문의 사는 이창운 명창이 〈화용도〉 더늠을 새로 짰다는 말을 들었지야. 엉덩이가 들썩거려 당최 앉아 있을 수가 있나. 안성으로 가기 전에 문의부터 들리기로 노정을 바꿨제. 이틀 밤에 걸쳐 전주에서 문의까지 이백오십 리 길을 숨이 턱에 닿도록 달렸니라. 물어물어 집을 찾아갔더니, 가는 날이 장날이드만. 하필 그날 해미 읍성 앞 율방에 갔다는 거여."

결국 태평은 새타령을 만든 이창운 명창을 찾아간 이야기를 하려는 것이었다. 혹시나 했던 기대가 실망으로 바뀌었다. 기준은 더늠 이야기라면 듣고 싶지 않았다. 자리를 털고 일어나고 싶었으나 차마 그럴 수 없었을 뿐이었다. 이미 태평은 제 이야기에 취해 시간을 거슬러 달려가고 있었다.

짚신에 감발하고 태평은 문의에서 해미까지 쉬지 않고 걸었다. 등짐을 짊어지고 며칠째 경기도, 충청도, 전라도를 누비고 다녔지만 힘든 줄 몰랐다. 날이 저물자 공주 여각에서 하룻밤을 묵고 다음 날 하루 종일 산과 고개를 넘고 내와 강을 건너

한밤중에 해미 읍성 문루 앞에 도착했다.

기준은 태평을 멀거니 바라보았다. 두 사람 사이에 넓은 강이 흐르고 있었다. 건너편에서 태평이 떠드는 소리는 이편까지 닿지 않았다. 태평이 그토록 더늠에 매달리는 까닭을 골똘히 헤아려 보았다.

타고난 재주와 능력에 따라 소리 광대의 운명은 하늘과 땅이다. 명창이 되면 부귀영화를 누리지만, 중간에 목이 꺾여 소리를 할 수 없게 되면 북을 치거나 줄을 타야 한다. 광대의 자식은 광대 아니면 할 것이 없다. 하지만 태평은 광대 집안 출신이 아니다. 소리에 재능이 없다는 것을 깨달았을 때 고향에 내려가 농사를 지으면 그만이었다. 문제는 소리에 대한 태평의 열망이 누구보다 크다는 데 있었다. 떠돌이 장사꾼이 되고 한평생 더늠을 찾아다닌 것은, 명창의 꿈을 이루지 못한 한을 푸는 나름대로의 방식이었을 것이다.

기준은 스승이 별 트집을 다 잡으며 저를 못마땅하게 여기는 것도 한풀이에 지나지 않는다는 결론을 내렸다.

"읍성 앞 큰 느티나무 뒤 세 번째 집이라는디, 찾고 말고 할 것이 없었어. 문루 앞에서부터 환청처럼 〈화용도〉가 들려오는 거여. 율방에 도착하니 대청과 툇마루는 물론이고 마당 울타리 너머까지 사람들이 꽉 차 있더만. 나도 염치고 체면이고 다 던져 놓고 구경꾼들을 헤치고 들어가 방문 안으로 머리를 쑥 내밀었지. 이창운을 딱 보는 순간 내가 을매나 놀랐던지……."

거기서 태평은 이야기를 멈추었다.

"계시오?"

육중한 사내 하나가 사립문을 밀고 들어서고 있었다.

"뉘시오?"

태평이 평상에서 일어서며 물었다.

"혹시 여기가 한태평 씨 댁 맞소?"

낯선 사내가 제 이름을 부르자 태평은 영문을 몰라 눈만 껌벅거렸다. 기준은 사내의 얼굴을 찬찬히 뜯어보았다. 분명 어디서 본 듯 눈에 익었다.

"저는 채계산 아래 권 대감 댁에서 온 사람이오."

사내가 정중하게 저를 소개했다. 채계산은 남원 옆 순창에 있는 산이었다. 산 모양이 책을 수만 권 쌓아 놓은 것 같다고 해서 책여산이라고도 불렀다. 큰 학자가 나올 명당으로 알려져 한양의 높은 벼슬아치들이 늘그막에 내려와 집을 짓고 사는 곳이었다. 사내는 낙향한 어느 대감 댁 청지기였다.

"그란디 무슨 일로 지를······."

대감이란 말에 태평의 머릿속에 여러 생각이 오갔다. 아무리 머리를 굴려도 한양에서 거들먹거리던 양반 댁 청지기가 저를 찾아올 일은 없었다.

"노인장이 아니라 저 아이를 찾아왔소."

사내가 눈짓으로 기준을 가리켰다. 기준도 어리둥절한 표정으로 일어섰다.

"이름이 무엇이냐?"

사내가 기준을 바라보며 물었다.

"이름이고 뭣이고 간에 이 아이를 찾아온 까닭이 무엇이요?"

두 사람 사이에 태평이 나서서 말을 가로챘다.

"아, 찾아온 연유를 말씀 안 드렸군요. 며칠 전 장터에 갔다가 우연히 저 아이가 소리하는 것을 보았지요. 소리가 어찌나 통이 크고 우람하고 꼿꼿하던지 귀에 확 들어옵디다."

그제야 기준은 사내의 얼굴을 기억해 냈다. 장터 소리판에 끝까지 남아 있었던 유일한 구경꾼이었다. 역시 대감 댁 청지기는 장터 무지렁이들과 달랐다. 또한 스승과 반대로 제 소리를 높게 평가하고 있었다. 저를 알아주는 사람이 나타나자 기준의 마음에 맺혔던 시름이 바람 앞의 검불처럼 단박에 흩어졌다.

"우리 대감 칠순 잔치 놀이판에 세울 광대를 찾는 중이었소. 한쪽 눈이 성치 못한 것은 다소 걸리나, 아이의 소리 실력이 그것을 덮고도 남습디다."

기준은 속으로 쾌재를 불렀다. 눈에 대한 언급도 전혀 거슬리지 않았다. 칠순 잔치라면 각처에서 높은 양반들이 모여들 것이다. 수많은 벼슬아치들에게 제 소리를 뽐낼 수 있는 더할 나위 없이 좋은 기회였다. 고작 반년 남짓 배운 소리로 대감을 만족시킬 수 있을지 걱정이 없는 것은 아니었다. 하지만 기회는 자주 오지 않는다. 눈앞에 찾아왔을 때 잡아채지 않으면 두고 두고 후회할 수도 있었다. 기준은 기대에 찬 눈으로 태평을 바라보았다.

"아직 멀었응께, 고만 돌아가시씨요."

썩은 무 자르듯 차가운 태평의 말에 기준은 다리가 풀려 휘청거렸다.

"뭐가 멀었다는 겁니까? 소리 실력이라면 걱정 마시오. 큰 판을 책임질 명창은 따로 모실 것이고, 이 아이는 소년 명창으로 세울 터이니…….”

“말이 좋아서 소년 명창이지 화초광대라는 말 아니오? 정수
리에 물도 안 마른 아이를 구경거리로 소리판에 세울 수는 없지
라우.”

화초광대란 소리 실력은 형편없고 인물만 번드르르한 광대
를 얕잡아 이르는 말이었다. 누가 보더라도 외모가 보잘것없는
기준에게 합당한 말은 아니었다. 기준은 태평이 괜한 생트집을
잡는다고 생각했다.

“광대 놀이판에 구경거리 아닌 것이 어디 있소?”

사내도 물러서지 않았다.

“여물지 않은 오이는 아무리 양념을 해서 무쳐도 맛이 써서
못 먹는 법이지라우.”

태평이 비아냥거리자, 사내가 묘한 미소를 지었다.

“혹시 소리채를 흥정하자는 거요?”

기준은 고개를 흔들었다. 태평이 거절하는 속셈이 무엇이든
돈은 아니었다. 확실히 일이 글러 가고 있었다.

“소리채?”

태평의 눈이 뒤집히는 것을 보고 기준은 눈을 감았다.

"나보다 스무 살은 어려 보이니 시방부텀 말 편히 허겄네. 나도 먹고살 만큼 재산은 모아 놨고, 처자식이 없으니 물려줄 사람도 없다네. 하나밖에 없는 제자 팔아묵을 처지는 아니여."

태평은 화를 꾹 참고 또박또박 일러 주었다.

"워떤 돈인지도 모르는 양반님네 소리채가 탐나서 이러는 것이 아니란 말이시. 좋은 말로 헐 때 그만 돌아가소."

덧붙인 말에 가시가 박혀 있었다. 듣기에 따라 대감이 탐관오리에게 벼슬을 팔아 돈을 모은 것 아니냐는 말로 이해할 수도 있었다.

"어떤 돈인지 모르다니? 감히 우리 대감을 욕보이는 게요? 노인네라 예우해 주었더니 망발이 심하구려."

사내의 얼굴이 샛노랗게 변하더니 부르르 떨렸다. 기준이 보기에도 태평이 도를 지나쳤다. 그대로 두면 사태가 어떻게 번져 나갈지 알 수 없었다. 우선 태평의 입을 막아야 했다. 밉기는 해도 다치기를 바라는 것은 아니었다.

"저희 스승님이 소리채라는 말씀 때문에 노하신 듯헙니다. 화 푸시고 오늘은 그만 돌아가시게라우."

기준이 끼어들어 공손하게 용서를 빌었다.

"됐다. 스승을 보면 제자를 아는 법이지. 저런 작자에게 네가 무엇을 배웠겠느냐. 오늘 내가 괜한 걸음을 했구나."

사내는 차갑게 쏘아붙이고 돌아섰다. 기준은 사립문을 나가서 느티나무 너머로 사라지는 사내의 뒷모습을 눈으로 좇았다. 어망에 잡아 두었던 큰 물고기를 놓친 듯 허망했다.

사내가 돌아간 뒤 기준은 아무 말도 하지 않았다. 제 소리의 가치를 알아본 사람을 만났다는 기쁨은 짧았다. 첫 번째 기회였을지도 모르는 소리판을 놓쳤다는 아쉬움에 기준은 시간이 지날수록 가슴이 먹먹했다. 문득 장터 소리판이 떠올랐다. 대감 댁 잔치판은 거절하면서, 그날 장터에서 소리를 시킨 까닭은 무엇일까? 기준은 아무래도 태평을 이해할 수 없었다.

"일어나그라."

태평이 딴청을 피우듯 말했다. 날이 저무는데 말끔한 새 옷으로 갈아입고 있었다.

"어디 가신다요?"

기준이 따지듯 물었다.

"마을 내려간다."

아랫말에는 스무 가구 남짓한 초가집들이 드문드문 흩어져 있었다. 기준은 누구네 집 잔치라도 있나 보다 생각했다. 마을 들머리부터 괴괴하기 짝이 없었다. 사람은커녕 강아지 한 마리 돌아다니지 않았다.

기준은 태평의 뒤를 졸졸 따라갔다. 어디선가 징 소리가 들렸다. 마을 안으로 들어갈수록 징 소리는 가까워졌다. 태평이 가는 곳이 잔칫집이 아니라 초상집이라는 것을 알았다. 기준은 피가 거꾸로 솟는 듯했다. 꼭 잊고 싶은 기억이 떠올랐을 때처럼 기분이 상했다. 그때 징 소리를 뚫고 자지러질 듯한 울음소리가 바싹 마른 하늘로 울려 퍼졌다.

울음소리가 들려온 곳은 배 이방네 마름인 송가네 집이었다. 멀리서 기준은 송가네 집 담장 안을 흘낏 들여다보았다. 대청에 병풍을 둘러치고 향을 피웠다. 상청 앞에는 송가의 아내가 자벌레처럼 몸을 웅크린 채 데굴데굴 구르고 있었다. 주위로 아낙들이 엉거주춤 송가의 아내를 달래거나 옷고름을 끌어당겨 눈물을 훔치고 있었다. 송가는 일찍 부모를 여의었고 나이도 이제 겨우 사십 줄이라 집안에 초상이 날 리 없었다. 기준은 궁금증을 꾹 참고 태평의 뒤를 쫓아갔다.

마당 한쪽에 굿상이 차려져 있었다. 난초가 집을 지키는 성주신과 삼신에게 굿의 시작을 알리는 안당을 하고 있었다. 그 옆에서 대금을 불고 있던 서갑돌이 기준과 태평을 보자 반색을 하며 일어섰다.

"잘 오셨소. 잘 왔고만."

서갑돌은 번갈아 인사하고 기준에게 해금을, 태평에겐 장고를 안겼다. 기준은 좋다 싫다 말할 틈도 없이 멍석 위에 주저앉았다. 악사가 두 사람 더 붙자 굿판이 모양을 갖추었다. 풍성해진 가락에 맞게 난초의 넋두리 같은 사설도 한층 깊어졌다.

'속도 좋구먼.'

송가는 배 이방이 난초 부부를 괴롭힐 때 앞잡이 노릇을 한 사람이었다. 배 이방이 시키는 대로 서갑돌에게 매타작을 했고, 곡식도 빌려주지 말고 굿도 맡기지 말라고 마을 사람들을 부추겼던 장본인이었다. 송가가 다급하게 찾아와 울먹울먹 부탁하자, 난초 부부는 묵은 원한을 접어 두고 두말없이 받아들였을 것이다.

난초와 서갑돌을 보며 기준은 부모를 떠올렸다. 부모 또한 굿을 숙명으로 받아들였고, 청하는 사람이 누구든 거절하는 법이 없었다.

"누가 죽었다든가?"

태평이 옆에 앉아 있는 손 노인에게 물었다.

"아따 고것도 모르고 장구 뚜드린가?"

농을 던지다 말고 손 노인은 표정을 고쳤다.

"송 서방네 큰아들놈이 죽었다네."

손 노인은 마을에 하나 남은 태평의 친구였다. 얼마나 울었는지 눈가가 조개젓처럼 짓물러 있었다.

"어쩌다 죽었다등가?"

태평이 다시 물었다.

"이양선이 대포를 쏘았다더구먼. 무너진 망루에 깔려 죽어부렀다네."

이양선이라면 서양 오랑캐의 배였다. 본 사람들에 따르면, 서양 오랑캐는 키가 구 척이 넘는 거인으로 머리카락은 옥수수염처럼 노랗고 코는 주먹만큼 크고 파란색 눈동자가 도깨비불처럼 번쩍거린다고 했다. 얼마 전부터 서해와 남해에 종종 출몰하여 막무가내로 천주교 책을 건네고 물건 흥정을 하려 들었다. 조정의 명을 받은 조선 관리가 완강하게 거절하자 총과 대포를 쏘고 달아나는 일이 심심찮게 벌어졌다.

"봄에 죽은 아이 소식을 가을이 다 되어 전하다니……."

잠시 까무러쳤던 송가의 아내가 깨어나 울음 섞인 탄식을 터뜨렸다. 설움이 울대를 막아 곧 숨이 넘어갈 것 같았다.

추자도에 이양선이 나타나 송가네 큰아들이 죽은 때는 봄이었다. 수군에서는 시신을 임시로 묻었다가 날이 서늘해지자 백골을 수습하여 나무 곽에 담아 보냈던 것이다.

"못난 어미는 그것도 모르고 살았구나. 하루 세끼 밥 잘 먹고 잠 잘 자고 살았구나. 단오에 백중에 떡 해 먹고 천렵함시롱 시절 좋게 살았구나. 네가 죽어 땅속에 묻힌 줄도 모르고 속없이 살았구나. 바다만 보고 있으면 된다고 히서 편한 자리 골라 보냈더니 어미 아비가 황천길 찾아 보냈구나. 오메, 불쌍한 내 새끼야."

발버둥을 치며 쉬지 않고 넋두리를 쏟아 내던 송가의 아내가 뒤로 벌렁 넘어갔다. 다시 기절을 한 것이다. 마을 아낙들이 물을 떠 오고 손발을 주무르고 한바탕 소동이 벌어졌다.

난초는 신들의 내력을 차례로 주워섬겼다. 제석굿과 오구굿이 끝나고 넋 올리기로 접어들자, 날이 완전히 저물어 산등성이는 어둠에 잠겼다. 그사이 송가의 아내는 두어 번 깨어났다 쓰러지기를 반복했다.

마당에 횃불이 너울거렸다. 불빛에 비친 사람들의 얼굴이 괴기스러웠다. 여전히 기준은 굿판이 낯설었다. 태어날 때부터 무당의 소리라는 어정소리를 듣고 자랐지만 익숙해지지 않았다.

소리와 굿은 상극이었다. 달라서가 아니라 비슷하기 때문이다. 굿의 가락과 장단이 소리 한바탕에 다 들어 있다. 둘의 차이를 결정하는 것은 목소리를 내는 방법이다. 소리목은 기나긴 수련을 통해 목이 쉬었다 풀렸다 반복하는 과정을 거쳐 완성된다. 그것이 광대가 목구멍 하나로 세상의 모든 소리를 자유자재로 표현한다는 득음이다. 득음한 소리 광대들은 무당의 소리를 무시했다. 제자들을 굿판 가까이에 얼씬도 못 하게 했다. 세상 사람들의 인식도 마찬가지였고, 기준의 생각도 다르지 않았다.

기준은 태평을 원망스러운 눈빛으로 쳐다보았다. 악사가 부족하다고 해도 제자를 굿판에 데리고 오는 스승은 태평밖에 없을 것이다. 엊그제는 각설이판, 오늘은 굿판을 전전하는 것이 스승의 의지인지 벗어날 수 없는 제 운명인지 가늠할 수 없었다.

난초는 송가네 큰아들의 넋을 정성껏 씻겼다. 해금이 오장을 녹일 듯 찌르르 울었다. 아버지에게 얻어맞으며 배운 해금을 남원까지 와서 써먹을 줄은 몰랐다. 어쩌면 기준은 계면조 슬픈 가락으로 제 한을 풀고 있는지도 몰랐다. 어차피 이승은 살아 있는 사람의 것이었다.

늦은 새벽에야 굿이 끝났다. 태평은 기준을 데리고 집으로 향했다. 송가가 술 한잔하고 가라고 붙잡았지만 아무도 내켜 하지 않았다. 굿판은 조용히 마무리되었고 마을 사람들은 흩어져 집으로 돌아갔다. 송가의 아내가 울다 지쳐서 잠이 들자, 마을은 어느 때보다 어둡고 적막했다.

"산천은 험준하고 수목은 심히 우거졌는데, 골짜기에 눈 쌓이고 봉우리 사이로 바람 불 때……"

동이 트기 전 짙은 어둠 속에서 태평이 새타령을 시작했다. 얼마 못 가 목이 쉬어 소리는 뻑뻑하게 변했고, 끊어질 듯 말 듯 불안하게 이어졌다.

"아까 하시던 말씀이 무엇인게라우? 이창운 명창을 보고 놀라셨다는……"

기준이 태평의 발치에 호박등을 비춰 주며 물었다. 초저녁
에 대감 댁 청지기의 출현으로 끊어졌던 이야기가 떠올랐던 것
이다.

"아아, 그것?"

태평은 걸음을 멈추고 잠시 숨을 몰아쉬었다. 제자의 물음이
반가웠는지 얼굴에 수줍은 미소가 어렸다.

"해미 율방에서 만나기 삼 년 전에, 이창운 명창을 한양에서
본 적이 있었느라. 따땃한 봄날, 강경에서 떼어 온 새우젓을 홍
제원 근처 단골 여각에 넘기고 홀가분하게 한양 구경을 나선
참이었제. 서대문을 지나 한양 도성 안으로 들어서면 청계천 초
입에 혜정교라는 다리가 나오는디, 경복궁 광화문 앞 육조거리
와 종로 시전이 만나는 길목이고 죄인들을 잡아 다스리는 포도
청이 있는 곳이라 말도 못 하게 사람들이 북적거리는 곳이여.
그날은 한양 장안의 남녀노소가 다 모였는지 별시럽게 사람들
이 꽉 차 있더만."

수많은 사람을 불러 모은 것은 죄수를 호송하는 수레였다.
수레 안에는 쑥대머리에 피범벅이 된 사내들이 타고 있었다. 일
곱 대의 수레가 먼저 지나갔고, 그 뒤로 언월도를 자루에 담아

울러 멘 망나니가 걸어갔다. 사내들은 사형수들이었다.

"구경꾼들한티 물어보니, 시전에 불을 지르고 마포 객주 창고를 때려 부순 죄수들이라드만. 객주가 뭔고 하면, 경강상인들이 전국에서 거둬들인 곡식을 시전과 근처 상인들에게 팔 수 있도록 돕는 중개업자니라. 문제는 마포 객주의 김재순이란 놈이 다른 객주들과 짜고 창고에 쌀을 잔뜩 쟁여 두기만 하고 팔지는 않았던 거여. 흉년이 든 데다 보릿고개가 닥쳤는디 쌀값을 다락같이 올려놓았으니 백성들은 굶어 죽을 판이제."

마포나루 객주들이 담합하여 매점매석을 한 것이었다. 그게 다가 아니었다. 객주들은 쌀을 물에 담가 부피와 무게를 늘렸다. 그에 질세라 시전 상인들은 됫박으로 장난을 쳐서 이익을 남겼고, 심지어 쌀 속에 돌을 섞어 팔기도 했다.

가장 큰 피해를 당한 사람들은 성 밖에 사는 가난한 백성들이었다. 대개 채소나 과일 농사를 지어 성안으로 들어와 팔거나, 지게로 물건을 옮겨 주는 날품팔이를 하며 하루 벌어 하루 먹고사는 사람들이었다. 성 밖 사람들 중에는 동대문 근처 훈련원에 소속된 낮은 군사들도 있었다. 나라 살림이 어렵다는 핑계로 봉급을 제대로 주지 않았기 때문에 쉬는 날이면 군복을 벗고 날품팔이를 했다.

"하루도 못 쉬고 뼈 빠지게 일한 대가가 물에 젖고 돌이 섞인 쌀이라니 군사들은 더 이상 참을 수가 없었더란다. 고억철이란 젊은 군사는 사타구니에 방울 소리가 나게 뛰어댕겨도 아버지 제상에 올릴 쌀 한 되를 구하지 못했어. 고억철은 다른 군사들과 함께 성안, 성 밖 골목을 미친 사람처럼 돌아다니며 배고프고 억울한 사람들은 청계천 광통교 앞으로 모이라고 외쳤어. 금세 모인 사람들이 수천 명이 되었제."

성난 군중은 시전이 쌀가게를 때려 부수고 장부를 불태워 버렸다. 마포나루로 몰려가 객주들의 집을 박살 내고 창고 문을 활짝 열었다. 사태의 장본인 김재순과 객주들은 달아난 후였다. 군사들은 굶주린 백성들에게 곡식을 골고루 나누어 주었다. 반나절 만에 포도청 군사들이 총동원되어 봉기에 참여한 사람들을 잡으러 다녔다. 그 사건으로 수십 명의 사람들이 잡혀 들어갔고, 고억철을 비롯한 일곱 명에게 효수가 결정되었던 것이다.

"한 사내가 술병을 들고 죄수들의 수레 뒤를 졸졸 따라가더구나. 방갓을 쓰고 있어 얼굴을 볼 수 없었는디, 얼핏 보니 나보다 너덧 살 어렸을까. 남대문을 지나 청파역 근처에 다다랐을 때 수레의 행렬이 잠깐 멈춰 섰제. 사내는 비호처럼 수레로 달려가 죄수들에게 술병을 건넸어. 살아생전 마지막으로 목이라도 축이라는 것이었제. 포도청 군사들이 달려들어 사내에게 발길질하고 육모방망이로 내갈겼단다. 사내가 나동그라지자 방갓이 벗겨짐서 얼굴이 드러났어. 각진 턱에 탐스럽게 자란 잿빛 수염을 어찌 잊을 수 있겠냐?"

방갓을 쓴 사내가 이창운이었다. 삼 년 뒤 태평은 해미 읍성 밖 율방에서 이창운을 다시 보았다. 여전히 잿빛 수염을 멋스럽게 기르고 있었다.

"새타령 만든 까닭을 물어보셨어라우?"

기준의 물음에 태평은 고개를 끄덕였다.

"말없이 손가락으로 나무를 가리키더구나. 잎이 무성한 나뭇가지에는 새벽잠에서 막 깨어난 새들이 제제거리고 있었니라. 꼭 오늘처럼."

언제부터인가 어두운 숲속에서 소쩍새 소리가 들려왔다. 뒤를 이어 멧비둘기, 쏙독새가 짝을 지어 울었다. 두 사람이 온 산의 새들을 다 깨운 모양이었다.

"오늘따라 새소리가 구슬프구나."

태평의 처량한 목소리 때문일까? 기준도 마음 한구석이 아렸다.

"죽은 송가네 큰아들과 수군들이 새가 되었는갑지요."

무심한 척, 기준이 한마디를 툭 던졌다.

태평은 무릎을 탁 쳤다. 어쩌면 이창운도 한양에서 문의로 내려오다 어느 산길에서 흐드러진 새소리를 들었을지도 모른다. 새소리를 들었다면 깊은 비감에 잠겼을 것이다. 새소리가 한강 모래밭에서 목이 잘려 죽은 훈련원 군사들의 피울음을 닮았기 때문이다. 군사들의 피울음은 이창운의 마음속에 오래 남았을 것이고, 〈화용도〉에서 조조를 원망하는 새들의 울음소리로 바뀌었을 것이다.

희부옇게 밝아 오는 동녘 하늘처럼 해묵은 수수께끼가 풀리고 있었다.

06
장승의 저주

서늘한 바람이 목덜미를 감쌌다. 기준은 이불을 끌어 올리며 벽을 향해 돌아누웠다. 들창이 열렸는지 때아닌 황소바람이 술술 불어왔다. 속잠이 깊이 들었던 터라 기준은 일어나서 들창을 닫을까 말까 망설였다. 게슴츠레 눈을 뜨고 보니 방 안이 화로 속처럼 이글이글 타오르고 있었다. 벽에는 시커먼 그림자가 어릿어릿했다. 마치 꿈을 꾸고 있는 듯했다.

갑자기 오싹한 기운이 등골을 쓸고 지나갔다. 기준은 이불을 떨치고 재빨리 일어나 앉았다. 방 안을 발갛게 물들인 불빛은 횃불이었다. 기준은 물벼락을 맞은 듯 정신이 번쩍 났다. 눈앞에 흰 두건을 쓴 사내들의 눈과 이마가 검붉게 번들거렸다. 모두 네 명이었고 손에 횃불과 죽창을 들고 있었다. 저승에서 염라대왕이 보낸 야차가 아닌가 싶었다.

"일어서."

사내들 가운데 하나가 명령했다. 기준은 겁에 질려 양손을 머리 위에 얹고 일어났다. 문득 큰방에서 자고 있을 태평이 궁금했다. 속으로 무사하기를 빌며 사내들을 따라 마당으로 나왔다.

"기준아."

태평은 마당 한가운데 패대기쳐져 있었다. 스승을 향해 달려가려는 기준의 목덜미를 사내들이 우악스럽게 붙들었다. 거친 욕설이 쏟아졌다. 정신을 차리고 보니 사내들의 수가 어마어마했다. 저마다 낫, 곡괭이, 죽창을 손에 든 채 마당 안팎에 진을 치고 있었다. 어림잡아도 백 명이 훨씬 넘었다.

"나는 괜찮아야. 가만있그라."

태평이 침착하게 기준을 안심시켰다. 집 안을 슬금슬금 둘러보니 곳간 문이 활짝 열려 있었다. 곳간에는 추수를 마친 소작인들이 지대로 보낸 쌀과 잡곡 가마니가 그득하게 쌓여 있었다.

"보아하니 이 마을에서는 방귀깨나 뀌겠구마. 네 이름이 무엇인고?"

평상 위에 앉아 있던 사내가 태평에게 물었다. 무리의 대장으로 보였다. 대답이 없자 태평을 결박하고 있던 사내가 죽창으로 옆구리를 쿡 찔렀다.

"한태평이요."

대장은 나이가 몇 살인지, 논밭은 얼마나 소유하고 있는지, 지대로 얼마나 받고 있는지를 세세하게 물었다. 그 옆에서 붓을 든 서기가 태평이 대답하는 대로 치부책에 적어 내려갔다. 하나라도 거짓이 있으면 죽창 맛을 볼 것이라는 말도 잊지 않았다.

"우리가 누군 줄 알긋나?"

대장이 물었다. 웃음을 참느라 말아 올라간 입술이 두건 속으로 보이는 듯했다.

"농민군 아니오?"

태평은 머릿속에 떠오르는 대로 대답했다. 사나흘 전 장에 나갔다가 지리산 건너편 사는 경상도 농민들이 봉기를 일으켰다는 소식을 들었다. 오랫동안 벼슬아치와 지주들에게 빼앗기고 짓눌려 살다가 막다른 골목에 몰리자 똘똘 뭉쳐 분노를 한

꺼번에 쏘아 올렸다는 것이다. 장터 사람들은 쉬쉬하며 봉기 소식을 물어 날랐다.

가장 먼저 민심이 폭발한 곳은 경상도 단성이었다. 단성은 지리산 자락에 있는 작은 고을이었다. 우두머리인 현감이란 작자가 아전들과 짜고 환곡의 절반인 오만 섬을 꿀꺽 삼킨 것이 화근이었다. 다행히 암행어사가 그 사실을 적발했고 백성들은 잘못이 바로잡힐 것이라 믿었다. 그러나 초록은 동색이고 가재는 게 편이었다. 암행어사가 꼬리를 자르듯 가벼운 조치만 내리고 나 몰라라 한양으로 떠나 버렸던 것이다.

마지막으로 믿었던 암행어사에게 배신을 당한 백성들은 커다란 충격에 빠졌다. 뜻있는 시골 양반들에게 부탁하여 경상감사에게 모든 사실을 알렸으나 귓등으로도 듣지 않았다. 그 와중에 몇몇 백성들이 관아로 들어가 항의하다 죽도록 두들겨 맞고 쫓겨나는 일이 벌어졌다. 사태는 더 이상 걷잡을 수 없게 되었다. 수많은 백성들이 장터로 몰려나와 함성을 지르며 관아와 아전들의 집을 습격하고 불을 질렀다.

단성 봉기는 이웃한 진주로 옮겨붙어 활활 타올랐다. 진주목사와 경상 병사는 단성 현감보다 더 지독한 탐관들이었다.

진주는 경상도의 물자가 모이는 큰 고을이었다. 그러니 뜯어먹을 것도 많아서 인징과 족징으로 무자비하게 백성들의 피땀을 짜냈다.

단성 봉기가 끝난 바로 후 지리산 근방의 나무꾼들이 주동이 되어 머슴과 농민 수만 명을 끌어모아 진주성으로 쳐들어갔다. 하나로 뭉친 농민군의 위세는 하늘을 찔렀고 하루가 다르게 눈덩이처럼 불어났다. 놀란 목사와 병사는 부정한 방법으로 빼앗은 재물을 토해 냈고 앞으로는 백성들을 착취하지 않겠다는 완문을 쓰고 풀려났다. 성난 민심을 진정시키기 위해 조정에서는 안핵사라는 관리를 내려보냈으나 아무 소용이 없었다. 단성에서 시작한 농민들의 봉기는 진주에서 크게 부풀어 올랐고 지리산을 넘어 전라도와 충청도로 진달래 피듯 퍼져 나갔다.

태평이 사는 마을도 예외는 아니었다. 특히 산 아래 첫 들머리에 있는 태평의 번듯한 초가집은 농민군의 좋은 표적이었다. 돌담으로 빙 둘러친 너른 마당에 크고 튼튼하게 지은 집은 기와를 안 얹었을 뿐 양반집 사랑채 못지않았다. 누가 보더라도 윤택한 시골 졸부의 집이었다. 늦가을 이른 새벽 농민군은 태평의 집으로 들이닥쳤고, 흰머리가 성성한 태평을 마당으로 끌고 나와 무릎꿇림을 시켰던 것이다.

"참말로 소작인들한테 지대를 이 할만 받았는고?"

대장이 태평에게 재우쳐 물었다. 믿을 수 없다는 말투였다. 보통 지주들은 수확의 절반인 오 할을 지대로 받았고, 땅 주인을 잘못 만나면 칠팔 할까지 떼어 갔다. 그러니 태평의 말은 세상 물정 모르는 어린아이도 믿기 어려웠다.

"그라요."

태평은 눈 한번 깜박이지 않았다. 젊어서부터 재물에 욕심이 없었고, 죽은 후에 물려줄 자식조차 없었다. 어차피 지대로 이 할을 받아도 반의반도 먹지 못했다. 더 욕심을 부릴 필요가 없었다.

"허어, 저 늙은 놈이 우리를 바지저고리로 아는고나."

서기가 치부책을 덮고 헛웃음을 터뜨렸다. 대장은 부리부리한 눈으로 태평을 잡아먹을 듯 노려보았다. 마당 안에 싸한 바람이 몰아쳤다.

"감히 누굴 속일라꼬?"

농민군 하나가 태평을 발로 걷어찼다. 태평은 볏단처럼 마당으로 나동그라졌다.

"우리가 원님 재판할라꼬 여기 있는교? 시간 없으이 퍼뜩 해 치우고 넘어가입시더."

"악랄한 지주 놈일수록 오뉴월에 냉수 들이키듯 거짓부렁을 잘 늘어놓지."

"하모, 하모. 저런 놈들은 그저 죽창 맛을 봐야 하는 기라."

농민군들이 우르르 달려들어 태평에게 낫과 죽창을 겨누었다.

"칠십 평생 장돌뱅이로 떠돌며 피땀 흘리다가, 그 보답으로 늘그막에 논밭을 장만한 우리 아배에게 뭔 죄가 있소?"

기준이 엉겁결에 있는 힘껏 고함을 질렀다. 오장이 땡땡하게 당겨 숨이 막혔다. 농민군들이 넋 나간 표정으로 기준을 쳐다보았다. 농민군들보다 더 놀란 사람은 태평이었다. 생전 처음 들은 아버지라는 말 한마디가 태평의 머릿속을 복잡하게 헤집어 놓았다.

"아들놈 눈깔을 보니 나중에 애비보다 더 악질이겠고나."

서기가 기준을 보며 혀를 끌끌 찼다. 횃불이 비쳐 어둠에 파먹힌 눈이 괴기스러웠을 것이다.

"아들놈부터 죽이 삐리자."

기준을 결박하고 있던 농민군이 소리쳤다.

"제발 살려 주시씨요. 저 아이는 내 아들이 아니요."

태평은 어떻게든 기준을 살려야 했다. 잘 돌보고 가꾸면 언젠 가 세상을 크게 울릴 명창이 될 아이였다. 여기서 죽게 내버려 둘 수는 없었다.

"입만 열면 거짓부렁이고나. 이번에는 쟈가 아들이 아니라 꼬?"

서기는 콧방귀를 핑 뀌고 어이없다는 듯 옆의 농민군과 히죽 거렸다.

"실은 아들이 아니라 제자요. 기준아, 얼렁 소리 한 대목 하 그라."

태평이 대장에게 하소연하다 말고, 기준을 향해 말했다. 저 들도 눈과 귀가 있다면 기준의 진가를 알 수 있으리라 믿었다.

"이 사람들 앞에서 소리를 하라고라우?"

기준이 굳은 얼굴로 태평을 쏘아보았다.

"네 목숨이 달렸어야. 제발 한 대목 해 보랑께."

두 손만 모으지 않았을 뿐 태평은 기준에게 빌다시피 했다.

"죽으면 죽었지 소리 못 허겄소."

기준은 이를 바드득 갈았다. 기준이 보기에 농민군은 무고한

양민들의 재물을 빼앗는 화적떼였다. 그들 앞에서 목숨을 구걸하기 위한 소리를 하고 싶지 않았다. 스승이 계속 소리를 강요한다면 혀를 깨물고 죽어 버릴지도 몰랐다.

"마을로 가서 동지를 데려온나."

두 사람을 유심히 지켜보던 대장이 어린 농민군 하나를 불러 심부름시켰다.

얼마나 시간이 흘렀을까. 발소리가 어지러이 들렸다. 대장은 기준과 태평에게 뒤돌아 앉아 고개를 땅에 처박으라고 했다. 동지의 얼굴을 못 보게 하려는 것이었다.

"그간 잘 지내셨소? 몇 가지 물어볼 것이 있어 동지를 불렀소."

대장은 말을 깍듯하게 높였다. 동지라는 자의 목소리는 들리지 않았다.

"저 늙은이는 아이를 제자라 우기고, 저 아이는 늙은이를 아버지라 우기오. 누구 말이 맞소?"

대장은 기준과 태평의 관계부터 물었다. 이번에도 동지는 조용했다. 어떤 대답을 했는지 알 수 없었다.

"저 늙은이가 소작인들에게 지대를 이 할만 받았다는 것이 사실이요?"

대장은 서기가 적은 치부책을 보며 물었다. 고개를 끄덕거렸는지 필담을 나누었는지는 알 수 없으나 동지가 뭐라고 대답을 한 모양이었다.

"저 두 사람의 목숨이 걸린 문제이니 정확히 답하셔야 하오."

동지의 말이 믿기지 않는다는 듯 대장이 다짐을 받았다.

"아따, 맞당께 그라요. 참말로 갑갑시러워서 죽겠네."

엉겁결에 동지가 입을 열고 말았다. 소리 없는 대화가 답답했던 모양이다. 단박에 기준은 동지가 누구인지 알았다. 난초의 남편 서갑돌이었다.

"이 댁 어른은 우리 내외가 배가 놈한티 땅을 빼앗기고 고생할 때 유일하게 도와주신 분이어라우. 마을에 큰일 생길 때마다 음으로 양으로 은혜를 베풀었고……."

내친김에 서갑돌은 하고 싶은 말을 다 털어놓았다. 답답하기도 했지만, 미적거리는 사이 혹시 태평이 무슨 화라도 당할까 봐 두려웠다.

"알았소, 알아어."

대장은 서갑돌의 입을 황급히 틀어막았다. 그리고 당장 기준과 태평을 풀어 주라는 명을 내렸다.

"노인장, 미안하게 되었소. 내가 사람을 몰라봤구마요."

대장은 태평에게 머리 숙여 사과했다. 뭐라고 대답할 틈도 주지 않고 농민군들은 바로 태평의 집을 떠났다. 마지막으로 사립문을 나가던 농민군이 돌아서서 꾸벅 인사를 했다. 두건 밖으로 눈만 때꾼했고 깡총한 저고리 소매 아래에는 팔뚝이 앙상했다. 아직 어린아이였다.

태평이 대장을 급히 불러 세웠다.

"저 곡식을 가져다 부하들 먹이시오."

태평은 턱으로 곳간을 가리켰다.

"고맙소."

대장이 물끄러미 바라보다 겨우 대꾸했다.

농민군들은 쌀과 곡식 가마를 밖으로 져 날랐다. 눈 깜짝할 사이에 곳간이 텅 비었다. 가문 땅에 물 빠지듯 농민군들은 흔적도 없이 마을 쪽으로 사라져 버렸다.

농민군이 나가고 나서 한동안 기준과 태평은 꼼짝도 할 수 없었다. 도깨비 잔치를 구경한 듯 정신이 반쯤 나갔다. 날이 훤히 밝아올 때까지 두 사람은 평상과 툇마루에 우두커니 앉아 있었다.

"그 아까운 쌀을 화적떼 같은 놈들에게 왜 주셨다요?"

목구멍을 꾸역꾸역 타고 올라온 분노가 입 밖으로 터져 나왔다. 정신을 차리고 나니, 농민군 앞에서 소리를 하라고 시킨 것과 금싸라기 같은 곡식을 곳간째 내준 것 때문에 화가 나서 견딜 수 없었다.

"너 굶을 일은 없으니 걱정 말그라. 앞으로 들어올 양식도 솔찮이 남았느라."

태평은 웃음으로 가볍게 넘기려 했다.

"스승님도 저들과 동지여라우?"

기준이 강하게 따지고 들었다. 그냥 넘어갈 눈치가 아니었다.

"동지가 밥을 나누는 사람들이지야? 그렇다면 나도 동지 맞구먼."

태평은 부인하지 않았다. 마지막으로 나갔던 작고 어린 농민군이 떠올랐다. 나이가 많아 봐야 기준 또래였다. 태평이 농민군에게 쌀을 내준 것은 그 아이에게 따뜻한 밥 한 끼를 대접하려는 마음이었다.

"그란디 너는 왜 농민군을 화적떼라고 생각하냐?"

"남의 재물을 강탈하는 것이 화적떼 아니면 무엇이다요?"

"저 사람들이 왜 죽창을 들었는지 생각해 보그라. 뼈 빠지게 농사지어 봐야 관청에 뜯기고 지주에게 뜯기고 마름에게 뜯기고, 이놈 저놈 다 뜯어먹는 판이니 어찌 살 수가 있겠냐? 거그다 흉년이라도 들면……."

"아무리 먹고살기 힘들다고 죽창 들고 나서면 법이 무신 소용 있답디까? 무법천지에서 다 같이 죽자는 말밖에 더 되겠습니까?"

기준은 태평의 말을 끊었다. 무슨 말을 할지 훤히 알고 있었다. 태평은 모든 책임을 양반들에게 돌릴 것이다. 그의 머릿속에서 양반은 피도 눈물도 없는 가해자, 농민군은 순하고 약해 빠진 피해자였다.

"누구를 위한 법이간디? 법을 만든 사람도 양반이고 누리는 사람도 양반이여. 법이 민초들 편드는 것, 한 번이라도 봤냐?"

"양반은 염치와 경우라도 있지요. 제가 본 민초들은 더 나쁜 놈들이었어라우."

기준은 진주 장터에서 백정 순남을 업신여기던 장사치들과 순박하고 고분고분한 사람들만 골라서 괴롭히던 왈짜들, 나주

고향 마을에서 무당인 부모와 일가친척들을 마을의 종처럼 부리며 막 대하던 농민들을 떠올리며 치를 떨었다. 기준이 알고 있는 민초들이란 그런 족속들이었다.

"농민군이 공격한 것은 탐관오리와 못된 지주들이여. 독사 같은 놈들한티 재물을 뺏어다가 원래 임자인 민초들에게 돌려주는 것이 어째서 화적떼란 말이냐?"

말문이 막힌 태평의 목소리가 높아졌다.

"그자들이 임꺽정이라도 된다는 말씀 같네요잉. 게으르고 불평 많고 남 탓만 하는 구더기 같은 것들이 같잖은 날개 두 쪽 달고 똥파리처럼 날고 싶었던 거지라우."

기준의 말도 거칠어졌다. 기준은 스승의 말이 두려웠다. 누가 듣기라도 하면 목이 달아날 만큼 위험한 말들이었다. 기준은 스승이 꿈꾸는 세상이 무엇인지 알고 싶지 않았다.

"오늘 배울 대목이 워디냐?"

태평이 말꼬리를 돌렸다. 답답하기는 태평도 마찬가지였다. 소리의 참뜻을 모른 채 기준의 마음속에 허황한 바람이 들까 봐 두려웠다. 틈날 때마다 명창들이 만든 더늠 이야기를 들려주려 애쓴 것도 올곧고 그릇이 큰 광대가 되라는 뜻이었다.

"장승타령이어라우."

기준의 목소리가 불퉁했다.

"그렇구나."

태평의 뇌리에 반짝 떠오르는 사람이 있었다. 충청도 공주 어느 깊은 산골에서 만났던 늙고 초라한 노인이었다. 태평은 지난 세월을 헤아려 보았다. 딱 스무 해 전이었다. 장승타령을 찾아서 공주에 갔다가 그 노인을 만났다. 얼굴을 떠올리려 했지만 기억 속에서 가물가물 흩어졌다.

그날도 태평은 전주 통인청에서 박상도라는 명창이 장승타령을 새로 만들었다는 소식을 들었다. 처음 듣는 이름이었고 통인들도 아는 것이 없었다.

그길로 태평은 박상도가 산다는 충청도 공주 장승골로 달려갔다. 금강이 시원하게 내려다보이는 언덕에서 한숨 돌린 뒤 참나무와 떡갈나무가 우거진 산길을 시오 리 더 올라갔다. 완만한 평지가 나오더니 갑자기 장승 하나가 우뚝 불거졌다. 드디어 장승골에 도착한 것이다. 반가운 마음도 잠시, 장승이 하나밖에 없다는 것이 의아스러웠다. 과부들끼리 모여 사는 마을에도 장승은 암수 한 쌍이었다.

태평은 가까이 다가가 암장승인지 숫장승인지를 찬찬히 살폈다. 물감이 흐릿하게 바래 알아볼 순 없지만 머리에 족두리가 그려진 지하여장군이었다. 혹시 가까운 곳에 천하대장군이 있진 않을까 하여 주위를 살폈다. 억새와 쑥부쟁이가 어지러이 우거진 덤불 안쪽에 기다란 나무토막이 쓰러져 있었다. 천하대장군을 본 순간, 태평은 저도 모르게 입을 틀어막았다. 아랫도리를 도끼로 내려친 자국이 뚜렷했다. 저절로 쓰러진 것이 아니라 누군가 패서 버린 것이었다.

마을로 들어가는 길을 찾기는 더욱 어려웠다. 잡풀이 무릎을 넘어 허리까지 웃자라 앞을 막았다. 불길한 예감은 한 치도 빗나가지 않았다. 한바탕 난리가 휩쓸고 지나간 듯 마을은 폐허로 변해 있었다. 지붕이 내려앉고 벽이 허물어진 초가집들은 후 불면 공중으로 흩어질 듯 바짝 말랐다. 무거운 세금과 땅 주인의 횡포를 견디지 못해 집을 버리고 떠난 것일까, 아니면 역병이라도 돌아 줄초상이 났던 것일까? 장승골은 더 이상 사람 사는 마을이 아니었다.

태평이 그만 돌아가려 할 때 어디선가 달그락 소리가 들렸다.

소리를 좇아 마을 끝까지 들어가니 그나마 성한 집 한 채가 나왔다. 한 노인이 툇마루에서 농사에 필요한 연장을 손질하고 있었다. 태평과 노인은 서로 놀라 움찔했다. 태평이 인사를 하고 마을이 텅 비게 된 까닭을 묻자 노인은 장승 이야기를 꺼냈다.

그로부터 삼 년 전 겨울, 가뭄이 들어 큰 산불이 났다. 불은 사흘 밤낮을 타들어 갔고 밤나무와 소나무로 빼곡하던 산이 민둥산으로 변했다. 관가에서는 사람들이 산에서 땔감을 구하는 것을 법으로 금했다. 나무마다 일일이 표시를 해 두고 한 그루라도 베어 가면 공동 책임을 지라는 것이었다.

겨울 끝물에 벌통을 치던 젊은이의 아내가 해산을 했다. 차디찬 냉골에서 며칠을 보낸 아내와 아기는 시름시름 앓다가 사경을 헤맸다. 눈이 뒤집힌 젊은이는 도끼를 들고 숲으로 들어갔다. 마을 사람들이 몰려나와 나무를 절대 건드리면 안 된다고 말렸다. 젊은이는 한발 물러서는 척하다가 한밤중에 다시 밖으로 나왔다. 그리고 천하대장군의 밑동을 도끼로 내리찍었다. 갑자기 천둥 번개가 검은 밤하늘을 우르르 쾅쾅 뒤흔들더니 도끼 위로 벼락이 떨어졌다. 젊은이의 몸뚱이는 숯덩이로 변했고 그 자리에서 목숨을 잃었다.

믿기 어려운 이야기였지만, 태평은 굳이 진위를 따지고 싶지는 않았다. 그 대신 젊은이의 죽음이 폐허가 된 마을과 무슨 상관이냐고 물었다. 노인은 떠돌이 장사꾼이 땅에 붙어사는 농사꾼의 사정을 어찌 알겠냐며 혀를 끌끌 찼다.

관가에서는 죽은 젊은이의 군포를 마을 사람들에게 나누어 내도록 했다. 뿐만 아니라 봄철 보릿고개에 젊은이가 관가에서 꾸어다 먹은 환곡을 갚는 것도 마을 사람들 몫이 되었다. 가뜩이나 흉년이 들어 입에 풀칠하기도 힘든 마당에 남의 군포와 환곡까지 내라고 하니 죽을 맛이었다. 자고 나면 한 집이 도망을 가고, 다음 날이면 또 한 집이 도망을 가고, 한 달이 못 되어 마을은 텅 비게 되었다.

태평은 감았던 눈을 떴다. 기준은 고개를 푹 숙이고 앉아 있었다. 벌을 서는 것도 같고 시위를 하는 것도 같았다. 그 와중에도 태평은 노인에게 들었던 장승골 이야기와 장승타령을 들려주고 싶어 입이 근질근질했다. 그러나 아직 화를 삭이지 못해 들썩이는 기준의 등짝을 보는 순간 말이 쏙 들어가 버렸다.

"소리의 주인이 누구냐?"

농민군에 대한 설전 이후 태평은 처음으로 입을 열었다.

"민초라는 말인 게라우?"

기준의 목소리에 날이 서 있었다.

"민초뿐이겠냐? 고을 아전도 될 수 있고, 고관대작이나 임금
님도 될 수 있지야. 허나 진정한 광대라면 제가 발 딛고 서 있는
곳이 어디인지 똑똑히 알고 소리를 해야 하느니."

소리는 모든 이에게 똑같이 공평하지만, 광대는 제 본분을
지켜야 한다. 명창이든 또랑광대든 간에 광대는 민초의 편에서
세상을 바라보아야 한다. 그런 말을 기준에게 하고 싶었으나 마
음대로 되지 않았다.

"장승타령은 낮에 가르쳐 줄 것이니, 그만 가서 눈 붙이거
라."

기준이 나간 후 태평은 다시 눈을 감았다. 새벽에 일어났던
일이 한바탕 꿈같았다. 농민군은 집 안을 휘저어 난장판으로
만들고 광풍처럼 사라졌다. 그것은 자칫 목숨을 잃을 수도 있
는 악몽이었다. 태평의 머릿속에서 악몽은 노인의 이야기와 겹
쳐졌다. 그때나 지금이나 민초들의 고되고 팍팍한 삶은 변함이
없었다.

이야기를 마친 노인은 태평에게 장승골을 찾아온 까닭을 물었다. 태평은 박상도 명창을 만나러 왔다고 솔직하게 대답했다. 평생 명창들의 더늠을 좇았던 굽이굽이 인생 이야기도 넋두리처럼 덧붙였다. 평소 하기 어려운 말이 노인 앞에서는 술술 나왔다. 노인은 박상도가 외골수에 고집불통이라고 했다. 소리판이 마음에 들지 않으면 목에 칼이 들어오거나 억만금을 준다 해도 입도 벙긋하지 않았다는 것이다.

그 이야기를 하며 노인은 제 일처럼 자랑스러워했다. 태평은 그때 노인이 어떤 표정을 지었는지 알고 싶었다. 만남이 워낙 짧았기 때문일까? 아무래도 얼굴이 떠오르지 않았다. 그 대신 노인의 장승타령이 어제 들은 것처럼 귓가에 메아리쳤다. 박상도에게 귀동냥으로 배운 소리라고 했다.

새들에게 혼이 난 조조는 북쪽으로 달아나다 복병을 두 번이나 만났다. 조자룡과 장비의 군사들이 좁은 골짜기에 숨어 있다가 조조의 패잔병들을 공격했던 것이다.

겨우 목숨을 부지한 조조가 화용도라는 곳에 이르렀을 때였다. 이번에는 키가 구 척이나 되고 붉은 얼굴, 주먹코에 삼각 수염을 기른 장수가 앞을 가로막았다. 놀란 조조는 바지에 똥오

줌을 질금질금 쌌다. 정신을 차리고 보니 장수가 아니라 장승이었다. 조조는 부하들 앞에서 망신을 당하고 부끄러운 나머지 장승에게 화풀이를 했다.

"네 비록 목신이나 나를 놀라게 한 죄 크다.
군법으로 목을 벨 것이니 죽어도 원망 말아라."
조조가 호령을 하고 술 한 잔을 마신 뒤
깜박 졸고 있을 때 꿈에 장승의 혼령이 나타났다.

노인은 조조가 장승을 꾸짖는 사설을 아니리로 맛깔나게 주워섬겼다. 이어서 장승이 신세를 한탄하며 살려달라고 조조에게 애원하는 장면을 중중모리장단으로 거뜬거뜬 풀어 나갔다.

"천지 만물 생겨날 때 여러 나무가 먼저 나
유소씨 집 짓고 헌원씨 배와 수레 만들고
오동나무로 가야금 지어 순임금 남풍시에
슬기덩 둥덩 타니 봉황이 날아와 춤을 추고
소나무는 팔자 좋아 고대광실 도리가 되고

밤나무는 신주가 되어 제사 때마다 절 받는데,

몹쓸 나무꾼들이 내 몸의 가지와 윗동을 잘라

개천가 말뚝과 뒷간 치는 똥삽 만들고 남은 것을

뉘 할아비 얼굴인지 눈코입 그리고 주홍칠하여

팔자에 없는 사모 씌우고 삼각 수염 만든 뒤

가슴에 화용도 장승이라 새기고 큰길에 세워 두니

입이 있어 말을 하고 손이 있어 빌어 보며

발이 있어 도망하고 눈이 있어 볼 수 있으리오.

오가는 행인들 위해 비바람 맞고 우뚝 서서

세월을 원망하며 죽지 못해 지내는 몸

숭숭이 장승을 몰라보고 그다지 놀라시니

무슨 죄가 무거워 군법으로 목 베라 하시오.

깊이 헤아리시기를 두 손 모아 비나이다."

소리가 술에 물 탄 듯 영 싱거웠다. 노인은 힘을 빼고 건성으로 하고 있었다. 노쇠해서 힘이 없거나 저처럼 재능이 없는 사람이었다. 그나마 다행인 건 노인의 소리에 박상도의 마음이 맺혀 있다는 점이었다. 나무 가운데 아무짝에도 쓸모없는 것이 장승이 되듯, 사람 가운데 가장 어쭙잖은 존재는 바닥을 기어 다니는 백성들이다. 나라에 바치고 양반과 지주들에게 빼앗기고 아전들에게 뜯기느라 허리 한번 펴기 어려운 민초들.

혹시나 하는 기대를 품고 태평은 장승타령이 밑동 잘린 천하대장군과 관련이 있는지 물었다. 노인의 표정이 바뀌더니 제가 그것을 어떻게 아느냐고 나무랐다.

날이 저물기 전에 태평은 노인의 집에서 나왔다. 산길을 내려오다 외로이 서 있는 지하여장군을 보자 노인의 소리가 떠올랐다. 신세 한탄이 구구절절하지만 되새길수록 아질자질 맛있는 소리였다. 태평은 노인의 소리를 다시 듣고 싶었다.

금강 어귀에서 탄 돛단배가 나루터를 떠났을 때, 엉뚱한 생각 하나가 뇌리를 스쳤다. 어쩌면 노인이 박상도일지도 모른다는. 그 후 세월이 흐르는 동안 의심은 확신으로 이어지지 못했고, 노인의 얼굴은 기억 너머로 희미하게 가라앉았다. 장승골로 돌아가서 노인에게 따져 묻지 못했다는 아쉬움만 커졌다. 그날 박상도를 만났는지 못 만났는지 끝내 태평은 알 수 없었다.

07

광대라는 것은

"기준이 일어났느냐?"

먼동이 틀 무렵 태평은 움집의 거적문을 젖혔다. 늦가을 장마가 막 지난 뒤라 어두침침한 움집 안에서 여물 삭은 냄새가 훅 풍겼다. 태평은 큰 추위가 오기 전에 움집 지붕부터 갈아야겠다고 생각했다.

"너 좋아하는 자반 구워 놨다. 얼렁 나와 아침 묵자."

태평이 재촉했으나 기준은 미동조차 없었다. 스승에게 타박 아닌 타박을 몇 번 당한 후 기준은 움집에서 살다시피 했다. 잠도 자지 않았고, 밥 먹고 뒷간 갈 때 말고는 노상 소리 연습만

했다.

어쩐지 분위기가 싸했다. 발소리만 들려도 벌떡 일어나는 잠 귀가 밝은 아이였다. 다시 한번 불렀을 때 기준이 굼벵이처럼 머리를 꼼지락거렸다. 가까스로 몸을 일으켰다가 도로 짚자리 위에 픽 쓰러졌다. 태평은 화들짝 놀라 움집 안으로 달려 들어 갔다.

"왜 이러느냐?"

태평은 정신을 잃고 축 늘어진 기준을 어루만졌다. 가마솥에 서 막 쪄낸 감자처럼 몸이 뜨거웠다. 얼굴과 팔다리가 퉁퉁 부어올라 있었다.

"소리 병이 들었구나."

태평은 기준을 부축하여 안방으로 데리고 갔다. 이불을 깔아 서 편안하게 눕히고 마당으로 나왔다. 부엌으로 들어가 아궁이 에 불을 지핀 뒤 태평이 간 곳은 뒷간이었다. 태평은 뒷간 외벽 에 걸어 놓은 기다란 작대기를 집어 들었다. 끝에 나무토막이 붙어 있어서 고무래 비슷했다.

뒷간 문을 열자 똥오줌 냄새가 코끝으로 훅 파고들었다. 아무 렇지도 않게 태평은 작대기를 똥통 안으로 밀어 넣었다가 들어

올렸다. 왕대나무 토막이 따라 나왔다. 석 달 전 태평이 박아 놓은 것이었다.

태평은 똥 찌끼가 묻은 왕대나무를 들고 냇물로 가서 흐르는 물에 씻었다. 집으로 돌아와 톱으로 왕대나무 윗부분을 잘랐다. 작은 함지박에 대고 기울이자 잿빛 물이 쪼르르 흘러나왔다. 잡티를 없애기 위해 똥물을 베 보자기에 다시 한번 걸렀다.

태평은 나무 숟가락으로 한 술 가득 떠서 단숨에 삼켰다. 시큼하고 쌉싸래하고 짭조름한 오만 가지 맛이 났다. 생각보다 냄새가 구리지 않아 다행이었다.

똥물은 여러 명창들로부터 전해 들은 오래된 비방이었다. 소리 광대들은 누구나 소리 병을 앓았다. 밥 먹고 잠자는 시간을 빼고, 하루 종일 소리를 지르느라 단전에 힘을 주면 피가 잘 순환하지 못하고 몸속에 맺힌다. 그것을 어혈이라 하는데, 온몸에 열이 나며 목과 사지는 물론이고 오장까지 부어오른다. 어혈을 푸는 데 가장 좋은 것이 똥물이었다.

방문을 열고 들어가니 기준은 죽은 듯 잠들어 있었다. 태평은 기준의 머리를 살포시 들어 제 허벅지에 괴었다. 그리고 하얀 사발에 든 똥물을 숟가락으로 떠서 입속에 흘려 넣었다. 기준이 깨어나 눈썹을 찌푸렸다. 태평은 한 숟가락 떠먹일 때마다 나무아미타불 관세음보살을 가만가만 읊조렸다.

똥물 한 사발을 다 비우고 나니 기준의 숨결이 편안해졌다. 태평은 제자의 얼굴을 가만히 들여다보았다. 퉁퉁 부어올라 완전히 다른 사람 같았다.

태평은 기준을 움집에 몰아넣고 하루 종일 소리를 시켰다. 아침 먹고 소리 한마디를 배우면 밥 먹는 시간을 빼고 저녁까지 오로지 소리만 해야 했다. 저녁밥을 먹고 낮에 연습한 내용을 확인한 뒤 늦은 밤까지 다시 소리를 하게 했다. 게다가 기준이 소리를 제대로 받지 못할 때마다 은근히 마음고생을 시켰다. 태평은 어린 제자를 너무 몰아친 것은 아닐까 후회가 되었다.

이틀이 지나자 기준의 몸에서 열이 내리고 부기가 가라앉았다. 스스로 걸어서 뒷간 출입을 할 수 있게 되자 언제 그랬냐는 듯 태평의 욕심이 다시 도졌다. 우선 새벽에 씨암탉을 잡아 난초에게 백숙을 한솥 끓이게 했다. 아침밥을 든든하게 먹인 뒤, 며칠 놀고 있던 북통을 앞으로 끌어당겨 놓고 기준을 불렀다.

"오늘부텀 다시 소리를 해야지."

태평은 어디까지 가르쳤는지를 곰곰이 헤아려 보았다. 요새

들어 정신이 자주 깜박깜박했다. 중간중간 기준의 소리가 마음에 들지 않아도 그냥 넘어가서 더 그러했다. 반년 넘게 오롯이 〈화용도타령〉을 가르친 덕에 한 바탕이 거의 끝나가고 있었다.

"어느 대목을 배울 차례냐?"

"군사점고여라우."

장승을 놓아준 뒤 조조는 유비, 관우, 장비는 물론 제갈공명과 조자룡까지 장사꾼 자식이라는 둥, 근본 없는 상놈이라는 둥, 버르장머리가 없다는 둥 헐뜯었다. 정욱이 쓸데없는 말 그만하고 군사들이 몇 명이나 살아남았는지 확인하라고 조조를 재촉했다.

명부를 펼쳐 하나하나 출석을 부른 뒤 살아 있는 군사들의 이름 위에 점을 찍어 나갔다. 적벽과 오림에서 죽은 군사들이 부지기수였다. 가뭄에 콩 나듯 대답하는 군사들 가운데 성한 사람을 찾아볼 수 없었다.

첫 번째로 나온 군사는 허무적이었다.

　허무적이가 들어온다. 투구 벗어 손에 들고

　갑옷 벗어 둘러메고 한 팔 늘어뜨리고

한 다리 절룩절룩 들어오며 통곡하여 우는 말이

"고향을 바라보니 구름만 담담하고,

집안 식구들 생각하니 슬픈 마음 한없네.

가고지고 가고지고, 우리 고향을 가고지고."

그다음으로 적과 싸우다가 눈시울은 찢어지고 입은 비틀어지고 귀 한쪽은 떨어진 골내종이, 부러진 장대를 거꾸로 짚고 눈을 장비처럼 부릅뜬 박덜랭이, 전쟁 중에 치질이 도져 엉덩이로 밀고 들어오는 왕방뎅이, 적에게 조조가 달아난 곳을 가르쳐 주지 않고 버티다가 머리를 얻어맞고 목이 쑥 들어간 목움츠리가 차례로 들어왔다.

군사들은 성치 않은 몸을 끌고 나와 조조의 무능과 비겁함을 낱낱이 까발렸다.

먼저 태평이 허무적이가 나오는 대목을 해 보였다. 기준은 스승의 소리를 되새기며 그대로 따라 했다. 태평은 북채를 떨구고 아무 말도 하지 않았다. 기준의 소리가 마뜩지 않았던 것이다.

"며칠 공부를 건너뛰어 그런가 보다."

태평은 북을 방구석으로 밀었다. 건넌방으로 건너가 쉬라고 해도 기준은 일어나지 않았다.

"이번에도 부족한 거여라우?"

기준의 목소리에 심이 박혀 있었다. 당황스러운 표정을 감추느라 태평은 슬며시 고개를 돌렸다. 소리 병을 앓고 나더니 예민해졌구나 싶었다.

"정 그렇다면, '가고지고, 가고지고, 우리 고향을 가고지고'를 다시 해 보그라."

기준은 군말 없이 시키는 대로 했다. 소리가 물 흐르듯 거침없었으나 태평의 표정은 떨떠름했다. 간이 안 된 음식처럼 소리가 심심했기 때문이다.

태평은 죽고타령을 가르치던 때를 떠올렸다. 똑같은 상황이 되풀이되고 있었다. 기준은 어려운 박망파 싸움과 자룡 활 쏘는 대목을 건듯건듯 잘 받았다. 그에 비하면 군사점고는 재담과 아니리가 절반이 넘고, 〈화용도타령〉이 끝나갈 즈음 지친 소리꾼들이 쉬어가는 대목이었다. 왜 쉬운 대목을 못 받느냐고 잔소리하려다가 태평은 입을 다물었다. 병색이 남은 기준의 얼굴을 보니 입이 떨어지지 않았다.

"어디가 잘못되었는지 똑똑이 짚어 주시씨요."

기준이 따지듯 물었으나, 태평은 대꾸하지 않았다.

"혹시 명창들의 소리를 잘못 알고 계신 것은……."

머릿속에서 맴돌던 말이 저도 모르게 튀어나왔다. 서둘러 입을 틀어막았으나, 이미 엎질러진 물이었다.

"소리는 입으로 하는 것이 아니라 가슴으로 하는 거여. 그래서 소리를 '부른다.' 허지 않고 '한다.'고 허는 것이제. 그 인물이 어떤 사람인지 면밀히 살피고 난 뒤 그에 알맞은 목소리를 내야 하고, 호령조냐 계면조냐 소리 길을 정하고 상황에 꼭 들어맞는 너름새로 분위기를 살려야 하느니. 그것은 이면을 그린다고 안 허드냐? 소리 광대는 이면을 그리는 붓과 같으니라."

태평은 침착했다. 흔들림 없는 모습이 기준의 부아를 돋우었다.

"저는 붕어 새끼처럼 입만 벙긋거린단 말인 게라우?"

기준이 발끈했다. 태평의 말에 자존심이 상했던 것이다.

"판소리를 모르는 사람이 들었다면 제법 한다고 했겠제. 오늘 니가 한 소리에는 가장 중요한 것이 빠졌니라. 전쟁터에서 창검에 베이고 화살 맞고 팔다리를 잃은 군사들이 느꼈을 고통, 아픔, 슬픔, 원망, 고단함이 없어. 그러니 고향으로 돌아가고 싶다는 외침이 보는 사람 마음에 와닿겠냐? 한마디로 소리 광대 박기준만 있제, 허무적이가 보이지 않았다는 거여."

스승의 냉정한 비판에 기준은 가슴이 아렸다. 한편으로는 오기가 꿈틀거렸다.

진주 남강에서 처음 본 늙은 사내에게 제자가 되겠다고 자청한 까닭은 누구보다 판소리를 아끼고 사랑한다고 느꼈기 때문이다. 어차피 학채 낼 형편이 못 되었으니 내로라하는 명창을 스승으로 삼을 수는 없었다. 그렇다고 또랑광대를 찾아가 근본 없는 소리를 배우고 싶진 않았다. 기준에게 태평은 참으로 맞춤한 스승이었다. 그러나 아는 것과 가르치는 것은 달랐다. 판소리는 구전심수, 스승이 입으로 전하면 제자가 마음으로 받는다. 머릿속에 있는 소리를 가르치다 보니 명창의 원래 소리와 기준에게 닿는 소리 사이의 굴절을 피할 수 없었다.

시간이 흐를수록 기준은 답답함을 느꼈다. 마치 본 적도 없는 용을 설명만 듣고 흰 종이에 그려야 하는 막막함 같은 것이었다. 이따금 기준은 제대로 배우고 있는 것인지 의구심이 들었다. 그것은 무사히 목적지까지 갈 수 있을까 하는 두려움으로 자라났다.

"스승님께서는 왜 〈화용도〉만 고집하신다요?"

두 번째 도발은 다분히 의도적이었다. 태평이 트집을 잡을 때
마다 기준은 하루빨리 태평에게서 벗어나야겠다고 생각했다.
기준의 계획은 태평의 가르침을 통해 소리의 기반을 닦은 뒤 진
짜 명창을 찾아가 남녀노소 누구나 좋아하는 〈춘향가〉와 〈박
타령〉을 제대로 배우는 것이었다.

태평은 기준의 불만을 충분히 이해할 수 있었다. 판소리 열
두 바탕 가운데 〈화용도〉는 가장 어렵고 힘든 소리였다. 보통
소리를 가르칠 때 〈춘향가〉나 〈심청가〉, 〈배비장타령〉처럼 아기
자기하고 말랑말랑한 소리로 시작해 재담이 어중간하게 박혀
있는 〈수궁가〉와 〈변강쇠타령〉으로 넘어갔고, 마지막에 이르러
통성과 호령조로 꽉 찬 〈화용도〉로 마무리했다. 아무리 재주 있
는 아이라 해도 처음부터 끝까지 목에 핏대를 세우고 고함을
질러 대는, 바짝 마른 통나무 같은 소리를 배우긴 힘들었을 것
이다. 일찍 소리 병이 찾아온 것도 어쩌면 처음부터 지나치게
목을 혹사시켰기 때문인지 몰랐다.

아까와 달리 태평은 쉽게 입을 열지 못했다.

'왜 그토록 〈화용도〉에 목을 맸을꼬?'

태평은 스스로를 향해 물었다. 누가 뭐래도 〈화용도〉는 태평
의 소리였다. 다른 바탕에 관심이 없거나 소리 속을 모르기 때
문이 아니었다. 태평이 판소리 열두 바탕의 사설과 가락을 훤
히 꿰차고 있다는 것을 기준도 모를 리 없었다. 그래서일까? 기
준의 질문은 왜 한평생 더늠을 좇아다니며 인생을 허비했냐는
꾸짖음으로 들렸다.

소리책을 송 첨지에게 전하고, 비 온 뒤 참외 자라듯 명창들
의 더늠이 불어나자 태평은 배가 고프지 않았고 잠도 이룰 수
없었다. 밤이나 낮이나 길에서든 장터에서든 새로운 더늠 생각
뿐이었다. 사설은 무엇일까, 장단과 곡조는 어떠할까, 그 명창
이 그 더늠을 왜 만들었을까, 궁금증이 꼬리에 꼬리를 물었다.
세월이 훌쩍 흘러 〈화용도〉가 소리판에서 중요한 바탕으로 자
리 잡았을 때 태평은 성공한 자식을 둔 부모처럼 느껴웠다. 하
지만 그것만으로 〈화용도〉에 집착한 까닭을 다 설명할 수는 없
었다.

"평생 더늠을 좇다 보니 세상이 온통 더늠으로 보이고, 더늠
이 세상인지 세상이 더늠인지 알 수가 없더구나. 이 땅에서 을
매나 많은 전쟁이 일어났고 사람들이 죽어 나갔는지 아느냐?"

벌써 사십 년이 지났지만, 태평은 주덕기의 고수가 했던 말을 잊을 수 없었다. 더늠은 거짓으로 가득 찬 양반들의 비겁함을 찌르는 송곳이라는 말.

태평이 만난 명창들은 소리 속에 송곳만 감춘 것이 아니었다. 때로는 창검이 번득이기도 했고, 도끼가 날을 세우고 있기도 했다. 조조의 군사들이 몰살을 당하는 적벽 싸움, 새가 된 군사들의 원혼이 도망치는 조조를 향해 울부짖는 적벽강 새타령, 화용도 길가에 세워진 장승이 조조의 꿈에 나타나 신세 한탄을 하는 장승타령, 겨우 살아남은 부상당한 군사들의 모습을 우스꽝스럽게 그려 더 가슴 아픈 군사점고 대목이 그러했다.

더 이상 〈화용도〉는 영웅호걸이 지략과 용기를 뽐내는 이야기가 아니었다. 또한 무과 급제자들이 보는 앞에서 호랑이에게 외아들을 잃은 시골 아낙, 임진왜란 때 죽음을 각오하고 적을 막아 낸 연안 읍성의 백성들, 최소한의 먹을 것을 요구하다 난동을 피운 죄로 목이 달아난 훈련원의 군사들, 무거운 세금을 견디다 못해 고향을 등지고 도적이 되어 버린 전국 각지의 농민들. 태평이 길에서 만난 사람들은 〈화용도〉에 나오는 군사들과 다르지 않았다. 그것은 천오백 년 전 중국 삼국시대 이야기가 아니라 엄연한 조선의 현실이었다.

태평은 마음이 텅 빈 듯했다. 득음을 하기 위해 소리를 갈고 닦는 것도 중요하지만, 서슬 퍼런 송곳을 가슴에 품으라는 말을 차마 기준에게 할 수 없었다.

흔들리는 눈빛으로 들창 너머에 서리 맞아 허옇게 머리가 센 소국을 바라볼 뿐이었다.

두 그림자가 고창 선운사 골짜기를 따라 걷고 있었다. 가을장마가 끝난 뒤 한동안 비가 내리지 않아 계곡의 물이 밭았다. 길가에 늘어선 소나무들이 하나같이 계곡으로 휘어져 있다. 물소리를 들으려고 허리를 구부린 것 같았다.

선운사 동구를 벗어난 두 그림자는 모양성을 향했다. 앞서 걸어가는 사람은 방갓을 눌러써 나이를 알 수 없었다. 걸음걸이로 보아 나이 지긋한 노인이었다. 그 뒤로 아이도 아니고 어른도 아닌 댕기 머리 젊은이가 따라갔다. 두 그림자의 주인은 태평과 기준이었다. 태평이 걸음을 멈추면 기준도 걸음을 멈추었다. 내를 건너거나 언덕을 넘을 때 빼고 두 사람은 꼭 다섯 걸음 정도를 유지했다.

소리 병을 호되게 앓고 나서 며칠 뒤, 기준은 태평을 따라 길을 나섰다. 골짜기마다 나뭇잎을 다 떨구고 신비롭게 늘어선 나무와 겨울빛에 바짝 말라 더욱 단단해 보이는 바위를 구경하며 느릿느릿 산을 넘고 강을 건넜다. 장돌뱅이 시절 버릇이 남아 있어 태평은 걸음보다 마음이 바빠 보였다.

태평과 기준의 발길이 가장 먼저 닿은 곳은 선운사였다. 목탁소리를 따라 천왕문을 지나고 만세루를 거쳐서 절 마당에 이르니 대법당 삼존불이 근엄하게 굽어보았다. 태평은 기준을 문밖에 세워 두고 예불 중인 스님 뒤에서 절을 올렸다. 기준은 염불 외는 소리를 듣다가 무심코 법당 안으로 고개를 돌렸다. 무엇을 그토록 간절히 비는지 한동안 태평은 자리에서 일어나지 않았다.

두 사람은 선운사에서 나와 해가 뉘엇뉘엇할 무렵 고창 읍성 앞에 이르렀다. 태평은 정문인 공북루 편액을 물끄러미 바라보다 백성들의 집이 늘어선 오른쪽 홍문거리로 걸음을 틀었다.

첫 들머리에 두충나무가 담장을 따라 우거진 커다란 초가집이 나타났다. 여럿이 바락바락 온 힘을 다해 내지르는 아우성이 담장을 넘어왔다. 목청 큰 사람들이 말다툼이라도 하는 것

같았으나, 걸음을 멈추고 들어 보니 판소리였다. 여러 소리가
어지럽게 뒤섞여 귀 기울이지 않으면 알아듣기 어려웠다.

"옳게 찾아왔구나."

태평의 말을 듣고 기준은 고개를 갸웃거렸다. 두충나무를 보
고 한 말인지 판소리에 대해 한 말인지 알 수 없었다. 아직 기준
은 누구를 찾아온 것인지 모르고 있었다. 궁금증이 꾸역꾸역
차올랐지만 참았다. 군사점고 대목을 배우던 날의 앙금이 남
아 있어 물어보기가 영 서먹서먹했다.

태평이 앞장서서 대문을 밀고 들어갔다. 한 사람 들어갈 만
큼 거리를 두고 두충나무 두 그루가 나란히 서 있었다. 두 나무
의 가지가 자연스럽게 맞닿았고 그 위에 덩굴이 둥글게 뻗어 내
려 무지개문을 떠올리게 했다.

고개를 숙이고 들어가며 태평은 웃음을 머금었다. 다섯 자
두충나무가 만들어 낸 무지개문을 지나려면 누구나 고개를 숙
여야 했다. 양반이든 상민이든 예외는 없었다. 소문에 따르면
집주인이 양반들 고개 숙이는 모습을 보려고 일부러 다섯 자
높이로 만들었다는 말도 있었다.

마당으로 들어서자 별천지가 나타났다. 왼쪽에는 초가로 지

은 사랑채가 우람하게 버티고 있고 오른쪽에는 행랑채가 종로 시전 점방처럼 즐비하게 늘어섰다. 철쭉과 영산홍과 작약이 어우러진 화단 앞으로 모양산에서 흘러내린 계곡의 물이 졸졸 흘러 더욱 운치를 자아냈다.

무엇보다 두 사람의 눈길을 비끄러맨 것은 사랑채 대청과 양쪽 방에서 소리 연습을 하고 있는 수많은 사람들이었다. 열두어 살부터 쉰 살에 이르기까지 나이도 제각각이고 소리 바탕과 대목이 다 달랐다. 누구 목청이 더 큰지 내기라도 하듯 하나같이 죽을힘을 다해 악을 쓰고 있었다.

"뉘시오?"

하인이 달려 나와 물었다.

"동리 선생 계시냐?"

태평은 방갓을 살짝 치켜들고 물었다.

'동리 선생?'

기준의 눈이 반짝 커졌다. 그제야 중문 가에 서 있는 튼실한 벽오동 한 그루가 눈에 들어왔다. 동리는 전국의 소리 광대들을 전라도 고창으로 불러 모아 먹이고 재우며 판소리를 가르친다는 신재효의 호였다. 신재효가 태어나던 해, 아버지 신광흡이 사랑채 뜨락에 벽오동을 심었기 때문에 호를 동리라 했다.

경기도 고양에서 대대로 아전 노릇을 하며 살던 신광흡은 한양
에서 고창 관아의 사무를 보는 경주인 일을 했다. 늘그막에 가
족을 이끌고 아예 살기 좋은 고창으로 내려와 흥문거리에 터를
잡고 관약방을 열었다.

신재효는 아버지의 뒤를 이어 아전 일을 하며 부지런히 살림
을 일구었고 나이 마흔에 이르러 천석꾼 부자가 되었다. 돈을
뜻깊게 쓸 수 있는 일이 무엇일지 고민하다 평소 좋아하던 판소
리 광대를 기르는 일에 뛰어들었다. 동편제 명창 김세종을 소
리 사범으로 들여앉히고 신재효는 글을 가르치거나 잘못된 사
설을 바로잡는 역할을 했다. 소리깨나 하는 광대들은 누구나
신재효의 문하에 들어가기를 원했고, 기준도 어쩌면 이곳 동리
정사에 들어갈 수 있겠다는 기대감으로 부풀었다.

"무슨 일이시오?"

하인의 말투가 여간 퉁명스럽지 않았다. 행색이 초라한 늙은
이와 한쪽 눈알이 오징어처럼 툭 튀어나온 댕기 머리 젊은이가
만만해 보이는 모양이었다.

"묻는 말에 대답은 안 하고 어째서 되묻는당가? 계신가, 안

계신가?"

태평이 정색을 하고 언성을 높였다. 하인도 놀랐고 기준도 움찔했다.

"연당에 계시기는 합니다만……."

하인은 태평의 기에 눌려 말끝을 흐렸다.

"앞장서소."

태평은 사잇문을 바라보았다. 그 너머에 연당이 있을 터였다. 하인은 찍소리도 못하고 사잇문을 향해 총총걸음으로 걸었다.

뒤뜰로 들어선 순간 태평과 기준이 입이 쩍 벌어졌다. 대나무와 두충나무가 빽빽한 숲 아래 멋스러운 연못이 있고 한가운데 기암괴석을 모아 놓은 석가산이 우뚝 솟았다. 연못가에는 앞다리를 물속에 담그고 뒷다리를 땅 위에 디딘 노루처럼 늘씬한 정자 한 채가 서 있었다. 하나의 지붕에 마루와 방을 잇대어 나란히 지어 놓았다. 신재효는 정자의 마루에 홀로 눈을 감고 앉아 있다 발소리에 눈을 뜨고 일어섰다.

"어서 오시오."

두 사람이 마루로 올라가자 기다리고 있었다는 듯 반겼다.

세상 사람들은 신재효가 아전 주제에 양반 흉내를 낸다는 둥, 신분의 한을 이기지 못해 판소리에 미쳤다는 둥 말이 많았다. 신재효의 눈을 본 순간, 기준은 세상에 떠도는 말들이 부러움과 시기에서 비롯된 뜬소문이라는 것을 알았다. 그리고 한 사람의 얼굴이 떠올랐다. 진주 갑부 천 부자였다. 재산으로 따지자면 그는 신재효보다 수십 곱이 많은 거부장자였다. 그러나 오로지 소작인들을 쥐어짜 긁어모으려 했을 뿐 돈을 어디에 쓰고 어떻게 써야 하는지는 몰랐다. 피붙이들과 호의호식할 줄만 알았다. 신재효가 돈의 주인이라면 천 부자는 노예에 지나지 않았다.

멀리서 정자 기둥에 앉아 있는 신재효를 보았을 때 기준은 바로 알았다. 그저 눈을 감고 생각에 잠겨 있는 것이 아니었다. 고개를 끄덕이고 손바닥으로 난간을 두드리며 제자들의 소리에 흠뻑 빠져 있었다. 악머구리 떼 같은 아우성 속에서 소리를 하나하나 떼어 내고 얼마나 정확히 표현하는지 살폈고, 열 명이 넘는 제자들이 질러 대는 소리의 혼돈 가운데 도드라지는 제자를 찾아내고 있었다. 기준은 그가 태평만큼이나 소리에 큰 애착을 가지고 있다는 것을 알았다.

"저는 신재효라 합니다만, 노형의 존함은 무엇이오?"

신재효는 깍듯이 말을 높였다.

"저는 성은 한가요, 이름은 클 태, 평화로울 평이지라우."

태평은 몸을 숙여 맞절을 했다. 두 사람이 인사를 나누는 것을 보며 기준은 정자 안의 분위기에 촉각을 곤두세웠다. 스승이 동리정사를 찾아온 까닭을 알 것 같았다. 제자를 맡길 만한 사람인지 신재효에 대해 알아보려는 것이다.

"판소리를 갈무리하신다는 말을 들었소만."

태평이 망설이다가 어렵게 입을 열었다.

"판소리 가운데 산만하여 내용이 이어지지 않거나 이야기 짜임이 허술하여 무슨 말을 하는지 모르는 것이 많지요. 열두 바탕을 두루 살핀 뒤 여섯 바탕으로 정리했습니다."

신재효의 대답을 듣고 태평의 얼굴이 굳었다. 천하의 신재효라 해도 자연스럽게 싹이 트고 꽃이 피고 열매가 맺듯 전해져 내려온 판소리를 제멋대로 줄이다니 어처구니가 없었다.

"소리책을 볼 수 있겠소?"

낯선 손님의 무리한 부탁이었다.

신재효는 방으로 들어가더니 책 한 보퉁이를 꺼내 들고 왔다. 그리고 서안 위에 보자기를 풀었다. 두근거리는 가슴을 애써 짓

누르며 태평은 책을 한 권씩 조심스럽게 집어 들었다. 《춘향가》, 《심청가》, 《토별가》, 《박타령》, 《적벽가》, 《변강쇠가》. 그 가운데 태평의 손이 《적벽가》에 머물렀다. 아마도 〈화용도〉를 가리키는 듯했다.

태평은 소리책을 펼치고 한 장, 두 장 넘겼다. 기준은 스승의 손이 바르르 떨리는 것을 보았다. 그사이 신재효는 연당에 날아든 두루미 한 쌍을 바라보고 있었다.

박망파 싸움에서 시작하여 군사설움타령으로 넘어가는 〈화용도〉와 달리 〈적벽가〉의 도입부에는 도원결의와 삼고초려가 덧붙었다. 제목만 바뀐 것이 아니라 내용과 주제가 달라졌다. 〈화용도〉가 적벽 싸움 이후 조조가 도망치는 장면을 극대화시켜 권력자를 조롱했다면, 〈적벽가〉는 영웅들이 일합을 겨루는 적벽 싸움의 비중을 크게 늘였다.

태평은 소리책을 덮고 신재효를 물끄러미 보았다.

"왜 제목을 《적벽가》로 바꾸셨다요?"

태평은 소리책을 목수가 집짓기 전에 그리는 밑그림 같다고 생각했다. 집터를 다지고 주추를 놓고 기둥을 세우고 보와 서까래를 올리고 기와를 얹어야 집이 완성되듯 소리책도 마찬가지였다. 긴 세월 동안 이야기에 수많은 가지를 치고 곡조와 장단이 맞는 더늠을 넣어야 판소리 한바탕이 완성되는 것이다. 그것은 오롯이 소리 광대들의 몫이었고 귀명창 소리를 듣는 저나 신재효가 상관할 바는 아니었다. 그러나 〈화용도〉에서 〈적벽가〉로 변화한 것은 주추의 크기, 기둥과 서까래의 개수, 기와의 빛깔을 바꾼 것과는 차원이 달랐다. 숫제 신재효가 밑그림을 새로 그렸다고 하는 편이 옳았다.

"〈화용도〉는 이름 없는 군사들이 토해 낸 구슬픈 탄식이오. 전쟁을 일으킨 위정자들을 원망하며 전쟁을 거부하는 노래란 말이지라우. 그러니 군사설움타령으로 시작해야 마땅하지요."

태평은 앞부분의 더늠이 쓸데없이 늘어난 문제를 따졌다.

"제 말씀을 들어 보시오. 판소리가 더 길고 오래 가려면 이야기가 지금보다 더 짜임새를 갖추어야 하고 곡조와 장단이 뛰어난 더늠이 더 많이 나와야 하지요. 그러기 위해서는 소리 광대들의 힘만으로 불가하니 반드시 상하가 함께 어우러져야 하오. 저 바닥에 있는 무당의 푸닥거리, 중의 짓소리, 걸립패와 솟대패의 장타령은 물론이거니와 고매하기 짝이 없는 선비들의《사서삼경》,《사기》와《한서》, 당시와 송시가 두루 어우러진 것이 판소리의 장점 아니겠소?"

신재효가 어린아이 달래듯 말했다. 결국 소리 광대들이 양반의 도움을 받아 판소리를 발전시켜야 한다는 뜻이었다. 상하가 함께 어우러져야 한다는 말이 태평의 화를 한층 돋우었다.

"고것은 백성들의 소리를 빼앗아 양반들에게 노리개로 던져 주는 것이요. 애초부터 판소리는 한겨울 눈보라 치는 들판에서 움튼 나무와 같소. 울타리 안에 가두고 온실을 만들어 비바람을 막아 주면 오히려 말라 죽게 되지라우. 저절로 살아가도록 내버려 두는 것이 상책이랑께요."

태평이 가쁜 숨을 몰아쉬었다.

"판소리는 양반은 물론이고 임금님까지 품에 안을 만큼 큰 그릇이지요. 판소리를 통해 위정자들이 경각심을 느끼고 제 역할에 충실하게 된다면 만족스러운 일 아니오? 그 대신 소리 광대는 반드시 선을 지켜야 하오. 절대 선을 넘어서는 안 되며 선으로부터 멀어져서도 안 되지요."

신재효의 말끝에 기준은 고개를 들었다.

태평이 송곳 타령을 할 때마다 기준은 두려움 섞인 거부감을 느꼈다. 두려움과 거부감이 전부는 아니었다. 판소리로 세상을 바꾸고자 하는 태평의 대의를 거부하면 할수록 마음 한구석이 불편했다. 알 수 없는 죄책감 때문이었다. 명창이 되어 세상을 호령하겠다는 꿈이 좀스럽게 느껴질 때면, 세상에 대한 복수심을 한껏 키웠다. 그런데 신재효의 말을 듣는 순간 기준은 거부감과 죄책감으로부터 자유로워졌다. 저와 태평의 중간에 정확히 신재효가 있었다. 기준의 마음은 신재효의 문하에 들어가 소리를 배우고자 하는 욕망으로 활활 타올랐다.

"판소리를 갈무리해 두지 않으면 백 년도 못 가 흩어질 것이오."

"태어나지 않고 죽은 사람 봤소? 생겨난 것은 모두 흩어지는 법이지라우."

"천 년 이어갈 소리를 백 년 안에 끝장낼 셈이오?"

"백 년이든 천 년이든 고것은 판소리의 운명이오."

두 사람의 설전은 쉽게 끝나지 않을 듯했다. 기준은 자리가 파하기를 기다리며 나무 바닥의 거스러미를 손톱으로 긁었다.

"이토록 〈화용도〉에 집착하는 연유가 무엇이오?"

신재효의 얼굴에 피곤한 기색이 역력했다. 소리에 관한 대화를 좋아하는 그였지만, 처음 보는 노인이 거칠게 물고 늘어지자

곤혹스러웠다.

갑작스러운 물음에 태평이 할 말을 찾고 있을 때였다.

"스승님, 막둥입니다."

정자 아래 앳된 소년 하나가 서 있었다. 예닐곱 살쯤 되어 보였다. 소년의 등장으로 두 사람 사이에 숨통이 트였다.

"우리 동리정사의 막내둥이입니다."

소년이 태평을 향해 꾸벅 인사를 했다. 발그레하고 통통한 볼에 젖살이 남아 있었다.

"〈광대가〉는 다 익혔느냐?"

신재효의 물음에 소년은 들릴락 말락 하게 대답했다. 소년이 정자의 마루 쪽으로 가서 석가산을 등지고 서자, 신재효는 북을 끌어당겨 무릎 앞에 괴었다.

북이 덩딱 울리자 소년은 〈광대가〉를 시작했다.

광대라는 것은

첫째는 인물치레, 둘째는 사설이요,

그다음 득음이요, 그다음 너름새라.

너름새라 하는 것은 구성지고 맵시 있고

다양한 모습으로 귀신처럼 변화하여

좌상의 풍류호걸 구경하는 남녀노소

울게 하고 웃게 하는 이 구성 이 맵시가

어찌 아니 어려우랴.

득음이라 하는 것은

오음을 분별하고 육률을 변화하여

오장에서 나는 소리 농락하여 자아낼 제

그도 또한 어렵구나.

사설이라 하는 것은

정금미옥 좋은 말로 분명하고 완연하게

칠보단장 아름다운 부인이

병풍 뒤에서 나오는 듯

삼오야 밝은 달이 구름 밖에 나오는 듯

샛눈 뜨고 웃게 하니 대단히 어렵구나.

인물은 타고나서 바꿀 수 없거니와

깊고 깊은 이 속판이 소리하는 법례로다.

신재효가 새로 만든 단가였다. 소리가 점잖고 단정했다. 단가가 시작된 후 기준의 낯빛이 점점 어두워졌다.

신재효는 광대가 갖추어야 할 조건을 네 가지로 나누었다. 첫 번째 조건으로는 인물을 꼽았다. 인물치레란 겉치레와 비슷한 말이었다. 제 기괴한 오른쪽 눈을 생각하자, 기준은 마룻장을 뜯고 들어가 숨고 싶었다. 어디를 가든 누구를 만나든 소리로는 밀리지 않을 것이라고 장담했는데 자신감이 뚝 떨어졌다. 제 몰골로 명창이 될 수 있을지 의문이었다. 그다음 조건으로 사설, 득음, 너름새가 나열되었다. 사설은 스승을 잘 만나면 해결될 것이고 소리목은 잘 타고났으니 걱정할 필요가 없으며 너름새는 부단한 노력으로 극복될 수 있었다. 그러나 인물은 죽었다 다시 태어나지 않는 이상 어찌해 볼 도리가 없었다.

제 부족함을 확인이라도 시키듯 '인물은 타고나서 바꿀 수 없거니와'에 이르자 기준의 얼굴은 흙빛으로 변했고 온몸의 힘이 쭉 빠졌다.

'그래서 나를 못 본 체했구나.'

기준은 고개를 푹 숙였다. 눈물이 소리 없이 볼을 타고 주르륵 흘러내렸다. 정자 위로 올라와서 눈길이 마주쳤을 때를 빼고 여태껏 신재효는 기준에게 눈길을 주지 않았다. 그토록 인물을 중시하는 사람이니 눈에 들어올 리 없었을 것이다. 기준은 처음으로 제 외모가 부끄러웠다.

날이 저물었다. 태평과 기준이 자리에서 일어났다. 기준은 중심을 잃고 앞으로 휘청거리다 간신히 기둥을 붙잡았다.

"어디 아픈 것이냐?"

태평이 나직이 물었다. 기준은 발이 저려서 그렇다고 고개를 저었다.

하룻밤 묵고 가라는 신재효의 손길을 뿌리치고 태평은 서둘러 동리정사에서 나왔다. 한시도 머물고 싶지 않았던 것이다. 이유는 다르지만 태평도 신재효가 마음에 차지 않는 모양이었다. 기준은 스승의 뒤에서 뚝 떨어져 따라갔다.

태평은 뒤도 돌아보지 않고 바삐 걸었다. 오리정 주막까지 한달음에 도착하여 기준의 얼굴을 살폈다. 어디가 얼마나 아픈지 하얗게 질려 있었다.

"저녁밥 먹고 일찍 쉬그라."

주막 평상에 걸터앉아 태평은 주모에게 국밥 두 그릇을 시켰다.

"광대는 인물이 좋아야 될 수 있다요?"

느닷없이 기준이 물었다. 스승의 생각이 궁금했던 것이다. 국밥을 한 입 떠 넣다 말고 태평은 웃음을 터뜨렸다. 기준의 얼굴을 빤히 들여다보고 뚝배기를 말끔하게 비웠다. 어금니에 끼었던 시래기 조각을 마당에 퉤 뱉고 숭늉으로 입을 헹구었다.

〈광대가〉를 처음 듣고 태평은 온몸에 전율을 느꼈다. 광대가 갖추어야 할 네 가지 자질을 매우 적절하게 가려 뽑았다는 점부터 놀라웠다. 인물치레, 사설, 득음, 너름새는 우열을 가릴 수 없고 하나도 빠지면 안 되는 것들이었다. 그것은 신재효가 판소리를 정확히 이해하고 있다는 뜻이기도 했다. 네 가지 자질을 인물치레에서 사설, 득음, 너름새 순으로 제시한 뒤 하나씩 깊이 설명할 때는 반대로 너름새에서 득음, 사설, 인물치레로 바꾸어 짚은 것도 신통방통했다. 넷은 다 중요하고 순서가 있는 것은 아니었다.

판소리를 양반의 입맛에 따라 여섯 바탕만 남기고 〈화용도〉를 〈적벽가〉로 바꾼 것은 못마땅했지만, 〈광대가〉는 소리 광대들을 위해 꼭 필요한 단가였다.

"인물이 혹시 얼굴 생김을 말한 것이냐?"

태평이 물었다. 기준은 파리한 낯빛으로 고개를 끄덕였다.

"판소리는 얼굴이 아니라 온몸으로 하는 것이여. 인물, 사설, 득음, 너름새는 따로 떨어져서는 안 되제. 네 발 달린 솥단지처럼 서로 조화를 이룰 때 완성되는 것이거든. 그리고 말이다. 니 복은 오른쪽 눈에서 나올 것이여. 거그 복이 담뿍 들었당께. 그늘이 졌으면 어딘가 빛이 있다는 말 아니냐."

알쏭달쏭한 말을 뱉고 태평은 방으로 들어갔다. 돗자리에 눕자마자 태평은 금세 곯아떨어졌다. 코 고는 소리가 비좁고 퀴퀴한 방 안에 우렁차게 울려 퍼졌다. 등짐을 지고 길 따라 물 따라 칠십 평생 걸어온 길이 백만 리였다. 제아무리 길에서 단련된 몸이라지만 무쇠를 녹슬게 하는 세월을 이길 수는 없었다.

기준은 벽을 보고 돌아누운 늙은 스승의 좁은 등을 하염없이 바라보았다.

지난 반년간 태평은 어머니, 아버지보다 살뜰하게 기준을 돌보았다. 오로지 소리에 전념하라고 논밭 일은 물론 집안일도 맡기지 않았다. 이레가 멀다고 닭을 잡아 고아 주거나 돼지머리를 사다 편육을 만들기도 했고, 하다못해 장날에 사 온 생선 토막이라도 밥상에서 떨어진 적이 없었다. 찢어지게 가난한 집에서 태어나 열두 살이 넘어 쫓겨나듯 남의집살이를 시작한 아이에겐 분에 넘치는 흔감스러운 대접이었다. 가끔 기준은 부잣집 외아들이 된 기분마저 들었다.

"꼭 명창이 될라요."

기준은 태평을 향해 큰절을 올렸다. 마음이 급하게 요동쳤다. 누군가 그만 떠나라고 등을 떠미는 듯했다. 잠잠하던 역마살이 꿈틀거리고 있었다.

신재효의 집에서 나오면서 기준은 태평의 곁을 떠나기로 마음먹었다. 동리정사 담장 너머로 들려오는 제자들의 우렁찬 소리가 가슴 안쪽 깊숙이 파고드는 순간, 갑자기 오기가 용틀임을 했다. 뒤죽박죽이 된 여러 소리의 진동은 〈광대가〉를 듣고 주눅이 들어 있던 기준에게 강렬한 의지를 불러일으켰다. 판소리만큼은 세상 누구보다 잘할 자신이 있었다. 결국 오기가 기준의 역마살에 불을 지른 것이다.

기준은 괴나리봇짐을 짊어지고 길을 나섰다. 이제부터 판소리를 제대로 배워 볼 참이었다. 〈화용도〉뿐 아니라 〈춘향가〉와 〈박타령〉과 나머지 바탕들도 모두. 문득 진주 백정의 집을 나오던 날이 떠올랐다. 고맙다는 말 한마디 남기지 않고 불쑥 왔다 떠나는 것이 얼마나 죄스러운 일인지 그때는 몰랐다. 어디를 가든 작별 인사조차 없이 인연을 끊는 것도 팔자인가 싶어 기준은 마음이 무거웠다. 태평의 얼굴이 계속 눈에 밟혔으나 더 이상 꾸물거릴 시간이 없었다.

첫눈이라도 내릴 듯 우중충한 밤하늘을 한번 우러러본 뒤, 기준은 매서운 겨울바람을 뚫고 큰길을 향해 달려갔다.

08
통인청대사습

진눈깨비가 부슬부슬 내리는 겨울 저녁이었다. 풍남문 안팎
으로 사람들이 구름처럼 모여들어 북새통을 이루고 있었다. 전
주부 백성들이 다 나온 것 같았다. 장이 파하고 한참 지난 시간
이었으나 남문 밖 장사꾼들은 전을 걷을 생각을 하지 않았다.
떡장수와 엿장수처럼 먹거리를 파는 장사꾼들이 가장 신났고,
그 가운데 팥죽장수가 톡톡히 재미를 보고 있었다. 밤이 가장
길다는 동짓날이었기 때문이다.

"팥죽 한 그릇 주씨요."

젊은 사내가 팥죽장수에게 동전 한 닢을 내밀었다. 팥죽장수

는 얼굴을 힐끗 보고 죽 그릇을 내밀었다. 겨울치고 포근한 날씨인데 청목 휘항을 눌러쓰고 솜 넣은 누비 두루마기를 입고 팔에 담비 토시까지 끼워 단단히 차려입은 것을 보면 전주 사람은 아니었다. 배가 고팠는지 젊은 사내는 따뜻한 팥죽을 게 눈 감추듯 비웠다.

시간이 지날수록 풍남문 부근에 인파가 더 늘어났다. 사람들이 빽빽하게 들어차 들고 나가기가 어려울 지경이었다. 젊은 사내는 곤란한 표정을 짓다가 성안으로 들어가기 위해 인파를 헤치고 앞으로 나아갔다.

"길 좀 비킵시다."

젊은 사내는 두 팔로 힘껏 사람들 사이를 비집고 파고들었다.

"오메, 젊은 놈이 사람 잡겠네."

"어디서 굴러먹은 말 뼈다귀다냐?"

여기저기서 젊은 사내를 향해 험한 말이 날아들었다.

"여산에서 왔어라우. 오늘 통인청대사습에 나갈 소리 광대요."

젊은 사내는 당황하지 않고 또박또박 대답했다. 소리 광대라는 말에 웅성거리는 소리가 들렸고 사람들의 태도가 확 바뀌었다.

해마다 동짓날 저녁이 되면 전주에서는 떠들썩한 소리판이 열렸다. 통인청에서 주관하는 대사습이었다. 오래전부터 전주 관아의 통인들은 남문 밖 장터 상인들의 후원을 받아 활쏘기 대회를 열고 소리 광대들을 초청했다. 하나둘 늘어난 구경꾼들은 활쏘기보다 판소리에 더 큰 환호를 보냈다. 해가 거듭될수록 주객이 뒤바뀌어 활쏘기는 뒷전으로 밀렸고 대사습은 소리 광대들의 대결 무대가 되었다. 대결이라 해도 경합을 벌이는 것은 아니었고 누가 추임새와 박수를 많이 받느냐에 따라 승패를 가르는 정도였다.

"그렇다면 먼저 들어가씨요. 거그 길 좀 내주씨요."

키 큰 중년 사내가 나서서 크게 외치자 사람들이 알아서 슬금슬금 길을 터 주었다.

"거 젊은이, 이름이 뭣이당가?"

중년 사내가 물었다. 혹시 명창으로 이름을 날릴지도 모르니 이름이라도 알아 두고 싶었던 모양이다. 젊은 사내는 고개를 꾸벅 숙이고 손으로 입을 둘러 나발을 만들었다.

"여산에서 온 박기준이라 합니다."

태평의 곁을 떠난 지 여섯 해 만이었다. 기준은 키가 훤칠하고 구레나룻이 거뭇거뭇한 청년이 되어 전주부 통인청에서 열리는 대사습에 나타났다.

"오른쪽 눈알이 인물을 배렸구만."

"그러게 말이여. 저 꼴에 소리나 제대로 할랑가 몰러."

쑥덕거리는 사람들을 뒤로하고 기준은 성안으로 들어갔다. 하도 자주 들은 말이라 아무렇지도 않았다. 바쁘지만 않았다면 얼굴을 똑바로 쳐다보며 농담이라도 주고받았을 만큼 넉살도 늘었다. 기준은 가슴을 쫙 펴고 관아 옆 통인청을 향해 힘차게 걸었다.

태평과 헤어진 기준은 전라도 초입이라 할 수 있는 여산 고을로 갔다. 그곳에 정춘풍이라는 동편제의 대가가 살고 있었다.

기준이 정춘풍을 찾아간 데는 몇 가지 이유가 있었다. 기준의 아버지는 소싯적에 정춘풍의 수행고수였다. 고향 집에 그대로 머물렀더라면 기준은 진즉 정춘풍의 제자가 되었을 것이다. 또 한 가지 이유는 작으나마 태평에 대한 예의였다. 태평이 신재효를 못마땅하게 여긴다는 것을 기준도 눈치채고 있었다. 그

뿐 아니라 저의 가장 아픈 곳을 건드렸던 〈광대가〉를 떠올리면 도저히 신재효를 찾아갈 엄두가 나지 않았다.

정춘풍은 신재효와 견줄 만큼 판소리에 대한 지식과 소양을 갖춘 인물이었다. 신재효가 살고 있는 고창보다 위쪽인 여산에 살고 있었기 때문에 흔히 남에 신재효, 북에 정춘풍이라 했다. 신재효가 소리를 못 하는 순수한 이론가라면 정춘풍은 명창 소리를 듣는 큰 소리 광대이기도 했다. 특별한 스승 없이 대가들의 소리판을 기웃거리며 혼자 힘으로 북과 소리를 터득한 천재였다. 먼저 어깨너머로 북가락을 배운 뒤 명창들의 고수 노릇을 하며 좋은 소리 대목을 다 따서 제 것으로 만들었고, 〈춘향가〉와 〈적벽가〉를 새로 짜기도 했다.

진눈깨비가 천천히 잦아들었다. 전주부 관아와 객사 앞길은 사람들로 빽빽이 들어찼다. 가만히 서 있기만 해도 저절로 앞으로 밀려갈 지경이었다. 기준은 마음이 급했다. 통인청이 코앞이었으나 인파를 뚫고 나아가기 힘들었다. 사람들에 치여 소리판에 서 보지도 못하고 여산으로 돌아가는 것은 아닐까 걱정되었다. 문득 정춘풍이라면 어떠했을지 생각해 보았다. 정춘풍은 복잡한 것이라면 질색이었다. 분명 풍남문 앞의 인파를 보자마자 발길을 돌려 집으로 돌아갔을 것이다. 모르는 사람들은 제멋대로 굴고 건방지다고 욕했지만 기준이 보기에는 누구보다 대범하고 자유로운 영혼이었다.

정춘풍은 과거시험을 치르고 진사시에 합격한 충청도 출신의 양반이었다. 어릴 때부터 소리에 미쳐 바깥으로 나도는 아들에게 하루는 부모가 두 손을 모으고 마지막 소원이니 과거시험을 한 번만 보라고 애걸복걸했다. 떨어지면 남부끄럽긴 해도 자식 하나 없는 셈 치면 그만이었고, 붙으면 눈앞에 펼쳐진 탄탄대로를 보고 정신을 차릴 줄 알았다. 정춘풍은 당당히 합격하여 부모의 소원을 들어주었다. 소과만 통과해도 대단한 가문의 영광이었다. 문중 사람들은 그가 성균관에 입학하여 부지런히 학문을 갈고닦은 뒤 대과에 급제하고 옥당으로 들어가 정승판서를 꿈꾸기를 바랐다. 그러나 부모가 원하는 방향으로 흘러가지 않는 것이 자식이었다.

정춘풍은 갓과 도포를 벗어 던지고 홑저고리에 미투리 차림으로 집에서 나왔다. 하늘을 지붕 삼고 구름을 이불 삼아 팔도를 유람하며 소리를 배워 이름을 널리 알렸고 권삼득 이후 최고의 양반광대, 즉 '비가비'라는 평을 듣기에 이르렀다. 결국 정춘풍은 소리 광대가 되기 위해 과거에 합격한 셈이었다. 파란 만장한 젊은 시절을 보내고 늘그막에 여산에 정착하여 초당을 짓고 유유자적하고 있을 때 기준이 찾아갔던 것이다.

통인청 대문 앞에 이르자 풍장 치는 소리가 요란스러웠다. 남녀노소 할 것 없이 솟구쳐 오르는 흥을 참지 못해 머리를 흔들고 어깨를 들썩이며 팔을 능청거리고 있었다. 처마 군데군데 달린 청사초롱과 홍사초롱이 입구를 환히 밝혔고, 고기를 삶고 전을 지지고 술을 거르는 냄새가 담장을 넘어왔다. 바야흐로 잔치 분위기가 무르익었다.

기준은 서둘러 대문 안으로 들어가려 했다.

"구경꾼은 아직 못 들어가요."

덩치 좋은 군로 둘이 육모방망이로 기준의 가슴을 밀었다.

"오늘 대사습에 나갈 소리 광대요."

기준은 품에서 서찰을 꺼내 내밀었다. 전주부의 예방이 정춘풍에게 보낸 서찰이었다. 나흘 전 정춘풍은 누런 종이봉투 하나를 내밀며 전주통인청대사습에 나가라고 했다. 기준이 지리산에서 독공을 마치고 내려온 다음 날이었다. 봉투를 받아 든 기준의 마음속에 희비가 엇갈렸다. 그것은 제자의 실력을 인정하는 것이자 떠나라는 말이기도 했다.

군로들은 머리를 맞댄 채 수결을 꼼꼼히 확인하고 기준을 들여다봤다. 통인청 마당은 대낮처럼 환했다. 담장 곳곳에 횃불이 타올랐고 마당 귀퉁이마다 화톳불이 타올랐다. 나이 어린 관노들이 소리판을 꾸미느라 바빴다. 부지런히 오가며 병풍을 펴고 돗자리를 깔고 고수가 곱은 손을 녹일 화로를 날랐다.

여남은 명의 사내들이 화톳불 가에, 더러는 툇마루에 삼삼오오 모여 술잔을 기울이고 있었다. 대사습에 참가한 소리 광대들이었다. 대문에서 인기척이 들릴 때마다 누가 왔는지 살피느라 고개를 길게 뺐다. 사내들의 상기된 얼굴이 불빛에 어른거렸다.

"오늘 대사습의 주인공은 누가 될꼬?"

"박유전 명창의 수제자가 나온다더만."

"그럼 그자가 따 놓은 당상이네."

소리 광대들이 소곤거리는 귀엣말이 또렷하게 들렸다. 너무 긴장한 탓에 귀가 예민해진 모양이었다. 박유전의 수제자라면 보통 소리가 아닐 것이다. 더욱이 기준과는 소릿제가 달라 비교하기 어려우므로 월등하게 잘하지 않는 이상 꺾기가 매우 어려울 터였다. 저도 모르게 기준은 마른침을 꿀꺽 삼켰다.

"목이나 축이씨요."

누군가 막걸리 사발을 불쑥 내밀었다. 기준 또래의 젊은이였다. 마침 목이 마르던 터라 단숨에 사발을 비우고 돌려주었다.

"잘 마셨어라우. 나는 여산에서 온 박기준이요."

"나는 함평에서 온 정창업이요."

소리 광대라기보다 단정한 선비 같은 외모였다. 전체적인 모습이 어쩐지 익숙한 느낌이었다. 어디서 보았는지 기억을 더듬어 보았다.

"아하."

정창업은 첫 스승인 태평을 닮았다. 이목구비와 얼굴 모양은 다른데, 희한하게 모아 놓으면 태평을 떠올리게 했다.

여러모로 태평은 정춘풍과 달랐다. 상민 출신 태평이 한 치의 오차도 없는 근면 성실한 샌님이라면, 반가의 자식 정춘풍은 남의 눈에 얽매이기 싫어하는 완전한 자유인이었다. 기준이 외모를 지적하는 사람들의 손가락질에 초연하다 못해 대범해진 까닭은 정춘풍의 영향이 컸다.

두 스승은 소리를 가르치는 방법도 정반대였다. 태평은 아침

저녁 시간을 정해 놓고 기준에게 소리를 가르쳤으며 집안일과 바깥일에는 손도 못 대도록 했다. 기준이 나무라도 한 짐 해 오려고 하면 불호령이 떨어졌다. 그와 달리 정춘풍은 손 하나 까딱하지 않고 기준을 머슴처럼 부려 먹었다. 소리는 가르치는 둥 마는 둥 하면서 열흘이고 보름이고 훌쩍 떠났다 돌아오는 일이 잦았다.

기준은 악착같이 소리에 매달렸다. 아침밥 먹고 짧게 배운 소리를 들에 나가든 산에 올라가든 하루 종일 목이 터져라 연습했다. 마른 고랑에 물 스미듯 정춘풍의 소리를 빨아들여 제 것으로 만들었다. 그렇게 일 년 만에 기준은 〈춘향가〉와 〈적벽가〉를 뗐다.

첫 번째 독공을 하기 위해 금마의 미륵산으로 들어가던 날, 정춘풍은 기준의 소리를 듣고 혀를 내둘렀다.

"무서운 놈. 네놈에게는 하루가 열흘이요, 일 년이 십 년이었구나."

미륵산으로 들어간 기준은 피를 토할 만큼 스스로 모질게 몰아붙였다. 시간이 흐를수록 태평의 가르침이 틀리지 않았다는 것을 깨달았다. 배울 때는 뜬구름 잡는 것은 아닌지 갑갑했

으나 사설과 곡조와 장단이 정확하게 들어맞았다. 그보다 중요
한 것은 소리에 대한 엄정한 자세였다. 소리의 기교는 정춘풍이
여러 수 위라 해도 올곧은 마음가짐은 태평을 따라잡을 수 없
었다.

정춘풍이 기준의 마음에 소리의 씨를 뿌렸다면 밭을 갈아 준
사람은 태평이었다. 태평을 생각하면 처음에는 미안했고 어느
순간에는 눈물 나게 고맙더니 점점 그리움으로 변해 갔다. 그
동안 잊고 지내려 애썼던 태평의 얼굴이 정창업을 보자마자 떠
올랐던 것이다.

소리 광대들은 제비를 뽑아 순서를 정했다. 기준이 마지막이
었고, 막걸리 사발을 내밀었던 정창업은 기준 바로 앞이었다.
드디어 소리판이 잘 익은 박속처럼 쩍 벌어졌다.

첫 번째 소리 광대는 경기도 안산에서 온 이석순의 제자였다.
〈춘향가〉 가운데 이몽룡이 첫날밤 춘향의 집으로 가서 방에 붙
어 있는 그림을 구경하는 '춘향방그림가'를 중고제로 점잖게 했
다. 처음부터 끝까지 밋밋하기만 해서 귀명창들의 반응이 시원
치 않았다.

두 번째는 석화제로 유명한 김제철의 제자가 〈심청가〉 가운

데 곽씨 부인이 이름난 산과 오래된 절을 돌아다니며 불공을 드려 심청을 낳는 대목을 했다. 석화제는 가야금 병창에 얹어 소리하는 듯한 독특한 창법이었다. 중간에 사설을 잊어 우왕좌왕하다가 끝나 버렸다.

그 뒤로 쟁쟁한 명창의 제자들이 속속 나왔으나 소문난 잔치에 먹을 것 없다고 기준의 눈에 띄는 소리 광대는 없었다. 남은 소리 광대는 기준과 정창업, 둘이었다.

그제야 기준은 박유전의 제자가 바로 정창업이라는 것을 알았다. 순서에 따라 정창업이 먼저 돗자리 위로 올라갔다. 갑자기 오갈이 들어 가슴에서 다듬이질 소리가 들렸다. 기준은 숨을 크게 들이마셨다 뱉었다. 동편제와 서편제의 대결이 될 것이라고 생각하자 긴장감이 몰려들었다.

"함평에서 온 정창업입니다. 통인청 어른들께 〈춘향가〉 초앞을 올립니다."

정창업의 목소리 끝이 갈라졌다. 기준은 마음을 다스리느라 감고 있던 눈을 번쩍 떴다. 정창업의 눈동자가 한곳에 머물지 못하고 불안하게 움직였다. 긴장하고 있다는 뜻이었다.

정창업은 단가 없이 곧바로 소리를 시작했다.

단옷날을 맞이하여 이 도령은 남원에서 경치 좋은 곳이 어디인지 방자에게 물었다. 여러 명승지 가운데 광한루를 선택하고 방자에게 밖으로 나가기 위해 나들이 준비를 하라고 시켰다. 방자가 나귀 등에 안장을 얹기 전에 털을 고르느라 솔질을 하는 대목에 이르렀을 때였다.

"방자 분부 듣고 나귀청으로 들어가

나귀 솔질 살살……."

자진모리장단에 맞추어 흥겹게 나가던 소리가 잦아들고 북소리만 크게 울렸다.

"나귀 솔질 살살……."

장단을 달아 둔 채 정창업은 똑같은 대목을 되풀이했다.

"나귀 솔질 살살……."

벌써 세 번째였다.

정창업의 목부터 귓불까지 벌겋게 달아올랐다. 얼굴은 곧 터질 것 같았다. 그제야 사람들은 정창업이 사설을 잊었다는 것을 눈치챘다.

"어허, 저런 변이……."

"그렇게 솔질을 해 대면 나귀가 버티겠나?"

"당장 그만둬. 집어치우란 말이여."

관객들의 항의는 불같았다. 고린내 나는 짚신이 날아들었다. 정창업은 하인들의 손에 이끌려 통인청 뒤로 사라졌다. 소리판은 엉망진창이 되었다.

마지막으로 기준이 소리를 하기 위해 일어났다. 다리가 후들후들 떨렸다. 돗자리 위에 서자 부채를 움켜쥔 손에 땀이 났다. 기준은 숨을 크게 들이마셨다 뱉었다.

"여산에서 온 박기준 인사드립니다. 정 춘자, 풍자 스승님께 배운 〈적벽가〉 한 대목 올리겠습니다."

소리를 시작하기 전에 기준은 좌중을 빙 둘러보았다. 소리판은 진정될 기미를 보이지 않았다. 기준을 보고 피식 웃는 사람, 알아들을 수 없게 소곤거리며 손가락질을 하는 사람도 있었다. 기준은 피하지 않았다. 보란 듯이 단가로 〈광대가〉를 풀어 놓았다. 그것은 광대가 갖추어야 할 진정한 조건이 무엇인지 관객들에게 던지는 질문이었다. 사람들의 시선에 당당히 맞서 제 마음가짐을 굳건히 하자는 의미도 있었다.

단가를 끝내고 〈적벽가〉로 넘어갔다. 기준이 고른 것은 군사점고 이후 조조가 달아나다 관우를 만나 용서를 비는 마지막 대목이었다. 조조의 부하 장수인 정욱의 말로 시작되었다.

"전후좌우 복병이라 진퇴유곡입니다.
승상께서 관우에게 베푼 은혜가 있으니
극진히 용서를 구하여 보소서."
조조가 정욱의 말을 따르기로 할 적에
그 모습이 비참하기 짝이 없구나.
투구 벗어 땅에 놓고 갑옷 벗어 말에 얹고
고추 같은 상투와 가느다란 목을 조아리며
간교하게 히히 하하 웃으며 들어가
"장군 본 지가 오래더니 그간 안녕하신지요?"
관우가 조조를 보고 호령을 하는데
"이놈 조조야, 목 늘여 칼 받아라."

관우가 청룡도를 높이 치켜들자 조조는 무릎을 꿇고 엎드려
빌었다. 오래전 관우가 위나라에 잡혀 왔을 때 측근의 반대를
무릅쓰고 목숨을 살려 주었던 일, 맛 좋은 음식과 향기로운 술
을 양껏 대접하고 하루에 천 리를 간다는 적토마와 청룡도까지

선물로 주었던 일을 들먹이며 목숨을 구걸했다.

소리 내용은 몹시 긴박한 상황이었지만 기준의 소리는 심심하기 짝이 없었다. 소리 길이란 높은 산을 타고 깊은 계곡을 지나고 야트막한 언덕을 넘고 드넓은 강을 건너듯 흥미로워야 한다. 밋밋한 평지를 계속 걷듯 소리를 하면 구경꾼들은 지루해서 하품을 하고 딴생각이 날 수밖에 없는 법이다.

앞자리에 앉은 할아버지가 몸을 배배 틀다 꾸벅꾸벅 졸기 시작했다. 그 옆에 앉은 젊은 사내는 손을 뒤로 뻗어 등을 벅벅 긁고 입이 찢어지게 하품을 했다. 그만 집에 가자고 어머니의 소매를 잡아채며 떼를 쓰는 아이도 있었다. 그런 관객들을 보며 기준은 회심의 미소를 지었다.

갑자기 철퍼덕 땅바닥에 쓰러지며 소리쳤다.

"영풍하신 관우 장군, 대의로 살려 주소서.

천하를 얻는 것은 하늘에 달렸고

조조의 생사는 장군께 매였으니 통촉하소서.

청룡도와 적토마는 제가 바쳤던 것인데

그 칼에 죽는다면 얼마나 원통하겠습니까?

제발 덕분에 살려 주소서."
관우가 마음이 누그러져 대답하기를
"너를 잡겠노라 군령장을 쓰고 왔는데
지금 놓아주면 내가 죽을 테니 어쩌겠느냐?"
조조가 울면서 엎드려 빌기를
"아이고, 장군님, 장군님, 장군님, 장군님,
장군님은 유비 현주와 공명 선생의 오른팔인데
보잘것없는 이 조조를 잡아 바치지 않는다고
설마 법대로 하겠습니까? 제발 살려 주소서."
여러 장수와 군사들도 모두 꿇어 엎드려 비는구나.
"장군님 덕을 베풀어 우리 조조 승상 살려 주시면
산과 바다 같은 은혜가 길이길이 빛날 것입니다."

    땅에 엎어진 뒤 기준의 소리 길이 바뀌었다. 조조가 살려 달라고 빌 때는 계면조로 울고불고하다가, 관우가 조조를 꾸짖을 때는 위엄 있고 웅장한 우조로 호령했다. 하늘을 뒤흔드는 천둥처럼 사람들의 가슴속 깊이 울리는 소리였다. 그러다가 다시 조조로 바뀌면 빗줄기가 쏟아지듯 오장 깊은 곳에서 끌어올린 구슬픈 울음소리를 꾸역꾸역 토해 냈다. 기준은 처음부터 강하게 몰아붙인다고 해서 어수선한 소리판이 진정되지 않는다는 것을 알았다. 무심하게 미끼를 툭 던져 놓았다 물고기가 물었을 때 사정없이 낚아채는 전략을 쓴 것이다.

결국 관우는 조조를 살려 주고 하구로 돌아갔다. 제갈공명 앞에 투구와 갑옷을 벗고 엎드려 군령에 따라 죽여 달라고 애원했다. 제갈공명은 허허 웃으며 조조가 죽을 운명이 아니라 살아 돌아간 것이니 괘념하지 말라고 관우를 위로했다. 고생한 장수와 군사들을 위해 큰 잔치를 열어 주는 것으로 〈적벽가〉는 끝났다.

소리가 다 끝날 때까지 관객들은 숨소리조차 내지 않았다. 조금 전까지 조조인 듯 관우인 듯 신출귀몰하던 기준은 다시 소리 광대 본연의 모습으로 돌아왔다. 그제야 사람들도 정신을 차렸고 때늦은 추임새가 사방에서 터져 나왔다. 기준은 소리 실력으로 인물치레를 덮어 버렸던 것이다.

"재창이요."

"아니, 삼창이요."

이미 삼경이 넘었으나 아무도 자리를 뜨지 않았다. 기준도 신명이 올라 힘든 줄 모르고 관객이 원하는 대로 소리를 했다.

밤이 깊어 달이 기울었다. 새벽닭이 울 무렵 마을 사람들이 모두 돌아갔다. 횃불이 잦아들고 화톳불도 사그라들었다. 하인들은 뒷정리를 하느라 분주히 마당을 오갔다.

"오늘의 주인공은 자넬세."

전주 관아의 예방이 기준의 손을 꼭 잡고 축하 인사를 건넸다. 통인들은 기준을 둘러싸고 새로운 명창의 탄생을 기뻐했다. 기생들은 기준을 서로 제집으로 데려가겠다고 추파를 던졌다. 비로소 기준은 명창이 되었다는 실감이 났다.

"물렀거라."

외마디 시위소리에 놀라 마당에 서 있던 사람들이 한꺼번에 대문을 돌아보았다. 누군지는 몰라도 목청이 어마어마했다. 통영갓을 쓰고 옥관자를 달고 남색 창의를 입은 검은 수염의 사내가 기준을 향해 성큼성큼 걸어왔다.

"나는 대원위 대감께서 보낸 장악원 낭관이니라. 오늘 통인 청대사습에서 장원한 명창의 입을 단단히 봉하여 운현궁으로 데리고 오라는 명이다."

기준은 올 것이 왔다는 것을 알았다. 대원위 대감은 임금의

아버지 흥선대원군 이하응이었다. 나이 어린 임금 대신 섭정을 하며 실제로 조선의 정치를 좌지우지하는 최고 권력자였다. 팔도의 이름난 재인과 소리 광대들을 불러다가 사랑채에 대기시켜 두고 틈날 때마다 음률과 소리를 즐겼다.

낭관을 바라보는 사람들의 표정이 잡았던 물고기를 놓친 듯 어정쩡했다. 감히 대원군의 위세에 맞설 수 없으니 울지도 웃지도 못하고 분노를 안으로 삭일 수밖에 없었다.

"재주는 곰이 부리고 돈은 되놈이 채간다더니……."

낭관의 뒤를 따라 마당을 가로지르는 기준의 뒷모습을 보고 한 통인이 혼잣말로 중얼거리며 입맛을 다셨다. 제법 목소리가 높았던 것을 보면 낭관의 귀에 들리라고 한 말이었다.

대문 밖으로 나오니 사인교 한 채가 주인을 기다리고 있었다. 기준은 어두컴컴한 가마에 올라앉아 제 앞에 펼쳐질 미래를 그려 보았다. 소리 한 바탕에 천 필의 비단이 쏟아지고 조정의 고관들이며 각도의 수령 방백들과 친분을 쌓아 세상에 두려울 것이 없는 황금빛 미래. 오랜 세월 간절히 꿈꾸던 미래였으나 사방이 흑막으로 가려진 가마 안처럼 아무것도 보이지 않았다. 기준은 숨이 턱 막혀 앞으로 고꾸라졌다.

등잔에서 피어오른 그을음이 꼬리를 길게 끌다 허공으로 흩어졌다. 어두운 방 안의 풍경은 자못 엄숙했다. 아랫목에 태평이 천정을 바라보며 반듯하게 누워 있고, 머리맡에서 중년의 여인이 소리 없이 옷고름으로 눈물을 닦았다. 단골네 난초였다. 그 뒤로 노인 한 명과 장정 세 명이 좁은 윗목을 가득 채웠다. 태평이 위독하다는 소식을 듣자마자 임종을 지키기 위해 한걸음에 달려온 마을 사람들이었다.

"먼저 가서 내 자리 맡아 놓게."

태평의 친구 손 노인이 말했다. 태평과 동갑이니 올해 여든다섯 살. 이승에 하나 남은 친구였다. 이가 다 빠져 말이 줄줄 샜지만, 태평은 알아듣고 희미하게 웃었다.

"난초."

태평이 밭은 숨을 몰아쉬었다. 난초가 눈물을 훔치고 앞으로 다가앉았다. 유언이라는 것을 알고 난초는 정신을 바짝 차렸다.

"나를 어디에 묻으라고 혔지?"

입만 달싹거렸으나 난초는 태평이 무슨 말을 하는지 알 수 있었다.

"재 너머 폭포가 굽어 뵈는 소나무 길가요."

난초는 또박또박 대답했다. 폭포는 남원의 소리 광대들이 독공을 하기 위해 즐겨 찾는 명소였다. 태평은 소나무 길가에 묻혀 죽어서도 살아생전 좋아하던 판소리를 듣고 싶었다.

난초가 참고 있던 울음을 터뜨렸다. 다른 사람들도 소리죽여 흐느꼈다. 모두가 진심으로 가슴 아파했다. 마을에서 태평의 도움을 받지 않은 사람은 없었다. 태평은 바른말을 하다 지주에게 밉보여 논밭을 떼인 가난한 농군들에게 기꺼이 땅을 빌려주었고, 보릿고개가 닥치면 광문을 활짝 열어 누렇게 부황이 나서 굶어 죽어 가는 이웃들을 살렸다.

"저기 저……."

태평이 턱짓으로 시렁을 가리켰다. 시렁 위에는 대나무 살을 엮어서 만든 네모난 상자가 놓여 있었다. 난초는 대나무 상자를 내려 덮개를 열었다. 표지에 아무 글씨도 없는 책 한 권이 들어 있었다.

"기준이……."

태평은 힘겨워 말을 다 하지 못했다.

"기준이가 돌아오면 꼭 전할라요."

난초는 그만하라고 손사래를 치며 나머지 말을 대신했다.

석 달 전 새벽, 태평은 뒷간에 다녀오다 토방 위에 픽 쓰러졌다. 때마침 아침밥을 지으러 온 난초의 눈에 띄어 간신히 목숨을 건졌다. 건넛마을 의원이 맥을 짚어 보더니 풍이라고 했다. 조금만 지체했더라면 저승 문턱을 밟았을 것이라고 했다. 난초의 지극한 정성 덕분에 태평은 뽀시락뽀시락 운신을 하게 되었으나 몸의 오른쪽 부분을 쓸 수 없었다. 숟가락 하나 들 힘이 없었지만 태평은 오후 한나절 꼬박 서안 앞에 앉아 글씨를 썼다. 끝까지 제목을 달지 않은 것이 난초가 보기에도 이상했고 그것이 소리책이라는 것을 나중에 알았다. 두 달 넘게 걸려 소리책을 정리하고 태평의 건강은 다시 악화되었다.

태평은 편안히 눈을 감았다. 나라가 안팎으로 어지러운 시절에 제집에서 운명을 다 했으니 그다지 나쁜 팔자는 아니었다. 비록 사주에 처자식은 없었으나 어른이 된 뒤 밥을 굶지 않았고 어머니 덕분에 고향에 땅뙈기도 제법 마련했다. 게다가 장돌뱅이로 팔도를 유람하며 좋아하는 판소리를 실컷 구경했다. 칠십을 넘긴 뒤로 언제 죽더라도 한이 남지는 않으리라 생각했다.

태평의 정신이 가물가물해졌다. 어디선가 매화점을 때리는 북소리가 딱하고 들렸다.

〈화용도〉의 군사설움타령을 하는 소리가 들렸다. 기준이었다. 꿈에서라도 보고 싶었으나 끝내 나타나지 않던 기준이 웬일일까 의아해하고 있을 때 소리가 자룡 활 쏘는 대목으로 넘어갔다. 주덕기가 두 팔을 크게 벌려 부채로 활시위를 당기는 시늉을 했다. 언제 봐도 멋진 소리와 너름새였다. 감탄이 끝나기도 전에 방만춘이 나타나 적벽 싸움 대목을 장쾌하게 풀어놓았다. 하나로 묶인 배에서 활활 타오른 불꽃이 장강을 대낮같이 밝혔고 조조의 군사들이 갖가지 불쌍한 모습으로 죽어 나갔다. 그다음으로 이창운이 적벽에서 죽은 군사들을 위로하듯 새타령을 했고, 기름이 다 된 등잔불처럼 정신이 가물가물할 즈음 박상도의 장승타령이 서서히 귓가에서 멀어졌다.

태평은 손가락으로 가슴을 까딱까딱 두드리며 장단을 맞추었다. 살아생전 만났던 〈화용도〉 명창들의 더늠이 공중에서 하나씩 떨어지고 있었다.

"에고, 우리 어르신 웃으시네."

일그러진 태평의 얼굴을 보고 난초가 호들갑을 떨었다. 웃는 것처럼 보였지만 태평은 서럽게 울고 있었다. 눈물은 오래전에 메말라서 나오지도 않았다. 부귀영화를 누리고 살다 가는 왕후

장상이든 한낱 필부에 지나지 않는 태평이든, 죽음은 누구에게나 공평하게 한을 남겼다. 그 자체가 만남을 기약할 수 없는 이별이므로.

태평은 손으로 방문을 가리켰다. 난초가 무릎걸음으로 다가가 방문을 열었다. 바람 한 줄기가 몰려들어 등불이 파르르 떨며 꺼질 듯 말 듯 흔들리다 멈추었다. 태평이 무거운 눈꺼풀을 들고 어두운 바깥을 쳐다보았다. 다른 사람들의 눈도 태평을 따라 움직였다. 검은 어둠 밖에 아무것도 보이지 않았다.

"어르신."

난초의 울음소리가 방 밖으로 쏟아졌다. 사내들도 훌쩍훌쩍 소리 죽여 눈물을 흘렸다.

난초는 눈물을 닦았다. 울고 있을 때가 아니었다. 집으로 돌아가 찬물로 목욕을 하고 깨끗한 옷으로 갈아입었다. 징과 장구를 양쪽 팔에 끼고 태평의 집으로 올라왔다.

그사이 사내들은 염을 마치고 태평의 시신을 관에 넣고 있었다. 난초는 징을 두드리며 망자를 저승으로 천도하는 씻김굿을 시작했다. 죽은 사람의 관 앞에서 치르는 곽머리 씻김굿이었다.

마룻바닥에 낮게 깔린 징 소리가 집안의 성주신과 조상신을
불러들이며 굿의 시작을 알렸다.

넋이로다 넋이로다.
넋인 줄 몰랐더니
오늘 보니 넋이로다.
저 넋이 뉘 넋인가
가련하다 인생 죽음.
넋일랑 모셨으니
왕생극락을 가옵소사.

난초는 매듭을 지어 관에 칭칭 묶어 둔 고를 풀어 이승에 남
은 태평의 한을 말끔히 씻어 주었다. 그리고 마루에서 사립문
쪽으로 길게 펼쳐 놓은 질베를 온몸으로 갈라 이승보다 더 좋
은 곳으로 가라고 명복을 빌어 주었다.

날이 밝을 무렵 마루에 상청이 차려졌고 마을 사람들이 하
나둘 문상을 왔다. 마룻바닥이 꺼져라 주먹으로 내리치며 우
는 사람, 꺼이꺼이 흐느끼는 사람, 이를 악물고 울음을 참는 사

람 등 슬픔을 드러내는 모습도 제각각이었다. 문상 온 사람들 옆에서 난초는 술과 음식을 챙기며 지극 정성으로 상주 노릇을 했다.

태평의 장례식은 마을장으로 치러졌다. 집집마다 곡식, 과일, 푸성귀를 부조금으로 내놓았고 따로 상두꾼을 부르는 대신 마을 젊은이들이 다 함께 상여를 메고 나가기로 했다. 열두 명의 젊은이가 상여 채를 어깨에 메고 어영차 소리 지르며 일어났다. 목청 좋게 만가가 울려 퍼졌고 상여가 느릿느릿 출발했다.

난초는 상여 뒤를 따라가며 태평의 마지막 가는 길이 편안하기를 빌고 또 빌었다.

"따로 남긴 것은 없든가?"

돌아보니 점박이 김씨였다. 이마 한가운데 완두콩만 한 점이 붙어 있어 어릴 때부터 다들 그렇게 불렀다. 난초보다 나이가 서너 살 넘게 어렸으나 단골네라고 깔보며 언제나 반말을 찍찍 내갈겼다. 힘든 상두꾼 노릇을 안 하려고 가장 늦게 나타난 것이 분명했다.

"말귀가 그리 어둡당가. 성님이 남긴 재산 말이여."

점박이 김씨가 얼굴을 들이대고 속삭였다. 아무리 죽은 사람은 말이 없다지만, 똑바로 쳐다보지도 못했던 태평에게 형님이라니. 점박이 김씨가 무슨 말을 하는지 알고 난초는 기가 막혔다. 태평은 재산을 물려줄 자식 하나 없으니 혹시 마을 사람들을 위해 돈푼이라도 남기지 않았냐는 것이었다.

"몰라서 묻는 거요?"

난초가 도끼눈을 뜨고 흘겨보았다. 태평이 눈을 감은 지 채하루도 지나기 전에 제 잇속만 차리는 점박이 김씨를 보니 이가 갈렸다.

"농담일세."

"농담이 따로 있지, 어르신 초상 마당에 할 말이여라우?"

불현듯 그날의 일이 난초의 머릿속에 선명하게 떠올랐다. 결코 죽을 때까지 잊을 수 없는 일이었다. 점박이 김씨에 대한 분노와 태평의 죽음으로 인한 슬픔이 맞물려 겨우 참고 있던 설움이 북받쳐 올랐다. 난초는 이를 악물고 쏟아지는 눈물을 참았다.

햇수로 육 년 전, 진주의 농민군이 휩쓸고 돌아간 뒤였다. 봉기 소식을 접한 남원 부사는 전라 감영에 병력을 요청했고, 그날 저녁 마을에 한바탕 피바람이 불었다. 농민군에게 가장 먼저 철퇴를 맞은 배 이방이 관군을 앞세우고 살기등등하게 마을로 들이닥쳤던 것이다.

배 이방은 벌건 눈으로 농민군에 동조하거나 협력한 사람들을 샅샅이 찾아냈다. 누가 꼬아 바쳤는지 몰라도 배 이방은 서갑돌을 농민군의 끄나풀로 지목하여 관아로 끌고 갔다. 서갑돌은 사흘 밤낮 심한 고신을 당했고 두들겨 맞아 초주검이 되었다. 반면 무슨 조화인지 태평이 농민군에게 곡식을 내준 사실은 강제로 빼앗긴 것으로 소문이 나 있었다. 피 같은 곡식을 스스로 내주었을 것이라고는 아무도 생각하지 않았던 것이다.

배 이방은 피투성이가 되어 걸음도 못 걷는 서갑돌을 질질 끌고 태평의 집까지 올라왔다. 농민군 가운데 서갑돌이 있었냐고 물었을 때 태평은 못 보았다고 딱 잡아뗐다. 태평의 발명 덕분에 서갑돌은 겨우 실낱만큼 목숨이 붙어 집으로 돌아왔으나, 몇 달 뒤 온몸에 장독이 퍼져 끝내 죽고 말았다. 난초는 남편의 시신이나마 온전히 보존할 수 있었던 것이 모두 태평의 은혜라고 가슴 깊이 새겼다.

구름이 해를 가려 날이 어둑어둑했다. 장정들은 붉은 천에 흰 글씨로 태평의 이름 석 자를 적은 명정을 널 위에 덮고 하관을 서둘렀다. 한 삽, 두 삽 흙에 덮여 관이 보이지 않게 되자 아낙들이 곡을 했다. 흙과 땅이 같은 높이로 올라왔을 때 장정들은 삽질을 멈추었다. 평토제를 지내기 위해서였다.

손 노인이 엉거주춤 서서 덜덜거리는 손으로 막걸리를 따라 무덤에 고루 흩뿌렸다. 다른 사람들도 돌아가며 막걸리를 올리고 절을 했다.

난초는 징을 두드리며 간절히 치성을 드렸다. 모두들 장수했으니 호상이라 떠들었지만 가슴이 텅 빈 듯 허망했다. 겹겹이 쌓인 은혜를 다 갚기도 전에 떠나보낸 것이 안타까웠다. 난초는 태평을 위해 무엇을 할까 고민했다. 무녀가 할 수 있는 일이라고는 굿밖에 없었다. 태평의 제삿날마다 크고 떠들썩한 굿판을 벌이기로 마음먹었다. 이미 평생 굿 삯을 넉넉히 받은 셈이니 무를 수도 없는 노릇이었다.

"어르신, 다음 생에는 꼭 명창으로 태어나시오."

징채를 잡은 난초의 손이 더 빠르게 움직였다. 우렁찬 징 소리가 들판을 지나 산자락 굽이굽이 퍼져 나갔다.

09
다시 피고 지고

    늦가을 바닷바람이 선선한 아침나절이었다. 덕포나루 물가에 배 한 척이 매여 있었다. 기준은 해송 그늘에 앉아 배가 뜨기를 기다렸다. 검은색 수정알을 박은 오수경 너머로 바다 건너편 강화도가 손에 잡힐 듯했다. 양편 나루 사이의 바다는 물길이 좁아지는 여울목이었다. 물살이 워낙 빨라서 바람이 거세게 불면 배가 뒤집히기 쉬웠다. 벌써 두 식경이 넘도록 바람이 잦아들어 물살이 잔잔해지기를 기다리고 있었다.

    "언제까지 기다려야 한다요?"

    송우룡이 삐딱하게 물었다. 느긋한 기준과 달리 계속 안절부

절못하고 있었다. 나이가 지긋한 뱃사공은 담뱃대를 뻐끔거리 다가 선심 쓰듯 대답했다.

"그야 바람이 알겠지요."

뜬구름 잡는 듯한 대답을 듣고 송우룡은 분통을 터뜨렸다.

"강화 유수께서 눈이 빠지게 기다리실 것인디……."

어서 배를 띄우라고 강화 유수까지 팔았지만 뱃사공은 들은 체도 하지 않았다.

보름 전 기준과 송우룡은 강화 유수 조병식의 생일잔치에 참석하라는 기별을 받았다. 나주에 살던 기준과 구례에 살던 송우룡은 중간 지점인 전주의 단골 여각에서 만나 함께 강화도로 가는 길이었다.

"이제 배에 오르시오."

바다로 넘어가는 석양을 바라보던 뱃사공이 기지개를 불끈 켰다. 말이 떨어지기 무섭게 기준은 갑판으로 훌쩍 뛰어올랐다. 급하다고 계속 서두르던 송우룡은 입이 댓 발이나 나와 꾸무럭거렸다.

"이 바다 여울이 왜 손돌목인지 아시오?"

뱃사공은 힘껏 노를 저으며 말했다. 고개를 돌린 기준의 오수경이 반짝거렸다. 오수경을 처음 본 뱃사공은 아까부터 기준의 눈을 가리고 있는 두 개의 시커먼 유리알이 신기했다.

"왜 손돌목이오?"

기준이 되묻는 사이 배는 뭍에서 멀어져 갔다. 송우룡은 관심 없다는 듯 덕포나루 너머 산등성이를 바라보았다.

뱃사공이 이야기 한 토막을 들려주었다.

옛날 몽골군이 고려에 쳐들어왔을 때였다. 난리를 피해 임금과 신하들이 덕포나루로 왔다. 강화도로 들어가기 위해서였다. 손돌이란 뱃사공이 길라잡이를 맡는데 그날따라 바람이 심하고 물살이 사나워 배가 엉뚱한 방향으로 떠내려갔다. 임금은 손돌이 몽골군과 내통하여 저를 죽이려는 줄 알고 당장 목을 베어 죽이라는 명을 내렸다. 죽기 전에 손돌은 눈물을 흘리며 바가지 하나를 바다에 던졌다. 그 바가지를 따라가면 무사히 바다를 건널 수 있다는 것이었다. 어쩔 수 없이 신하들은 바가지를 따라 노를 저어 갔고 강화도에 도착할 수 있었다. 임금은 뒤늦게 손돌의 목을 벤 것을 후회하고 시신을 잘 거두어 장사 지내도록 해 주었다.

"손돌의 목을 벤 곳이라 손돌목이란 말이지라우?"

기준이 고개를 끄덕이며 뱃사공의 장단을 맞추었다.

"그렇소이다."

뱃사공은 신이 나서 대답했다. 그때까지 딴전을 피우던 송우룡이 고개를 돌렸다.

"거짓부렁 마씨요."

송우룡은 코웃음을 쳤다.

"저 너머 대곳에 손돌의 무덤이 남아 있소. 증거가 엄연한데 거짓부렁이란 말이오?"

뱃사공도 만만치 않았다. 눈을 희번덕거리며 송우룡에게 따지고 들었다.

기준은 송우룡의 옷자락을 슬그머니 잡아당겼다. 조선 팔도 어디를 가든 산과 계곡은 물론이고 들판마다 전설을 가진 나무와 바위가 널려 있다. 그깟 지명 하나로 왈가왈부할 필요가 없었다. 뱃사공을 더 건드렸다간 망망한 바다 한가운데서 무슨 낭패를 당할지 알 수 없는 일이었다.

두 사람의 대거리를 말없이 지켜보던 기준은 바다로 고개를 돌렸다. 강화도가 점점 가까이 다가왔다.

손돌목 이야기가 참이든 거짓이든 중요하지 않았다. 난리를 막기 위해 최선을 다하기는커녕 저 혼자 살겠노라 백성을 팽개치고 달아난 임금에게 분노가 치밀어 올랐다. 괜한 의심으로 애꿎은 죽음을 당한 손돌이란 사내가 불쌍하다는 생각도 들었다. 차라리 손돌목 이야기가 실제 있었던 일이 아니라, 전쟁 통에 희생된 백성들의 슬픔과 울화가 만들어 낸 허무맹랑한 전설이기를 바랐다.

잠시 후 배가 덕진나루에 닿았다. 나이 어린 수졸이 나루터 한쪽에 쭈그리고 앉아 두 사람을 기다리고 있었다. 손에는 두 마리 나귀의 고삐를 꽉 움켜쥐고 있었다.

"명창님들이십니까?"

수졸이 벌떡 일어나 소리쳤다.

"나이가 무척 어려 보이는구나."

송우룡이 수졸을 위아래로 살피며 말했다. 잘해야 열다섯 살이 될까 말까 한 소년이었다. 송우룡은 입이 한 발이나 나와 혼잣말로 툴툴거렸다. 천하의 명창이 둘이나 왔는데 왜 어린아이 혼자 마중을 나왔냐고 따지는 중이었다.

"강화도 사람들은 병인년과 신미년에 두 번이나 큰 난리를 겪었어요. 양코배기들이 쳐들어 와 대포를 쏴 대고 불을 지르고 귀중한 보물을 훔쳐 갔대요. 그날 이후 강화도 장정들은 매일 고된 훈련을 받아야 했고, 이런 궂은일은 저처럼 나이 어린 수졸의 몫이 되었지요."

어린아이라고 타박하지 말고 저라도 나온 것을 감지덕지하라는 말로 들렸다. 수졸의 대답이 기특하여 기준은 허허허 큰 소리로 웃었다. 멀리 대모산을 바라보며 수졸은 앞장서서 씩씩하게 걸어갔다.

덕진나루에서 강화 관아까진 사십 리가 넘는 길이었다. 기준은 수졸에게 이것저것 묻기도 하고 우스갯소리도 나누었다. 타고나기를 구김살 없이 명랑한 아이였다. 기준도 처음 가는 길이 심심치 않고 좋았다.

"아직 이십 리나 더 가야 하는데 소리 한 자락 풀어 놓으시지요."

기준의 격의 없는 모습 때문인지 수졸은 당돌하게 굴었다. 그때까지 잠자코 두 사람의 대화를 듣던 송우룡의 얼굴이 뻣뻣하게 굳었다. 기준과 송우룡은 임금 앞에서 소리한 어전 광대였다. 세상 물정 모르는 섬 아이라도 어전 광대가 아무 데서나 소리하지 않는다는 것쯤은 알고 있을 터였다.

쳐다보니 만학천봉이요 굽어보니 흰 모래밭이라.

늙은 소나무는 광풍을 못 이겨 우줄우줄 춤춘다.

늘어진 소나무 펑퍼진 떡갈나무 능수버들 벚나무

오갈피 물푸레 가는 댕댕 으름 넌출

엉클어지고 뒤틀어져 석양에 늘어졌다.

느닷없이 기준의 입에서 〈천봉만학가〉가 흘러나왔다. 송우룡
이 아이에게 불호령을 내릴까 봐 미리 선수를 쳤던 것이다. 놀
란 사람은 수줄이 아니라 송우룡이었다. 〈천봉만학가〉는 송우
룡의 큰아버지 송흥록의 더늠으로 송씨 집안에서 전해져 내려
왔다. 기준이 배운 적도 없는 송흥록의 단가를 부르다니 몹시
의아했던 것이다.

"나는 비단 백 필을 받고 소리하는 사람이여. 어서 소릿값을
내놔라."

기준이 능청스럽게 말했다. 수줄은 힐끗 돌아보고 배시시 웃
었다.

"웃음으로 눙칠 생각 말그라잉."

기준이 짐짓 을러대며 고개를 옆으로 돌렸다. 송우룡이 얼빠

진 표정으로 기준을 바라보고 있었다. 어떻게 〈천봉만학가〉를 알게 되었는지 물으려 할 때였다.

여보 명창님 날 다려가오.
여보 명창님 날 다려가오.
쌍교도 싫고 독교도 싫소.
저 걷는 말에 짐일랑 싣고
워리렁 출렁 날 다려가오.

수졸이 〈춘향가〉 가운데 이별가 한 자락을 풀어놓았다. 소릿 값을 소리로 갚은 셈이었다. 수졸은 곱고 힘 있는 목을 가지고 있었다. 판소리를 하기에 꼭 알맞은 단단한 목이었다. 놀라운 것은 사설의 내용 중 도련님을 명창님으로 바꾼 재치였다. 저를 데려가서 제자로 삼아 달라는 말을 소리로 대신하고 있었던 것이다. 기준은 수졸에게서 어린 시절 제 모습을 보았다.
"어디서 배웠느냐? 곧잘 하는구나?"
기준은 놀란 표정을 감추느라 살짝 거드름을 피웠다. 수졸은 더 이상 농담을 하지 않았다. 소리를 하고 난 뒤 말수가 확 줄었고 이따금 기준의 눈치를 살폈다. 아까와 달리 두 사람은 조용히 길을 걸어갔다.

"〈천봉만학가〉는 어떻게 알았는가?"

송우룡이 뜸을 들이다 넌지시 물었다.

"오래전 진주에서 송흥록 명창이 하시는 소리를 본 적이 있어라우."

기준이 대답했다.

"혹시 천 부자 집이었던가?"

송우룡은 기준을 향해 고개를 돌렸다.

"맞어라우."

기준도 신기하다는 듯 송우룡을 쳐다보았다. 흔들리는 나귀 위에서 두 사람은 빤히 눈을 맞추었다.

"혹시 그때 송흥록 명창 소리에 북을 쳤던……."

손가락으로 송우룡을 가리키다 하마터면 기준은 중심을 잃고 아래로 떨어질 뻔했다.

"맞네, 맞아. 우리가 보통 인연은 아니고만."

강화도로 들어온 이후 송우룡은 처음으로 환히 웃었다.

"자네 한태평 어른 아는가?"

스승의 이름을 듣는 순간 기준의 나귀가 걸음을 멈추었다. 놀란 나머지 저도 모르게 고삐를 앞으로 당겼던 것이다.

"형님이 그 어른을 어찌 아신다요?"

기준이 오수경 너머로 송우룡을 뚫어지게 보았다.

"어찌 알다니? 할아버님 때부터 우리 집안과 인연이 깊은 어른이여."

송우룡은 나귀를 멈추고 말했다.

"인연이라고요?"

송우룡의 집안은 판소리 최고 명문가였다. 스승이 그런 대단한 집안과 어떤 인연이 있다는 것인지 기준은 궁금하기 짝이 없었다.

"우리 큰아버님께서 열두어 살 되던 해 경기도 과천에서 태평 어른을 만났다네."

"어떤 어르신께 들어서 알고 있어라우. 거그서 도둑으로 몰려 한바탕 소동이 있었다고 하시더구만요. 형님 할아버님 덕분에 겨우 위기를 넘기셨다고……."

"주막 주인이 관아로 끌려간 뒤 할아버님께서 소리책을 어떻게 손에 넣었는지 태평 어른께 물었다네. 그 이야기도 알고 있는가?"

"그 말씀은 못 들었는디요."

태평은 소리책을 송 첨지에게 전했다고만 했을 뿐 어디서 났
는지는 들려주지 않았다.

"자네는 그 어른을 어찌 아는가?"

이번에는 송우룡이 기준에게 물었다.

"저의 첫 스승님이었구만요."

"아하, 자네가 소리책을 쓰신 분께 소리를 배워서 〈적벽가〉를
잘하는구만그려."

"태평 어른이 《적벽가》 소리책을 쓰셨단 말이어라우?"

기준은 송우룡의 말을 되짚었다. 태평이 소리책을 썼다는 것
은 금시초문이었다.

"암만, 정확히 말하면 《화용도》 소리책이제. 큰아버님께 그
어른이 소리책을 쓰셨다는 말을 귀에 박히도록 여러 번 들었
네. 큰아버님은 자네 스승을 꼭 만나 보고 싶어 하셨거든."

송우룡의 이야기를 들으며 기준은 궁금한 것이 있었다. 스승
은 소리책을 지었다는 사실을 왜 저에게 말하지 않았을까?

"자네뿐 아니라 아무에게도 하지 않으셨을 거여. 더늠을 만

드는 것도 쉬쉬해야 하는 판국에 소리책을 만드는 것은 더 위험한 일 아닌가. 할아버님께서 아무에게도 말하지 말라고 자네 스승님께 신신당부하셨다더군. 아직 어린 청년이 위험에 빠지는 것을 원치 않으셨겠제."

기준은 건성으로 고개를 끄덕거렸다. 한 가지 확실한 것은 태평이 왜 평생 더늠을 쫓아다니며 그토록 〈화용도〉에 집착했는지 알게 되었다는 점이었다.

"태평 어른이 어떻게 소리책을 지었는지 궁금하지 않나?"

기준은 선뜻 대답하지 않았다. 듣고 싶은 마음과 듣기를 꺼리는 마음이 속에서 부딪혔다. 궁금증과 미안함의 대결이었다. 들려주고 싶어 안달이 난 쪽은 송우룡이었다. 기준이 고개를 들자 기다렸다는 듯 이야기를 털어놓았다.

남한산성 위로 보름달이 떠올랐다. 달빛에 물든 건너편 봉우리와 수어장대 아랫마을이 한 폭의 그림 같았다. 오래전 병자호란 때 청나라 군대에 포위당해 피비린내 나는 전쟁이 벌어진 곳이라는 사실이 믿어지지 않았다.

"달빛 참 곱다."

껑충한 청년 하나가 제 몸뚱이처럼 빼빼 마른 창을 움켜쥐고 보름달을 한참 쳐다보았다. 꼭 어머니가 끓여 준 호박죽이 담긴 둥근 사발 같았다. 청년은 눈을 감고 포근한 달빛에 온몸을 맡겼다. 저녁부터 한밤까지 보초를 서느라 지친 몸에 불끈 힘이 솟는 듯했다. 기분 좋은 꿈이라도 꾸는지 청년의 얼굴 가득 미소가 떠올랐다. 가만있을 땐 몰랐으나 아직 어린 티가 역력했다. 소년의 이름은 한태평이었다.

태평은 창을 무기고에 반납하고 군사들의 처소인 행랑채로 갔다. 방문을 열자 탁주 냄새와 고린내가 뒤섞여 두엄 썩는 냄새가 났다. 부어라 마셔라 술판을 벌이고 있는 사내들 틈에서 백씨 혼자 서안 앞에 앉아 무엇인가 부지런히 쓰고 있었다. 서안이라고 해 봤자 나무토막을 얼기설기 엮어 만든 것이었다. 태평은 가늘고 긴 백씨의 등을 향해 소리쳤다.

"무슨 공부를 밤늦도록 하신다요? 과거시험이라도 보시려고라우?"

사내들 웃음소리가 좁은 방 안에 울려 퍼졌다. 그제야 백씨는 붓을 내려놓고 기지개를 켜며 돌아앉았다. 태평을 보고 히죽 웃더니 오 서방 앞에 놓인 탁주 사발을 비웠다. 그리고 서안 위에 놓여 있는 책을 가리켰다.

"똘똘아, 내가 방금 완성한 《한 권으로 읽는 삼국지》란다."

눈치 있어 심부름을 잘하는 데다 글까지 안다고 다들 태평을 똘똘이라 불렀다.

"수십 권이 넘는 《삼국지연의》를 한 권으로 읽다니 말도 안 되지라우."

무지렁이 취급을 당한 것 같아 태평은 속으로 아니꼬웠다.

"네 말대로 그 긴 《삼국지연의》를 사람들이 어찌 읽겠느냐? 내가 쓴 《한 권으로 읽는 삼국지》는 수많은 인물과 사건 가운데 가장 중요한 것만 쏙쏙 뽑아서 엮은 책이란다. 자, 봐라."

백씨가 태평의 턱 앞으로 책을 들이밀었다. 큼지막하게 쓴 《한 권으로 읽는 삼국지》라는 제목이 장수들 이야기에 걸맞게 힘찼다. 볼멘소리와 달리 태평의 눈은 반짝반짝 빛났고 책에서 떨어질 줄 몰랐다. 백씨는 책장수처럼 한껏 떠들다가 책을 거둬들였다.

겨울이 되면 태평의 고향마을에 떠돌이 이야기꾼이 찾아들었다. 밤마다 사랑방에 이야기꽃이 피어났다. 마을 사람들이 하나둘 이야기보따리를 풀고 나면 마지막에 이야기꾼이 나섰다. 가장 인기 있는 이야기는 〈삼국지연의〉였다. 사람들은 허수아비 황제를 세워 놓고 권력을 쥐락펴락한 동탁에게 분노했고, 그에 맞서 분연히 일어난 영웅들의 의기에 손뼉을 쳤다. 동남풍을 부른 제갈공명의 신묘한 재주에 감탄했고, 조조의 군대와 손권의 군대가 적벽에서 한바탕 크게 붙을 땐 손에 땀을 쥐었다. 관우와 장비와 유비가 죽음을 맞이할 때는 다 같이 눈시울을 적셨다.

어린 시절부터 하도 많이 들어 줄줄 외울 지경이었다. 언젠가 태평은 이야기 말고 책으로 《삼국지연의》를 꼭 읽고 싶었다.

"굳이 왜 《삼국지연의》를 한 권으로 줄인다요?"

밥 먹고 할 일도 참 없다는 말투였으나 태평은 저도 모르게 책을 꼭 붙잡고 있었다.

"한양 청계천 주변에 세책점이란 곳이 있어. 책을 빌려주는 가게인데, 《삼국지연의》는 사람들이 가장 즐겨 찾는 소설책이야. 하지만 수십 권이라 값도 비싸고 읽는 데 시간도 오래 걸리지. 이렇게 한 권으로 줄여 놓으면 값도 싸고 간편하게 읽을 수 있으니 얼마나 좋으냐?"

백씨가 《삼국지연의》를 한 권으로 줄인 목적은 돈이었다. 벌써 백씨는 떼돈을 벌어 쌀밥에 고깃국을 배불리 먹고 뜨끈한 아랫목에 누워 있는 듯 흐뭇한 낯빛이었다.

"거참 잘 되었네. 심심한데 아무거나 하나 읽어 주시오."

오 서방이 쩝쩝 소리를 내며 입맛을 다셨다. 술에 취해 꾸벅꾸벅 졸던 다른 사내들도 백씨 가까이 모여들었다. 세상에 이야기 싫어하는 사람 없다는 말이 딱 맞았다.

"아, 맨입으로 읽어 달란 말인가?"

백씨는 목에 힘을 주고 거드름을 피웠다. 소설을 듣고 싶으면 돈을 내라는 뜻이었다.

"아까 내 탁주 드셨잖소."

오 서방이 배를 쑥 내밀고 따졌다.

"군역을 함께 하는 것도 인연인데 비싸게 굴지 맙시다."

"자자, 여기 내 술도 드시오."

어느새 사내들이 백씨를 둘러쌌다. 백씨는 마지못해 책을 집어 들었다.

"제가 읽을라요."

태평이 번개같이 백씨의 손에서 소설책을 낚아챘다.

"똘똘이가 글도 읽을 줄 알아?"

노총각 먹쇠의 눈이 휘둥그레졌다.

"그러니까 똘똘이지, 달리 똘똘일까?"

오 서방이 타박했다. 그는 강원도 오대산 두메산골에서 온 먹쇠를 늘 우습게 여겼다. 둘이 티격태격하든 말든 태평은 소설책을 펴들고 낭랑한 목소리로 읽어 내려갔다.

"세상의 이치는 합해지면 반드시 나누어지고 또한 나누어지면 합해지는 법이라. 한나라가 오백 년 치세를 누리다 멸망할 무렵, 나라의 운명이 다한 것을 하늘도 알았는지 푸른 구렁이가 궁궐 대들보에서 내려와 옥좌에 앉고 지진이 일어나 바닷물이 넘쳤으며 검은 연기가 궁궐 담장을 휘감는 괴이한 일이 자주 일어났더라. 황제는 십상시라는 간신배들에게 둘러싸여 나랏일을 돌보지 않았고, 분노에 찬 백성들이 사방에서 들고 일어나 나라는 더욱 어지러워졌더라. 곳곳에서 나라를 구하려는 영웅들이 떨치고 일어났으니 대표적인 인물이 북위의 조조, 동오의 손권, 서촉의 유비라."

태평이 입 안에 고인 침을 삼키고 잠깐 숨을 고를 때였다.

"어허, 나라가 망하려니 별일이 다 생기는구나."

참견하기 좋아하는 오 서방이 불쑥 끼어들었다. 조용히 하라는 소리가 곳곳에서 빗발쳤다. 태평의 귀에는 사내들의 거친 목소리가 들리지 않았다. 이미 《한 권으로 읽는 삼국지》에 푹 빠져들었던 것이다.

한나라 황실의 후손인 유비는 복숭아밭에서 관우, 장비와 의형제를 맺고 한날한시에 죽기로 맹세했다. 조조의 공격을 받아 번성으로 쫓겨난 유비는 힘을 기르기 위해 제갈공명이라는 지혜로운 선비를 찾아갔다. 갈 때마다 집에 없어서 두 번이나 헛걸음을 하고 세 번째 찾아가 겨우 만날 수 있었다. 그것이 유명한 삼고초려였다.

유비의 어질고 겸손한 마음씨에 감동한 제갈공명은 기꺼이 돕겠다고 나섰다. 우선 유비에게 천하를 셋으로 나누어 조조, 손권과 어깨를 나란히 해야 하고, 그러기 위해서 손권과 손을 잡고 가장 강력한 상대인 조조에 맞서야 한다고 주장했다.

마침 조조가 팔십만 대군을 이끌고 손권을 공격하자 제갈공명은 손권을 찾아가 유비와 힘을 합쳐 막으라고 설득했다. 한편 손권의 대장군 주유는 방통을 은밀히 조조에게 보내 배와 배를 연결하여 물 위에 뜬 육지처럼 만들어야 한다고 부추기도록 했다. 뱃멀미에 시달리는 군사들을 보며 고심하던 조조는 방통의 의견을 받아들여 배를 수십 척씩 쇠사슬로 엮고 널빤지를 깔아 이어 붙였다. 세상에 널리 알려진 연환계라는 계책이었다.

"연환계가 무슨 뜻이냐?"

태평이 읽은 지 일각도 안 지났는데 먹쇠가 천연덕스럽게 물었다.

"자네 귓구멍이 꽉 막혔나? 내가 시원하게 뚫어 줌세."

오 서방이 담뱃대를 거꾸로 들고 먹쇠에게 달려들었다. 소설 읽기의 흐름이 깨지자 다른 사내들의 타박이 두 사람에게 쏟아졌다. 방 안은 아수라장이 되었으나 태평은 상관하지 않고 소리 책을 계속 읽었다.

태평의 목소리가 물 흐르듯 방 안을 휘감았다. 제갈공명이 동남풍을 비는 장면에서 태평은 책을 방바닥에 내려놓았다. 무릎을 꿇고 앉아 두 손을 모으고 그윽한 눈빛으로 허공을 바라보았다. 방 안은 쥐 죽은 듯 고요했다. 사내들은 넋을 놓고 태평의 행동을 지켜보았다. 제갈공명의 혼이 태평의 몸 안에 실린 듯했다.

오 서방과 먹쇠도 더 이상 다투지 않았다. 흥미진진한 이야기가 쉴 새 없이 펼쳐졌고, 읽는 사람이나 듣는 사람이나 손에 땀나기는 마찬가지였다. 손권의 대장군 주유가 방통을 시켜 조조의 배를 쇠사슬로 엮도록 시킨 연환계, 불로 공격하기 위해 제갈공명이 동남풍을 비는 화공, 주유의 부하 황개가 일부러 곤장을 맞고 조조에게 거짓 투항하는 고육계 등 흥미로운 이야기를 태평이 고저장단에 맞게 우렁찬 목소리로 읽어 내려갈 때마다 사내들이 무릎을 치고 환호성을 질렀다.

유비는 제갈공명의 계책대로 형주와 성도를 차지하고 촉나라를 세웠다. 마침내 조조의 위나라, 손권의 오나라와 어깨를 나란히 하게 된 것이다. 그 후 관우가 오나라 군대와 싸우다 죽자 유비는 복수를 하기 위해 앞뒤 살피지 않고 손권과 전쟁을 벌이던 중 장비마저 잃었다. 유비는 백제성으로 물러나 제갈공명에게 모든 정사를 맡기고 숨을 거두었다.

관우, 장비, 유비가 차례로 죽을 때마다 사내들은 제 부모나 형제를 잃은 듯 엉엉 소리 내어 울었다. 제갈공명이 새로 황제가 된 유선에게 출사표를 올리고 북쪽의 위나라를 정벌하기 위해 나서는 장엄한 부분에 이르자 방 안에 숨소리조차 들리지 않았다.

그날 밤 태평은 거의 뜬눈으로 밤을 새웠다. 다음 날 성곽 아랫마을에서 첫닭 우는 소리를 듣고 태평은 부리나케 일어나 이불을 갰다. 백씨도 눈곱을 떼며 느릿느릿 겉옷을 걸치고 있었다.

"왜 벌써 일어났어? 넌 저녁 보초 아니냐?"

백씨가 머리에 쓴 전립 끈을 묶고 있는 태평을 보고 물었다.

"오 서방 아저씨랑 바꿨어라우."

태평은 들뜬 목소리로 대답했다. 백씨는 고개를 끄덕거릴 뿐 더 묻진 않았다. 지난밤 잠들기 전에 태평은 보초 시간을 바꿔 달라고 오 서방에게 부탁했다. 새벽잠 많은 오 서방은 이게 웬 떡이냐고 좋아했다. 혹시 태평의 생각이 변할까 봐 왜 바꾸자고 하는지도 묻지 않았다. 태평도 꿍꿍이를 숨긴 채 입을 꾹 다물었다.

먼저 백씨가 나갔고 태평도 뒤따라 나갔다. 무기고로 가서 창을 꺼내 어둑어둑한 산길을 헤치고 성곽까지 걸어가는 동안 두 사람은 아무 말이 없었다.

성곽 너머 숲은 어둠에 덮여 있었다. 아직 산새들도 깨지 않은 새벽이었다. 태평은 마음속에 고여 있는 말을 어떻게 풀어낼지 기회를 엿보았다.

"아저씨."

먼동이 틀 무렵 태평이 백씨를 불렀다.

"왜?"

백씨는 고개도 돌리지 않고 대답했다.

"아저씨, 양반이지라우?"

태평의 입에서 뜻밖의 말이 튀어나왔다. 태평을 사로잡고 있던 한 가지 생각이 저도 모르게 쏟아져 나왔던 것이다. 백씨는 대답 없이 껄껄껄 웃기만 했다.

"어떻게 알았느냐?"

"글씨 보고 알았어라우. 아저씨 글씨는 한석봉 저리 가라더구먼요. 글은 어깨너머로 배울 수 있지만, 글씨는 꾸준한 연습이 필요한 것이니께요."

태평은 어쩌다 한번 본 《천자문》을 척척 읽어 대여섯 살 때부터 신동 소리를 들었다. 좀 더 자라서는 공자님, 맹자님 하는 어려운 문장을 줄줄 외워 어른들을 놀라게 했다. 그러나 글을 읽고 외우는 것은 붓에 먹물을 묻혀 글씨를 쓰는 것과 달랐다. 한자리에 오래 앉아 연습하지 않으면 늘지 않는 것이 글씨였다. 태평이 보기에 백씨의 글씨는 밥만 먹고 글공부만 열심히 한 양반의 솜씨가 분명했다.

"너도 열일곱 살 아니지?"

백씨의 역습이었다.

"어떻게 아셨다요?"

태평이 피식 웃었다.

"키 크고 눈치 빠르다고 장정인 줄 아느냐?"

백씨의 말대로 태평은 열일곱 살이 아니라 이제 갓 열세 살이었다. 껑충한 키뿐 아니라 차분한 표정과 말투 때문에 아무도 그 나이로 보지는 않았지만.

"네 등짝 보고 눈치챘지."

며칠 전 백씨는 계곡에서 태평과 교대로 목물을 해 준 적이 있었다. 옷을 입고 있을 땐 몰랐지만 맨몸을 보고 나서 아직 뼈가 덜 자란 아이라는 사실을 알았다.

"아저씨는 왜 군역에 오셨어라우?"

태평이 해맑게 물었다. 열세 살 철부지 얼굴 그대로였다. 원래 나랏법에는 양반도 군역의 의무를 지게 되었으나 법을 지키는 양반은 없었다. 이런저런 구실을 내세워 미꾸라지처럼 빠져

나가다 보니 언젠가부터 상민들만 군역을 지는 것으로 되어 있었다.

"대립군으로 왔다."

백씨가 들릴락 말락 뇌까렸다. 대립군이란 돈을 받고 남의 군역을 대신하는 것이었다. 태평은 깜짝 놀라 백씨를 쳐다보았다. 양반 대립군이라니 믿을 수 없는 일이었다.

"너는 왜 군역에 왔느냐?"

백씨가 물었다.

"저도 대립군으로 왔어라우."

태평의 목소리는 여전히 쾌활했다. 백씨는 이맛살을 찌푸렸다. 속내를 터놓더니 아예 장난을 치기로 작정한 모양이구나 싶었다.

"아버지 대신 왔으니 대립군 아닌감요?"

"아버지 대신?"

"작년 겨울 제가 소리에 미쳐서 부모님이 환곡을 갚으려고 쟁여 둔 쌀을 건넛말 사는 몹쓸 소리 광대에게 몽땅 갖다 바쳤지라우. 그 바람에 아버지가 관아에 끌려가 고초를 겪고 다리를 절게 되었는디, 죽은 사람 군포도 받아 가는 세상에 다리 다

쳤다고 군역을 빼줄 리 없지요. 그래서……."

"꼭지도 덜 마른 네가 아버지 대신 군역을 오게 되었다는 말이구나."

백씨는 안쓰럽다는 듯 태평의 머리를 쓰다듬었다. 가난한 농민의 아들인 태평의 신세나 끈 떨어진 양반에 불과한 제 신세나 다를 바가 없었다.

집안 형편을 떠올리자 백씨의 입에서 한숨이 저절로 나왔다. 삼대에 걸쳐 과거 급제자가 나오지 못하면 더 이상 양반 집안이 아니었다. 백씨의 증조할아버지가 과거에 번번이 떨어지더니, 할아버지와 아버지의 과거 준비에 돈을 대느라 집안 살림마저 거덜이 났다. 백씨가 조상으로부터 물려받은 것은 하루 한 끼도 먹기 힘든 가난이었다. 양반 체면이 무엇인지 열흘 굶고도 배고프다는 말조차 할 수 없었다.

"나이 마흔에 늦장가를 들어 겨우 아들 하나를 얻었는데 그만 덜컥 병에 걸렸지 뭐냐. 집안의 대를 이을 귀한 아들을 살릴 수만 있다면 무슨 짓인들 못 할까."

병든 아들의 약값을 마련하기 위해 백씨가 어쩔 수 없이 대립군이 되었다는 이야기였다.

"우리는 둘 다 대립군이 될 수밖에 없는 운명이었구면요."

태평의 눈 밑이 젖어 들었다. 곧 눈물이 후드득 쏟아질 것 같았다. 백씨도 설움이 북받쳐 태평의 어깨를 어루만지며 한숨을 푹 내쉬었다.

"그래서 말인디라우, 《한 권으로 읽는 삼국지》좀 빌려주시씨요."

백씨의 한숨이 채 끝나기 전에 태평이 말했다.

"이미 다 본 책을 무엇 하러 빌려달라는 것이냐?"

백씨는 찜찜한 기분이 들었다. 가만 보니 보초 시간을 바꾼 것도 책을 빌리려는 속셈이었다. 나이가 어려도 태평은 보통내기가 아니었다. 입에서 또 무슨 말이 나올지 몰라 백씨는 얼른 시선을 피했다.

"소리책을 만들라고요."

다시 태평의 목소리가 진지해졌다.

"너도 알다시피, 판소리는 긴 세월 동안 소리 광대들이 한 대목씩 제가 짠 소리를 더 넣어 이루어진 것이다. 새로운 판소리를 뚝딱 만들다니 말이 되는 소리냐?"

일부러 백씨는 나무라듯 말했다. 절대 책을 빌려주지 않을 생각이었다.

"아저씨가 판소리를 꿰뚫고 있는지 몰랐구만요."

태평이 넉살 좋게 웃었다.

"소설과 판소리는 다르니라."

힘주어 말하기는 했으나, 백씨는 어쩐지 태평이 쳐 놓은 그물에 걸려든 기분이었다.

"정확한 지적이구만이라우. 판소리는 소리로 들려주는 이야기라 소설처럼 복잡하지 않고 길이도 짧아야 하지요. 그러려면 등장인물의 수를 줄이고 이야기를 단순하게 펼쳐야겠지요. 소리책을 만드는 일은 별로 어렵지 않당게요. 제가 할 일은 그저 기본 뼈대만 짜 놓는 것이어라우. 살을 붙이고 숨을 불어넣는 것은 십 년이 걸리든 백 년이 걸리든 소리 광대들 몫이겠지요."

며칠 동안 혼자 속앓이를 하며 태평은 《한 권으로 읽는 삼국지》를 소리책으로 바꾸는 구상을 했다. 소설책의 내용 가운데 가장 통쾌한 부분인 〈화용도〉를 뚝 떼어 판소리로 만들기로 했다.

'화용도'는 적벽 싸움에서 패한 조조가 달아난 길 이름이었다. 화용도에서 조조는 조자룡과 장비가 이끄는 복병을 두 번이나 만나 죽을 뻔했고, 세 번째로 만난 관우에게 목숨을 구걸하여 겨우 허창으로 달아났다. 천하를 차지하려는 헛된 욕망으로 전쟁을 일으켜 백만 대군을 몰살시킨 조조가 쫄딱 망하여 줄행랑치는 장면은 언제 보더라도 속이 다 후련했다.

조조가 패하여 달아난 일을 중심 사건으로 잡기는 했지만 그 원인이 되는 적벽 싸움을 빠뜨릴 순 없었다. 적벽 싸움은 소설에서 영웅들의 지략과 계책이 단연 돋보이는 부분이었다. 그래서 태평은 소리책을 적벽 싸움으로 시작하여 화용도에서 끝맺기로 했다.

"판소리 때문에 군역에 끌려온 놈이 소리책을 쓰겠다는 말이냐?"

백씨가 비아냥거렸다. 정신을 차리라는 꾸지람이었다.

태평은 품에서 주섬주섬 무엇인가를 꺼냈다. 분판이 나왔다. 백씨는 엉겁결에 그것을 받아 들었다.

· 제갈공명이 강동으로 가서 손권과 조조의 싸움을 붙이다.

· 화공에 필요한 동남풍을 빌어 주고 무사히 촉으로 돌아오다.

· 조조가 방통의 연환계에 속아 배를 묶어 연결하다.

- 주유가 불붙은 배를 조조의 선단으로 띄워 보내다.
- 적벽에 불기둥이 솟구치고 조조의 대군이 몰살당하다.
- 조조가 크게 패하여 화용도로 도망치다.
- 조자룡과 장비의 복병을 차례로 만나다.
- 관우에게 사로잡혔으나 목숨을 구걸하여 살아나다.

　백씨는 속으로 혀를 내둘렀다. 태평이 구상한 소리책의 주요 사건이 삐뚤빼뚤한 글씨로 빼곡하게 정리되어 있었다. 비로소 백씨는 태평의 말이 농담이 아니라는 것을 알았다. 태평의 그물이 옴짝달싹 못 하게 제 몸을 옥죄는 듯했다.
　"너에게 판소리는 무엇이냐?"
　백씨의 진지한 물음에 태평은 울컥 목이 메었다.
　소리 광대의 집에서 도망치듯 나온 뒤부터 태평에게 판소리는 지옥이었다. 잊을 만하면 마음 깊이 가라앉아 있던 덩어리가 목젖까지 꾸역꾸역 차올랐다. 저로 인해 다리를 못 쓰게 된 아버지와 곱절로 무거워진 노동에 시달리는 어머니를 향한 죄책감, 누구보다 판소리를 잘 알고 좋아하지만 가장 중요한 목을 타고나지 못해 포기할 수밖에 없었던 설움과 한탄이 알알이 맺혀 있었다.

"지옥과 극락이지라우."

백씨가 쓴 소설책을 읽고 나서 태평은 달라졌다. 처음에는 넋이 나가서 아무 생각도 할 수 없었다. 바로 옆에서 부르는 소리도 못 알아들었고, 누가 뭐라도 물으면 엉뚱한 대답을 늘어놓았다. 이리저리 뒤척이다 겨우 잠이 들면 꿈속에서도 소설책이 어른거렸다. 이야기는 살아서 꿈틀거렸다. 펄떡펄떡 요동치며 저를 어서 판소리로 바꾸어 달라고 사정하는 듯했다.

며칠 동안 정체 모를 압박에 시달리던 태평은 마침내 결심했다. 《한 권으로 읽는 삼국지》를 소리책으로 만들기로. 소리책을 쓰는 작업은 소리를 하는 것만큼 뜻깊은 일이라는 생각이 들었다. 그래서 소리 광대가 못 되는 대신 소리책을 만들기로 한 것이다. 어쩌면 태평은 그렇게라도 계속 판소리의 곁을 지키고 싶었는지도 모른다. 그 순간 지옥이 극락으로 바뀌었다.

"소설책을 빌려주면 너는 무엇을 해 줄 테냐?"

백씨의 말투는 뻣뻣했으나 거의 넘어왔다.

"제가 아저씨 보초를 대신 서 드릴게라우."

달콤한 제안이었다. 하루에 네 시진 보초를 서고 나면 백씨는 허리가 뻐근하고 종아리가 땅겼으며 발목이 시큰거렸다. 원래도 체력이 부실했지만 소설책을 정리하느라 몸이 급격히 약해진 탓이었다. 생각해 보니 지난 석 달 동안 방바닥에 등을 붙이고 자 본 적이 없었다.

"그럼 딱 열흘간이다."

그날부터 태평은 백씨의 보초를 대신 섰다. 나가서도 들어와서도 소리책을 어떻게 쓸지 그 궁리만 했다. 이야기의 줄기를 어떻게 잡을까, 어느 방향으로 펼쳐 나갈까 수백 번 고민을 거듭했다. 머릿속을 쥐어짜 이야기를 풀어내기는 했으나 문제는 판소리의 길이었다. 줄거리만 정리되었다고 소리책이 아니다. 누구를 위해 어떤 목적으로 접근할 것인지 소리 광대들에게 방향을 제시해야 하는 것이다.

《한 권으로 읽는 삼국지》를 왜 소리책으로 만들려고 하는가? 태평은 스스로 질문을 던졌으나 해답을 찾을 수 없었다.

시간은 흐르고 이레가 훌쩍 지났다. 보초를 마친 태평은 퀭한 얼굴로 행랑채 방문을 열었다. 여느 날과 마찬가지로 술판이 벌어졌고 썩은 두엄 냄새가 코가 아닌 가슴을 파고들었다. 피곤해서 그런지 속이 울렁거렸다. 다시 밖으로 나와 얼른 방문을 닫았다.

'아저씨들은 왜 맨날 술을 마실까잉?'

사내들은 하루도 거르지 않고 술판을 벌였다. 가난해서 군포를 내지 못하고 군역에 온 사람들이 무슨 돈으로 하루도 거르지 않고 술을 마시는지 알 수 없었다.

태평은 뒤란으로 돌아갔다. 넓은 평상 위에 네 활개를 쫙 펴고 드러누웠다. 하늘에 듬성듬성 박힌 초저녁 별들이 반짝 빛을 뿜었다. 손을 쭉 뻗으면 닿을 수도 있을 것 같았다.

쌀가마를 얹어 놓은 듯 몸은 무거운데 잠이 오지 않았다. 소리책을 떠올리면 설렘보다 과연 완성할 수 있을지 걱정이 더 커졌다.

어디선가 짚단 태우는 냄새가 코끝으로 파고들었다. 아랫마을에서 집집마다 아궁이에 불을 지펴 저녁밥을 짓고 있었다.

'집에 있었다면 꽁보리밥이라도 먹었을 텐데……'

어머니 얼굴이 떠올랐다. 어머니는 얼굴도 동글, 어깨도 동글, 손등도 동글했다. 마음도 모난 구석 한 군데 없이 동글동글 순했다. 길쭉하고 빼빼 마른 데다 성질마저 뾰족한 아버지와는 영 딴판이었다. 태평이 군역을 하러 떠나온 뒤 농사는 오롯이 어머니 몫이 되었다. 혼자 고생하고 있을 어머니를 생각하자 눈물이 핑 돌았다.

"소리책은 잘 되어 가느냐?"

어느 틈에 백씨가 다가와 평상에 걸터앉았다. 태평은 손등으로 눈물을 쓱 닦고 일어나 앉았다. 백씨가 보리와 좁쌀을 섞어 만든 주먹밥을 손에 쥐여 주었다. 아직 따뜻했다. 태평은 주먹밥을 한 입 크게 베어 물었다.

"아이고, 아이고, 아이고⋯⋯."

행랑방에서 울음소리가 구슬피 들려왔다.

"천 서방이 우는 것을 보니 술판이 끝나려나 보다."

술판이 막바지에 이르면 점잖던 천 서방은 늘 서럽게 울었다. 그냥 우는 것이 아니라 초상집에 온 손님처럼 방바닥을 두드리며 목 놓아 울었다. 다들 술맛 떨어진다고 고래고래 호통을 치다가, 나중에는 하나둘 따라서 훌쩍거리곤 했다.

"천 서방이 왜 술만 취하면 우는 줄 아느냐?"

태평은 고개를 흔들었다. 입속에 주먹밥이 가득 차 있었다.

"지난가을 홍역으로 막내아들을 잃었다는구나. 슬픔이 채 가시기도 전에 군역에 끌려와야 했으니 얼마나 가슴이 미어지겠느냐? 먼저 죽은 자식은 부모 가슴에 묻히는 법이거든."

태평은 목이 콱 막혔다. 주먹밥 때문인지 천 서방 때문인지 알 수 없었다.

"금돌이는 얼마 전에 혼인한 새신랑이란다. 그러니 아내가 얼마나 보고 싶겠느냐?"

백씨는 이야기보따리 풀어헤치듯 사연을 하나씩 꺼냈다. 노총각 먹쇠는 늙은 어머니를 홀로 두고 군역에 왔다. 그래서 술만 마시면 고향 쪽을 바라보고 울었다. 머리가 희끗희끗한 최 노인은 부잣집 머슴이었다. 손자 재롱이나 볼 나이에 주인 아들 대신 군역을 왔다. 뭐니 뭐니 해도 가장 가슴 아픈 사람은 오 서방이었다.

"오 서방은 하늘 아래 혼자뿐인 고아라는구나. 부모를 찾겠다고 대립군을 업으로 삼아 팔도를 누비며 떠돌아다니는 중이란다."

태평도 가슴이 먹먹했다. 그동안 오 서방이 왜 아무에게나 스스럼없이 말을 잘 붙이고, 이것저것 꼬치꼬치 캐물으며 친한 척을 했는지 알 것 같았다. 또한 사내들이 왜 매일같이 술을 마셔 대는지도.

태평은 가슴이 답답했다. 고개를 발딱 젖히고 하늘을 보았다. 이미 새들도 잠든 깊은 밤이었다. 별들은 아스라이 멀어져 있었다.

태평은 행랑채로 갔다. 코 고는 소리, 이 가는 소리, 웅얼웅얼 지껄이는 잠꼬대로 방 안이 시끌벅적했다. 곯아떨어진 사내들 얼굴을 하나하나 살펴보았다. 아까와 달리 짠한 마음이 들었다.

태평은 사내들을 밟지 않으려고 들창 아래까지 학춤 추듯 징검징검 걸어갔다. 백씨의 서안 앞에 주인 대신 앉아 등잔을 켜고 《한 권으로 읽는 삼국지》를 펼쳤다.

제갈공명이 오나라로 들어가 동남풍을 빌어 주는 장면을 지나 조자룡이 활 쏘는 부분을 숨죽인 채 읽었다. 방 안의 시끄러운 소리가 더 이상 들리지 않았다. 어느새 이야기는 조조와 손권의 대군이 한바탕 크게 부딪히는 적벽 싸움에 이르렀다. 태평은 손바닥에 진득하게 고인 땀을 잠방이에 문질렀다.

다시 책장을 한 장, 두 장 넘기던 태평의 손길이 멈추었다. 적벽까지 수만 리 길을 걸어온 위나라 군사들이 조조의 명령에 따라 배를 쇠사슬로 엮어 육지처럼 만드는 장면이었다.

태평은 전쟁을 하루 앞둔 군사들의 심정을 상상해 보았다.

가족과 헤어지고 고향을 떠나와 다음 날이면 언제 어떻게 죽을 지 모르는 전쟁터에서 군사들이 느꼈을 슬픔과 두려움에 가슴이 저릿했다. 조조 군사들의 울음소리가 구슬피 들려오는 듯했다.

책장에서 눈을 떼자 사내들의 소음이 다시 태평을 향해 달려들었다. 귓가에 남은 소설책 속 조조 군사들의 울음소리에 천 서방, 금돌, 먹쇠, 최 노인, 오 서방의 얼굴이 겹쳐졌다.

태평은 서둘러 붓을 들었다. 손보다 마음이 더 빨리 움직였다. 적벽 싸움 전날 밤 조조 군사들이 술을 잔뜩 마시고 고향 생각을 하며 각자 슬픔을 털어놓는 대목을 한달음에 써 내려갔다.

드디어 첫 번째 더늠이 탄생하는 순간이었다.

노래 불러 춤추는 놈, 설움 겨워 우는 놈, 히히 하하 웃는 놈,

잔뜩 먹고 토하는 놈, 팔씨름하는 놈, 투전하다 다투는 놈,

졸음을 못 이기어 창끝에 턱 괴고 서서 자다 찔린 놈.

군사들 마음에 첩첩이 쌓인 슬픔에 눈물이 그치지 않으니

한 군사가 전립을 벗어 베고 누워 봇물 터진 듯 울음을 운다.

"아이고, 아이고, 아이고, 내 신세야. 이놈의 노릇을 어쩔거나."

10
적벽 화용

해가 설핏 저물었을 때 기준과 송우룡은 강화부 관아에 이르렀다. 통인이 안으로 들어가 두 명창이 왔다고 알리자 예방이 버선발로 달려 나와 맞이했다.

"왜 이리 늦으셨소? 유수 대감께서 진즉부터 기다리고 계시오."

예방은 숨 돌릴 틈도 없이 두 사람을 강화 유수의 생일잔치가 벌어지고 있는 내아로 잡아끌었다. 기준은 중문을 넘다 말고 수졸 생각이 나서 돌아섰다. 그때까지 돌아가지 않고 그 자리에 우두커니 서 있었다. 수졸의 얼굴이 밝아졌다.

"니 이름이 뭣이냐?"

기준이 큰 소리로 물었다.

"성은 장가이고, 이름은 돌이라 합니다. 초지진에 배속된 수군입니다."

수졸이 활짝 웃으며 대답했다. 저를 만나고 싶으면 초지진으로 찾아오라는 말이었다.

기준은 손을 흔들고 돌아섰다. 흐뭇한 웃음이 입 밖으로 자꾸 비어졌다. 돌이는 소리 광대의 좋은 조건을 두루 갖추고 있었다. 곱고 단단한 목, 사람을 들었다 놨다 하는 재담, 판소리를 향한 열정. 처음으로 기준은 제자를 길러 보고 싶은 마음이 생겼다.

내아로 들어서자 눈과 코가 바삐 움직였다. 넓은 화문석 위에 아름다운 기생이 검무를 추고 있었고, 잔칫상에 수북이 쌓인 술과 음식 냄새가 코끝을 파고들었다. 배 속에서 회가 동하는지 태평은 강한 허기를 느꼈다. 손님들 사이에 비집고 들어가 탁주 사발을 들이키고 갈비 한 점이라도 뜯고 싶었다.

예방은 암탉이 병아리 몰 듯 다짜고짜 두 사람을 강화 유수 조병식에게 데리고 갔다.

"어찌 이리 늦었는고?"

조병식은 벌써 취해서 얼근해져 있었다.

"유수 대감께 인사 올립니다."

기준과 송우룡이 고개 숙여 인사했다. 조병식은 듣는 둥 마는 둥 혀 꼬부라진 소리로 좌중을 향해 지껄였다.

"이 작자들의 판소리가 조선 팔도에서 최고라고 하여 제가 특별히 불렀습니다. 그 말이 사실인지 한번 잘 들어 보고 평가해 봅시다."

잔치에 모인 사람들이 왁자하게 웃음을 터뜨렸다. 기준은 얼굴을 일그러뜨렸다. 감히 어전 광대를 평가하겠다니. 조병식의 생일을 축하하기 위해 모인 한양 명문가 자제들과 벼슬아치들 앞에서 수모를 당한 기분이었다. 그들 가운데 어디선가 본 듯 기준의 눈에 익은 사람들도 몇몇 있었다.

"자네는 왜 오수경을 벗지 않는 겐가?"

"대원위 대감께서 벗지 말라고 하셨구만요."

십 년 전 전주통인청대사습이 끝나자마자 기준은 납치되다시피 한양으로 올라갔다. 최종 목적지는 운현궁의 사랑채 노안당이었다. 서릿발처럼 매서운 정치가로 알려진 대원군은 서화와 음률을 즐길 줄 아는 풍류객이었다. 처음 기준을 보던 날 대원군은 기준의 소리를 듣고 탄복하는 한편, 보기 흉하게 툭 불거진 눈을 안쓰럽게 여겼다. 다음 날 소리판이 끝난 뒤 검은빛이 도는 안경 하나를 기준에게 건넸다. 임금을 제외한 다른 누구 앞에서도 벗지 말라는 명과 함께. 그것이 바로 오수경이었다.

"대원위 대감?"

조병식이 콧방귀를 뀌었다. 기준은 오수경 너머로 조병식을 사납게 쏘아보았다.

권불십년. 대원군의 권세는 십 년 만에 끝났다. 성인이 된 임금에게 권력을 돌려주고 운현궁에 들어앉았으니, 지금의 대원군은 이빨 빠진 호랑이나 마찬가지였다. 또한 기준과 소리 광대들도 끈 떨어진 연처럼 고향으로 뿔뿔이 흩어진 지 오래였다. 하직 인사를 하던 날이 떠오르자 슬픈 감정이 연기처럼 자욱하게 가슴속에 차올랐다.

"소리를 시작하거라."

조병식의 명이 떨어지자 먼저 송우룡이 화문석 위로 올라갔다. 제 집안에서 대대로 전해져 내려오는 동편제 〈춘향가〉를 멋스럽게 보여 주었다. 구경꾼들은 이야기에 푹 빠져 절개를 지키느라 변학도에게 수난을 당하는 춘향을 안타까워했다. 이별가와 십장가 같은 중요한 더늠이 나오면 숨소리도 크게 쉬지 않고 집중했다. 소리판에서는 양반과 상민이 따로 없었다.

드디어 기준의 차례가 되었다. 웬일인지 기준은 꿈쩍도 하지 않았다. 송우룡이 어서 나가라고 옆구리를 찌르고 예방이 발을 동동 구르며 재촉해도 소용이 없었다. 예방은 이방을 부르고 이방은 호방을 불렀다. 육방관속이 다 달려들어 식은땀을 흘리며 애원해도 기준은 막무가내였다.

"뭘 꾸물거리는 게냐? 나와서 소리하지 않고."

마침내 조병식이 고함을 빽 질렀다.

"저는 값을 정하지 않은 소리는 하지 않습니다요."

잔치판에 모인 사람들이 다 들을 수 있도록 기준은 크고 낭랑하게 말했다. 소릿값을 얼마 줄 것인지 미리 밝히라는 뜻이었다. 지방 수령들 가운데 명창을 불러 놓고 거마비조로 몇 냥 쥐여 주는 일이 허다했다. 수백 리나 되는 먼 길을 찾아간 명창을 무시하는 짓이었고 소리의 가치를 모르기 때문에 벌어지는 일이었다. 값을 정한 뒤 소리하는 것은 기준의 원칙이었다.

"아까 수졸에게는 공짜 소리를 해 주더니 유수 대감 앞에선 왜 이러는가?"

송우룡이 낮은 목소리로 나무랐다.

"그 아이는 소리로 값을 치르지 않았어라우? 제가 소리를 한 뒤 유수 대감도 소리를 하신다면 행하를 받지 않을 거구만요."

양반이 판소리를 입에 담다니 문중에서 알면 족보에서 이름을 떼일 일이었다. 말도 안 되는 기준의 대답을 듣고 송우룡은 답답하다는 듯 혀를 찼다.

"어차피 돈은 부자들 주머니에서 나오제, 벼슬아치들에게서 나오는 것은 아니잖여."

송우룡의 말이 옳았다. 명창들은 고관대작들과 가깝게 지내며 세상에 이름을 알렸다. 어전 광대라면 말할 것도 없고 정승 판서의 인정만 받아도 부자들은 명창의 소리 한바탕을 듣기 위해 아낌없이 돈을 쏟아부었다.

"천한 놈이 감히 관장을 욕보이는 게냐?"

조병식은 길길이 뛰다 기준에게 육포가 든 접시를 집어던졌다. 다행히 기둥에 부딪혀 와장창 소리를 내며 사방으로 튀었다. 기준은 피하지 않고 꼿꼿이 앉아 조병식의 화를 돋우었다.

"대원군이 아끼는 명창일세. 몸이라도 상했다간 나중에 무슨 후환을 당하려고……."

친지들이 일어나 조병식을 말렸다. 이빨 빠진 호랑이라도 발톱은 남아 있다. 뒷일을 생각하면 조병식도 성깔대로 밀고 나갈 자신이 없었다. 입으로는 기준에게 포악을 떨면서 어떻게 이 상황을 헤쳐 나갈까 고민하고 있을 때였다.

"아뢰오."

중문 담장 밖이 소란스러워졌다.

"유수 대감 전에 아뢰오."

내아로 다급하게 뛰어든 사람들은 수군 전령들이었다. 조병식의 가슴이 철렁 내려앉았다. 유수가 동헌으로 나갈 때까지 전령이 기다리지 못할 만큼 엄청난 일이 터진 것이 틀림없었다.

"무슨 일이냐?"

조병식이 짜증스럽게 물었다.

"초지진 앞바다에 왜선이 나타났습니다. 멀리 큰 배 한 척이 떠 있는 것을 보고 우리 수군이 영내에 들어서지 말라고 했음에도 왜인들은 작은 통통배를 내려 초지진 쪽으로 다가왔습니다. 우리 수군이 위협하기 위해 대포를 쏘았더니 기다렸다는 듯 왜선에서 총과 대포를 갈기는데 저희로서는 당해 낼 수가 없었습니다."

전령들은 정수리가 땅에 닿도록 고개를 숙였다. 두 번이나 이 양선에 크게 당한 강화도 백성들의 간이 또 한 번 콩알만 해질 궂은 소식이었다.

"그래서 어찌 되었느냐?"

어느새 조병식은 통인이 가져온 융복으로 갈아입고 목화를 신었다.

"왜선은 뱃머리를 돌려 제물포 앞바다에 있는 영종도로 갔습니다."

조병식은 더 묻지 않고 말 위에 올랐다. 왜선이 영종도에 갔다 해도 초지진의 피해가 얼마나 큰지 파악하고 군사들을 독려한 뒤 단단히 무장시켜야 했다. 이양선이든 왜선이든 간에 적을 물리치지 못하면 죽지 않고 살아남은 수령이 추궁을 당했기 때문이다.

잔치의 주인공이 사라지자 친지와 손님들도 하나둘 떠났다. 잔치는 파장 분위기였다. 예방의 배웅을 받으며 기준과 송우룡도 내아에서 나왔다.

"왜놈들 난리가 자네를 살렸네."

송우룡이 숨을 푹 내쉬었다. 오수경 위로 기준의 눈썹이 꼿꼿했다.

두 사람은 어둑해진 길을 터덜터덜 걸었다. 객사에서 하룻밤 묵어가라는 예방의 말을 거절하고 밤길을 나섰다. 기준의 고집 때문이었다. 하필 난리가 터진 곳이 초지진이라 돌이의 신변이 궁금했던 것이다.

새벽달이 동쪽 산등성으로 넘어갈 무렵 두 사람은 초지진 근처에 이르렀다. 매캐한 화약 냄새와 사람들의 울음소리가 지난 저녁의 긴박했던 사태를 말해 주었다. 송우룡을 고갯마루 주막에 남겨 두고 기준 혼자 초지진으로 향했다.

초지진 돈대에 횃불이 드문드문 걸려 있었다. 어슴푸레한 불빛 아래 펼쳐진 광경은 처참했다. 왜군이 쏜 대포에 맞아 무너져 내린 돈대와 포대 너머로 암흑 같은 바다가 보였다.

울음소리가 난 곳은 이백 년 넘은 아름드리 소나무 아래였다. 아낙 몇몇이 가마니로 덮인 시신 서너 구를 앞에 두고 땅을 두드리며 피눈물을 토해 내고 있었다. 기준의 등줄기에 섬뜩한 기운이 흘렀다. 서둘러 소나무 아래 아낙들 곁으로 다가갔다.

"혹시 시신을 볼 수 있겠소?"

기준이 조심스럽게 물었으나 아낙들의 울음소리에 묻혔다. 울음이 잦아들기를 기다렸으나 헛수고였다. 기준은 다시 물어볼 엄두가 나지 않았다.

"혹시 전사한 수졸 가운데 장돌이가 있소?"

기준은 보초를 마치고 돌아가는 수졸을 붙잡고 물었다. 수졸이 기준을 빤히 쳐다보았다. 눈빛에서 적의와 두려움을 느낄 수 있었다.

"그건 왜 물어보시오?"

되묻는 수졸의 눈빛이 불길하게 떨렸다. 전사자 명단에 없다면 사실대로 말하기는 어렵지 않을 것이다. 기준의 심장이 걷잡을 수 없이 빠르게 뛰었다.

"있소, 없소?"

기준은 저도 모르게 언성을 높였다. 수졸이 뜨악한 표정으로 쳐다보았다.

"있소만……."

대답을 듣고 기준의 몸이 휘청거렸다. 수졸이 재빨리 다가와 기준을 붙잡았다.

"정신 차리시오. 돌이의 친척인가 보구려."

기준은 아무 말도 할 수 없었다. 수졸이 돌이 어머니를 부르려고 고개를 돌렸다. 기준은 손을 뻗어 수졸의 입을 틀어막았다. 돌이 어머니에게 저를 뭐라고 소개할 것인가? 따지고 보면 돌이와 인연이라 할 것도 없는 처지였다. 기준은 봇짐을 내리고 전대를 끌렀다. 엽전을 잡히는 대로 꺼내 수졸에게 건넸다.

"돌이 어머니에게 전해 주씨요."

수졸이 아낙들 쪽으로 부리나케 달려갔다. 기준은 서둘러 초지진을 벗어나 송우룡이 기다리고 있는 주막을 향해 발을 재게 놀렸다.

돌이의 얼굴이 떠올랐다. 한나절 함께 길을 걸으며 소리를 주고받은 것이 다였으니, 인연이라 할 것조차 없는 짧은 만남이었다. 손등으로 닦을 새도 없이 눈물이 흘러내리는 까닭을 도무지 알 수 없었다.

붉고 노랗게 물든 낙엽이 바람에 날렸다. 기준은 발 앞에 떨어진 가랑잎을 집어 들었다. 꽃은 피었을 때 곱지만 나뭇잎은 질 때까지 아름다웠다. 낙엽으로 물든 산을 보자 숨이 턱 막혔다. 붉다 말고 푸릇한 나뭇잎도, 붉다 못해 갈색으로 변한 나뭇잎도 제 나름대로 사연을 품고 있는 듯했다.

기준은 목발로 땅을 짚고 끙 소리를 내며 일어섰다. 지게 발채 위에 반나절 동안 산에서 긁어모은 삭정이 다발이 산더미처럼 쌓여 있었다. 산길을 한참 걷다 보니 어디선가 목탁 소리가 들려왔다. 같은 간격으로 울리는 맑은 목탁 소리에 마음이 차분하게 가라앉았다. 고행을 견디는 탁발승처럼 기준은 나뭇짐을 지고 마을로 내려갔다. 가쁜 숨이 턱에 닿고 오장이 입으로 튀어나올 듯한 고통이 느껴질 즈음 마을의 공동우물이 보였다. 기준은 젖 먹던 힘을 다해 집으로 비칠비칠 걸어갔다.

"나뭇단이 산더미 같다잉."

기준의 지게를 본 아버지의 입이 쩍 벌어졌다. 나뭇짐은 옆으로 두 아름이 넘고 위로는 장정의 키를 훌쩍 지나 앞산 봉우리를 다 가렸다.

아버지는 지게 내리는 것을 도와주고 밖으로 쌩 나가 버렸다. 누구네 집 굿이 있는지 손에 북과 장구를 들고 있었다. 기준은 나뭇짐을 칡덩굴 노끈으로 단단히 묶어 툇마루 아래 차곡차곡 쌓아 두었다. 목에 두른 수건으로 몸에 붙은 먼지를 털고 있을 때였다.

"나 쪼까 보자."

어머니가 부엌문 밖으로 고개를 뾰족 내밀고 기준을 불렀다. 집 어느 구석에 손볼 데가 있는 모양이었다.

"저그를 때워야 쓰겄는디……."

어머니의 손가락이 가리킨 곳은 한쪽에 금이 간 아궁이였다. 금이 워낙 커서 틈을 메우지 않으면 조만간 무너질 것 같았다. 기준은 대숲으로 돌아가 황토를 가져다 물에 개었다. 흙손으로 벌어진 틈을 꼼꼼하게 메웠다.

"일손이 야물딱진 것을 봉께, 남의집살이 깨나 했는갑다."

나가려다 말고 어머니는 기준이 일하는 모습을 찬찬히 지켜보았다. 어머니의 말끝이 축축했다. 소리를 배우기 위해 혹독한 머슴살이를 했을 것이라고 짐작하는 모양이었다. 두 스승 가운데 정춘풍은 기준에게 집안일과 농사일은 물론이고 가래침을 뱉은 타구와 요강 비우는 것까지 시켰다. 반대로 태평의 집에서는 잔심부름은커녕 손에 물 한 방울 묻히지 않았다. 그러므로 어머니의 말은 반만 맞고 반은 틀렸다.

"아부지가 기다리실 턴디……."

기준은 등 뒤에 서 있는 어머니가 부담스러웠다.

"오메, 내 정신머리 좀 보소."

어머니는 보따리를 안고 내빼듯 밖으로 달려 나갔다.

강화도에서 돌이의 죽음을 목격하고 그길로 기준은 나주 노루골로 내려왔다. 처음부터 고향 집이 목적지는 아니었다. 무작정 걷다 보니 발길이 닿았을 뿐이다. 고향을 떠나온 지 스무 해 만이었다. 부모가 내준 안방에서 기준은 사흘 밤낮 죽은 듯 잠을 잤다. 먹지도 쉬지도 않고 걷느라 기력이 다했던 것이다. 그동안 기준은 고향에 한 번도 오지 않았다. 사람을 시켜 부모님께 돈을 보내거나 논밭을 사 주는 것이 다였다.

집으로 돌아와 보니 여전히 부모는 굿판에서 벗어나지 못하고 있었다. 아들 덕에 먹고살 만해졌음에도 들어오는 굿을 마다하지 않았다. 굿이 없는 날은 농사일에 매달렸다. 결국 일만 두 배로 늘어난 셈이었다.

일을 마친 기준은 둥근 채반의 보자기를 벗겼다. 밥그릇과 찬그릇 세 개가 정갈하게 놓여 있었다. 기준은 바닥에 쭈그리고 앉아 저녁밥을 꾸역꾸역 입속으로 밀어 넣었다.

밖으로 나왔을 때, 어둠이 숲속 나무들을 검게 지워 버렸다. 집 안팎에는 풀벌레 소리가 그득했다. 그새 가을이 깊어 매미

소리가 귀뚜라미 소리로 바뀌었다.

기준은 건넌방으로 들어가 등잔을 밝혔다. 너울거리던 불이 멈추자 벽을 마주 보고 가부좌를 틀었다. 어슴푸레한 종이가 붙어 있고, 한가운데 점 하나가 찍혀 있었다.

역마살이 사라져서 기준이 집으로 돌아온 것은 아니었다. 강화도에서 돌이의 죽음을 목격한 뒤 기준은 삶의 갈피를 놓쳐 버렸다. 마음이 텅 비어 무엇 하나 소중하거나 가치 있게 여겨지지 않았다. 심지어 판소리마저도. 실의에 빠진 기준의 눈빛을 한눈에 알아본 사람이 있었다. 떠돌이 노스님이었다.

어느 날 기준 혼자 집에 있을 때 밖에서 목탁 소리가 들렸다. 기준은 알아서 돌아가기를 기다리며 인기척을 내지 않았다. 한 식경이 지나도록 목탁 소리가 끊이지 않았다. 귀찮은 얼굴로 문을 열어 보니 다 늙어 바스러질 것 같은 노스님이 서 있었다. 늙고 추레한 모습을 보자 불쌍한 마음이 들었다. 광으로 들어가 쌀 한 되를 퍼다 바랑에 쏟아 주었다.

스님은 합장을 하고 기준의 얼굴을 뚫어져라 들여다보았다. 왜 그러느냐고 묻기도 전에 대뜸 붓과 종이를 가져오라고 했다. 무엇인가 대단한 비법이라도 전해 줄 것처럼 진지한 표정이었다. 그러나 스님이 한 일이라고는 고작 종이에 붓으로 점을 하나 찍은 것이 다였다. 종이를 들창과 마주 보이는 벽에 붙이고 틈날 때마다 점을 골똘히 쳐다보라고 했다. 희로애락에서 벗어나 점을 오롯이 점 그 자체로 바라볼 수 있도록 마음을 한곳으로 모아야 한다는 것이었다. 우습게도 그 방법은 효과가 있었다.

그날부터 기준은 선승처럼 벽을 바라보며 수도에 들어갔다.

'오늘따라 왜 이리 허무할꼬나?'

기준은 점을 바라보며 텅 빈 마음의 근원을 파고들었다. 어두침침한 벽을 응시하는 일은 쉽지 않았다. 일각, 이각 시간이 흐를수록 점은 흐려졌다. 흐릿해진 마음속으로 온갖 잡념이 좀벌레처럼 파고들었다. 나귀 고삐를 양손에 쥐고 이별가를 구성지게 하던, 왜군이 쏜 포탄에 맞아 피범벅이 되어 널브러진 돌이의 모습이 떠올랐다.

'아아, 벌써 일 년이 지났구나.'

날짜를 헤아려 보니 돌이가 죽은 날이었다. 갑자기 슬픔이 해일처럼 기준을 덮쳤다. 거대한 파도에 휩쓸려 떠내려가지 않기 위해 할 수 있는 일은 점을 바라보는 것밖에 없었다. 어느 순간 점은 부모님으로 변했고, 천 부자의 집에서 도도하게 소리하던 송흥록, 사설을 까먹는 바람에 통인청대사습에서 소리를 망친 정창업, 죽을힘을 다해 소리를 마쳤을 때 표정의 변화 없이 오수경을 건네던 대원군으로 바뀌어 마음을 뒤흔들고 벽 속으로 스며들었다.

정신이 흐물흐물해질 무렵 가뭇없이 사라졌던 점은 원래대로 돌아왔다. 흐트러진 마음이 멀리 떠나 버린 뒤였다.

밤이 되자 소슬한 바람이 들창을 흔들었다. 기준은 점을 뚫어지게 바라보았다. 집으로 돌아와 겨울, 봄, 여름, 가을을 보냈고 다시 겨울이 머지않았다.

일 년 동안 기준은 소리를 하지 않았다. 간혹 높은 양반들과 부자들이 소리를 청하기 위해 사람을 보냈으나 한마디로 딱 잘라서 거절했다. 연습 삼아 가볍게 흥얼거리는 일조차 없었다.

참을 수 없을 만큼 마음이 얼크러지고 뒤틀어졌다. 꼭 붙들고 있던 무엇을 억지로 놓친 기분이었다.

점이 흐릿해지더니 한 사람의 얼굴이 벽면을 가득 채웠다. 사람 좋게 환히 웃고 있는 태평의 얼굴이었다. 판소리와 이루어질 수 없는 외사랑에 빠져, 한평생 〈화용도〉 더늠을 찾아 세상을 떠돌아다닌 바보 같은 사내. 벽에 찍힌 점은 여러 얼굴로 시시각각 변했지만 이제껏 태평의 얼굴이 나타난 적은 없었다. 저도 모르는 순간 마음에 파고들까 봐 애써 조심했기 때문이다. 한 순간 마음을 놓친 사이 태평의 얼굴이 득달같이 나타났다. 기준은 스승의 그림자로부터 벗어나지 못하고 있었다.

빗장이 풀린 기준의 머릿속에 태평과 보냈던 반년 세월이 새의 날갯짓처럼 푸드득 스쳐 갔다. 태평만큼 판소리를 향한 열정으로 똘똘 뭉친 사람을 본 적이 없었다. 재능이 없으니 더욱 집착하는 것이라 깔보면서도, 열정만큼은 인정하지 않을 수 없었다. 재주 하나만 보고 기준을 먹이고 재우며 자식보다 살뜰히 보살핀 것도 순수한 열정이 아니면 불가능한 일이었다.

"내가 너를 왜 제자로 받아들인 줄 아냐? 니 눈에서 그늘을 보았기 때문이여. 소리 광대들이 깊은 산속으로 들어가 목숨 걸고 독공을 하는 까닭은 그늘을 짙게 만들려는 것이여. 오장에서 끌어올린 불덩이를 견딜 수 있도록 목을 단련하고, 한이 서린 그늘을 신명으로 너울너울 쳐올리는 것이제. 너도 알다시피 독공의 결과는 소리 광대가 날개를 달고 신선의 경지에 오른다는 득음 아니냐. 그동안 내가 만났던 명창들은 모두 그늘을 가진 사람들이었느니라."

바로 옆에서 속삭이듯 태평의 목소리가 또렷이 들렸다. 그뿐이 아니었다. 가장 천한 신분으로 태어난 소리 광대는 보면 안되는 세상의 비밀을 본 사람이라는 말, 판소리란 권력을 독차지한 양반들의 잔학과 탐욕을 고발하고 험난한 질곡 속에서 살아가는 백성들을 어루만지는 것이라는 말, 그러므로 〈화용도〉의 모든 더늠에는 이름 모를 백성들의 한과 슬픔이 녹아 있다는 말이 귓속에 알알이 들어와 박혔다. 태평에게 수없이 들었지만 철저히 부정했거나 한 귀로 흘려보냈던 말이었다.

기준은 돌이의 죽음을 겪은 후 일 년이 지나고 나서야 비로소 태평의 말뜻을 이해할 수 있었다. 그렇다고 곧바로 태평을 찾아갈 용기는 없었다. 나주 고향 집은 강화도에서 스승의 집으로 가기 위한 징검돌이었던 셈이다.

굿은 새벽이 지나야 끝날 것이다. 부모는 밤새 돌아오지 않을 것이다. 적막한 어둠 속에서 기준은 오랜만에 마음의 평안을 느꼈다. 지난 일 년 동안 사로잡혀 있던 안개 같은 공허함으로부터 풀려난 기분이었다.

돌이의 죽음은 공허함의 근원이 아니라 실마리였다. 진짜 뿌리는 판소리로 이름을 얻어 권력에 빌붙어 보겠다는 욕망이었고, 적벽과 같은 완고한 현실로부터 달아나려는 비겁함이었다.

스승의 말대로 발 디딘 곳을 정확히 알고 나니 세상이 다르게 보였다.

기준은 서안 앞에 앉았다. 서랍을 열고 필묵과 종이를 꺼냈다. 머릿속에 고여 드는 새로운 더늠을 종이에 옮겼다.

스승이 지은 군사설움타령 앞에 고향을 그리워하는 한 군사의 애달픈 심정을 서리서리 덧붙였다.

> 고당상 늙은 부모님 이별한 지 몇 날인가.
> 아버지 날 낳으시고 어머니 날 기르시니
> 그 덕택 갚으려 해도 하늘처럼 끝없구나.
> 화목한 일가친척과 규중의 젊은 아내
> 전쟁터에 날 보내고 오늘이나 소식 올까
> 내일이나 편지 올까 바라고 바라다가
> 해 지면 대문가에서 기다린 것이 몇 날인가.
> 창칼을 들어 메고 육전 수전을 번갈아 할 때
> 생사가 조석이라 언제 죽을지 모르겠구나.
> 만일 객사하게 되면 누가 흙을 덮어 주며

까마귀밥이 된들 누가 손뼉을 쳐 쫓아 줄까.

북쪽을 바라보니 어느 때나 고향을 갈지

하루 종일 내내 부모님 생각뿐이로구나.

기준은 다시 벽을 바라보았다. 어쩐지 점이 저와 닮았다는 생각이 들었다. 점이 흐려졌을 때 나타났던 얼굴들은 기준의 마음이 투영된 그림자였다. 번뇌라 생각한 것들은 저 자신이 저지른 행위의 결과이고 풀어야 할 숙제였다. 기준은 벽에 붙여 놓았던 종이를 잡아 뜯어 박박 찢어 버렸다.

기준은 사립문을 나서서 돌계단을 밟아 내려갔다. 서두르다 발을 헛디뎌 몇 번이나 구르고 미끄러지고 자빠졌지만 바로 일어나 훌훌 털고 달렸다. 어둠 속에서 겅중거리는 꼴이 영락없이 정신 나간 사람이었다.

기준의 〈화용도〉가 어둠이 풀리기 시작한 마을 고샅과 들판에 쩌렁쩌렁 울려 퍼졌다. 일 년 만에 해 보는 소리였다. 세상은 변함없이 그대로였고 달라진 것은 기준의 마음이었다. 더늠에 서려 있는 명창들의 땀과 눈물과 핏방울이 속속들이 느껴졌다. 모든 더늠은 가슴 시리도록 서럽고 아팠다. 울음이 목울대를 밀고 올라왔지만 소리를 멈출 수 없었다.

꼬박 이틀을 걷고 달려 기준은 태평의 집에 이르렀다. 마당에 들어서서 집 안을 둘러보고 기준은 안도의 숨을 내쉬었다.

남원까지 달려오는 내내 기준은 혹시라도 태평이 세상을 떠났으면 어쩌나 가슴을 조였다. 지붕 이엉이 말끔하게 손질되었고 흙벽은 새로 바른 듯 산뜻했다. 반질반질한 마당 한가운데 놓인 평상은 좀이 슨 곳 하나 없었고 장독대 아래 화단에서 바지런한 사람의 손길이 느껴졌다. 어디를 보든 빈틈없이 잘 관리된 집을 보자 기준은 마음이 놓였다.

"요새 거렁뱅이들은 바가지도 없이 동냥을 다닌갑네. 쩌그 평상으로 가서 기다리드라고."

단골네 난초였다. 못 본 사이 할머니가 다 되어 있었다. 난초는 기준이 거지인 줄 알았다. 봉두난발의 머리, 때 묻고 찢어져 너덜거리는 옷, 먼지가 허옇게 내려앉은 맨발. 누가 보더라도 거지꼴이었다.

"스승님 어디 가셨어라우?"

기준이 다급히 물었다. 부엌으로 들어가던 난초가 고개를 돌렸다. 눈을 끔적거리며 기준의 얼굴을 찬찬히 뜯어보았다.

"자네?"

난초가 기준을 알아보고 소리쳤다.

"스승님은요?"

기준은 객쩍은 안부를 물을 겨를이 없었다.

"왜 이제사 왔는가?"

난초가 달려들어 기준의 손을 덥석 잡았다. 앞치마를 끌어 당겨 눈가를 훔치는 난초를 보고 기준은 불길한 느낌에 휩싸였다. 다리에 힘이 풀려 그 자리에 주저앉고 말았다.

"이리 들어오소."

난초는 기준을 데리고 태평의 방으로 들어갔다. 방 안의 세간살림도 태평이 살아 있을 때와 마찬가지로 잘 정돈되어 있었다. 사흘이 멀다고 난초가 집 안팎을 쓸고 닦은 덕분이었다. 기준은 방 안에 앉아 사립문을 내다보았다. 바깥에 나갔던 태평이 곧 들어올 것만 같았다.

난초는 시렁 위에서 대나무 상자를 꺼냈다. 말없이 기준 앞으로 내밀었다. 직접 열어 보라는 뜻이었다. 기준은 떨리는 손으로 덮개를 열었다. 빛바랜 책 한 권이 들어 있었다. 태평이 떠난 뒤 무심히 흘렀을 숱한 세월이 느껴져 가슴이 먹먹했다.

"돌아와서 다행이네. 이 책을 자네헌티 꼭 전하겠다고 어르신과 약조했거든."

난초가 저녁밥을 차리러 나간 뒤 기준은 조심스럽게 책을 펼쳤다. 누런 표지에는 아무 글씨도 쓰여 있지 않았다. 첫 장을 넘기고 나서 기준은 다시 울컥하여 책을 내려놓았다. 송우룡이 말했던 〈화용도〉 소리책이었다. 혹시라도 기준이 못 알아볼까 봐 태평은 한글로 또박또박 적어 내려갔다. 익숙한 글씨를 보자 태평을 마주한 듯 그리움이 끓어 올랐다.

"밥 묵소."

난초가 밥상을 들여왔다. 여러 번 권해도 기준은 서안 앞에서 움직이지 않았다. 날이 저물자 난초는 등잔을 켜고 집으로 돌아갔다. 기준은 망부석처럼 꼼짝 않고 앉아 있었다. 새벽닭이 홰를 치며 올 때까지 소리책을 읽고 또 읽었다.

날이 희부윰히 밝아올 무렵 기준은 붓을 들었다. 소리책에 종이를 덧대어 제가 지은 더늠을 정성껏 옮겨 적었다. 다 옮긴 뒤 표지를 펼쳤다. 제목을 무엇이라고 쓸까 잠시 망설였다.

신재효에게 제목을 왜 〈적벽가〉로 고쳤느냐고 따지던 태평의 모습이 눈에 선했다. 그렇다고 〈화용도〉라고 쓸 수도 없었다. 군이 표지를 백지로 남겨 놓은 데는 스승의 숨은 뜻이 있을 터였다.

적벽 화용

마침내 기준은 붓을 내려놓았다.

이미 세상 사람들은 〈화용도〉를 〈적벽가〉라고 불렀다. 소리책의 진짜 주인인 소리 광대들도 마찬가지였다. 기준은 무엇이라 불린들 어떠랴 싶었다. 어차피 적벽과 화용도에서 죽어 간 이름 없는 군사들의 피울음인 것을.

난초가 아침밥을 지으러 올라올 때까지 기준은 서안 앞에 그대로 앉아 있었다.

날이 새자마자 기준은 북을 메고 밖으로 나갔다. 난초가 제상에 올릴 술과 음식이 든 바구니를 머리에 이고 뒤따랐다. 재를 넘자 폭포가 내려다보이는 소나무 군락지가 나타났고, 그 앞 양지바른 언덕에 태평의 무덤이 있었다.

"스승님께 배운 소리 한바탕 올릴랍니다."

술 한 잔을 따르고 절을 올린 뒤 기준이 꿇어앉아 말했다.

"내가 북을 쳐 줌세."

난초가 북을 끌어당겼다.

"진양조여라우."

기준은 난초의 장단에 맞춰 〈적벽 화용〉을 시작했다. 첫대목
은 지난 밤 새로 사설을 짜 넣은 군사설움타령 가운데 군사들
이 고향을 그리워하는 내용이었다. 기준은 새 더늠을 가장 먼
저 스승에게 바치고 싶었다.

고당상 늙은 부모님 이별한 지 몇 날인가.

아버지 날 낳으시고 어머니 날 기르시니……

기준은 군사의 심정을 구슬픈 계면조 가락으로 느리게 풀어
냈다. 관우, 제갈공명, 조자룡 등 영웅들 대신 이름 없는 여러
군사들이 기준의 마음속에 터를 잡았다.

한 번도 본 적이 없는 드넓은 소리 길이 눈앞에 펼쳐졌다. 태
평이 제 몸속에 들어와 있는 듯했다. 군사설움타령을 통해 스

승과 제자는 하나가 된 것이다.

적벽은 처참한 전쟁터였다. 세상에는 수많은 적벽이 있었다. 그곳에는 고향에 두고 온 가족을 그리워하고, 적의 군대에 맞서서 분연히 일어서기도 하며, 창에 찔리고 화살을 맞아 피 흘리며 죽어 가는 수많은 군사들이 있었다.

기준은 군사들의 슬픔, 두려움, 그리움, 간절한 바람을 피 토하듯 소리로 그려 냈다.

눈물과 웃음의 담장 위를 걷듯 죽고타령을 했다. 새타령에서는 각 새 소리를 똑같이 흉내 냈고, 가장 낮은 곳에 있는 민초들의 마음을 장승타령에 실었다.

어느새 태평은 사라지고 없었다. 모두가 잠든 세상에서 홀로 눈뜬 사람들, 보이지 않는 송곳을 가슴에 품은 채 울고 웃을 수밖에 없었던 선배 소리꾼들의 애끓는 함성이 기준을 사방에서 에워쌌다. 그 소리를 뚫고 나가야 비로소 그들과 어깨를 나란히 할 수 있을 터였다.

기준은 피가 나도록 이를 악물고 상성을 지르다 바로 단전을 이완시켜 하성을 툭 던졌다. 한 마리 새처럼 솟구쳐 오르던 소리가 절벽 아래로 유유히 굽이쳐 날았다.

"오메, 환장하겠는거. 자네 입에서 나온 소리가 산굽이, 들 모퉁이를 돌고 돌아 내 가슴 한복판에 와서 콱 박히는구먼."

난초가 감격에 찬 목소리로 외쳤다. 눈가가 촉촉했다.

기준이 소리를 하는 것이 아니라 소리가 기준을 싣고 앞으로 나아가고 있었다. 소리가 저승까지 닿아 스승의 귀에 들리도록 기준은 아랫배에 힘을 주고 소리를 엮어 나갔다.

어디선가 호탕한 웃음소리가 들렸다. 난초의 입에서 터져 나온 추임새인지도 몰랐다. 기준은 주위를 두리번거리고 소리를 이어 나갔다.

다시 들을 수 없었으나, 기준은 똑똑히 보았다. 스승의 무덤가에서 잔디가 굼실굼실, 나무들은 우줄우줄, 산자락이 너울너울 춤을 추고 있었다.

무엇인가를 깊이 사랑해 본 사람은 알 수 있어요. 사랑에 빠지면 관심이 꼬리를 물고 일어나, 밤낮없이 계속 보고 싶어 떠오르지요. 제게는 판소리가 그러했어요. 판소리는 알면 알수록 기이한 매력이 넘치는 우리 전통 예술이에요. 이야기를 소리로 엮어 나가는 전달 방법, 등장인물을 그럴듯하게 표현하는 소리꾼의 목소리, 사건에 따라 변화무쌍하게 바뀌는 가락과 장단의 묘미는 되풀이해서 보고 들어도 질리지 않을 만큼 멋지거든요. 그래서 한동안 열심히 음반을 찾아 모으고 공연장을 쫓아다니며 사랑을 키워 나갔어요.

한창 판소리와 사랑에 빠져 있을 때 문득 두 가지 의문이 떠올랐어요.

먼저 왜 사람들이 이토록 아름다운 판소리를 알아주지 않을까 하는 것이었어요. 해답을 찾기 위해 여러 날 깊이 고민하고 그 결과물로 첫 책《판소리 소리판》을 내놓았어요. 득음, 소리판, 장단, 추임새 등 판소리의 중요한 개념을 옛 명창들의 일화로 풀어낸 어린이책이에요. 제 경험상 어린 시절에 판소리를 접하면 어른이 되어 다시 만났을 때 훨씬 자연스럽게 받아들일 수 있거든요.

다음은 판소리의 처음 모습은 어땠을까, 어떻게 발전해 왔을까 하는 것이었어요. 판소리는 입에서 입으로 전해진 예술이라 기록이 많지 않아요. 단, 특정한 작가에 의해 어느 날 하루아침에 완성되지 않았다는 것은 분명해요. 판소리는 이백 년 동안 뛰어난 소리꾼들이 한 대목씩 소리를 짜 넣어 이루어졌고, 더 넣었다고 해서 그것을 '더늠'이라 불러요. 하지만 밝혀진 것은 딱 거기까지예요. 자연스럽게 더늠을 왜 만들었을까 하는 궁금증이 꼬리를 물고 일어났지요.

소리꾼이 더늠을 만든 까닭을 상상하다가 새롭게 깨달은 것이 있어요. 단순히 인생의 희로애락을 표현한 것이라고 여겼던 수많은 더늠에, 조선이라는 꽉 막힌 세상을 살다 간 힘없는 백성들의 슬픔, 원망, 바람이 스며들어 있다는 것이지요. 소리꾼은 자신이 몸담고 살아가는 시대에 대한 깊은 고뇌와 성찰을 더늠에 담았던 거예요. 그래서 더늠은 현실에 대한 가장 날카롭고 치열한 비판이었고, 판소리를 앞으로 꿋꿋하게 밀고 나가는 숨길이자, 아름다움의 뿌리라 할 수 있어요. 긴 세월 백성들로부터 열렬한 환호를 받았던 판소리가 오늘날 쇠락의 길을 걷게 된 것도 더늠이 중단되었기 때문이에요. 소리꾼들이 세상과의 소통을 멈추고 변화를 꿈꾸지 않게 되니 생명력을 잃은 것이지요.

시대와 예술 사이에서 치열하게 고뇌하며 더늠을 만들었던 조선 후기 소리꾼들을 상상하다가 태평이라는 인물을 만나게 되었어요. 누구보다 판소리를 사랑하지만 재주가 없어 소리꾼이 될 수 없었던 비운의 주인공 태평은 〈적벽가〉의 더늠을 찾아서 한평생 세상을 떠돌았어요. 길 위에서 만난 소리 광대로부터 세상과 인간을 올곧게 바라보는 눈을 뜨게 되고, 판소리의 기능뿐 아니라 의미와 철학을 하나뿐인 제자 기준에게 물려주려 하지요.

〈적벽가〉는 두 가지 의미에서 반전의 작품이에요. 소설 《삼국지연의》 가운데 적벽대전 부분을 떼어 만들었기 때문에 제갈공명, 유비, 조조, 관우, 조자룡 등 숱한 영웅들이 등장하지만, 조금만 들여다보면 이름 없는 군사들이 주인공이라는 것을 알 수 있어요. 그것이 〈적벽가〉와 《삼국지연의》의 가장 큰 차이점이자 첫 번째 반전이에요. 군사들은 전쟁에 대한 두려움과 공포로 아우성치거나 권력자들을 매섭고 거세게 비판하고 있어요. 그러한 군사들의 목소리를 통해 소리꾼은 분명하게 외치고 있지요. 전쟁에 반대한다고. 그것이 두 번째 반전의 의미랍니다.

소설의 각 장에서 〈적벽가〉의 주요 더늠을 간결하게 소개했어요. 더늠을 배열하는 순서는 가급적 원전인 《삼국지연의》 이야기 흐름에 따랐어요. 《삼국지연의》 줄거리를 염두에 두고 더늠을 읽어 나가면 훨씬 쉽게 이해할 수 있을 거예요. 또한 태평과 기준이 살았던 동시대 상황을 소설 속에 풍부하게 저며 넣었어요. 양반 벼슬아치, 아전, 농민, 상인, 무당 등 다양한 백성들을 통해 태평과 기준이 거쳐 온 예술 여정이 사회적 의미망 속으로 퍼져 나가기를 바랐지요. 그러므로 《누가 소리의 주인인가》는 좁게는 판소리 예술에 관한 이야기이자 명창을 꿈꾸는 소년의 성장담임과 동시에 한세상 원 없이 살았던 한 인간의 이야기지만, 시야를 조금만 넓혀 보면 조선 후기 사회를 조망하는 민중의 이야기라는 것을 알 수 있답니다.

정혜원